Christine Grän wurde in Graz geboren, lebte in Berlin, Bonn, Botswana und Hongkong und ist heute in ihrer Geburtsstadt zu Hause. Die gelernte Journalistin wurde durch ihre Anna-Marx-Krimis bekannt. Bei ars vivendi erschien 2014 ihr Kurzgeschichtenband »Amerikaner schießen nicht auf Golfer«, 2015 folgte »Sternstraße 24 – Weihnachtsgeschichten vom Parterre bis unters Dach«, 2021 »Anna Marx und der sanfte Tod«.

Hannelore Mezei kommt aus Graz und studierte dort Germanistik und Anglistik. Sie arbeitete viele Jahre als Redakteurin in Wien und war zwischendurch längere Zeit in Zimbabwe und Südkorea. Heute lebt sie als freie Journalistin und Autorin in Wien und Velden am Wörthersee. Hannelore Mezei veröffentlichte bisher Kurzgeschichten für Anthologien sowie Sachbücher und gemeinsam mit Christine Grän die »Glück-Krimis«.

2016 erschien bei ars vivendi »Glück am Wörthersee«, der erste gemeinsame Kriminalroman von Grän & Mezei um Chefinspektor Martin Glück. 2018 folgte »Glück in Wien«, 2019 »Glück in der Steiermark«, 2020 »Glück in Salzburg«, 2021 »Glück im Burgenland«, 2022 »Glück in Kitz«.

Grän & Mezei

Glück in Bad Ischl

Kriminalroman

ars vivendi

Originalausgabe

Erste Auflage November 2023
© 2023 by ars vivendi verlag
GmbH & Co. KG, Bauhof 1,
90556 Cadolzburg
Alle Rechte vorbehalten
www.arsvivendi.com

Lektorat: Dr. Felicitas Igel
Umschlaggestaltung: FYFF, Nürnberg
Motivauswahl: ars vivendi
Coverfoto: © Benjamin Kaufmann
Druck: CPI books GmbH, Leck
Gedruckt auf holzfreiem Werkdruckpapier

Printed in Germany

ISBN 978-3-7472-0546-4

Glück in Bad Ischl

1

»Es geht um Leben und Tod!«

Romana war schon immer die Königin aller Dramen. Martin hält sein Handy ein Stück weit weg, während sie mit erhobener Stimme weiterspricht.

»Michael – Mike – Hansen. Er war Fitnesstrainer in Velden. Und wir waren ... Ist schon länger her. Später ging er nach Mallorca. Lebt jetzt in Ischl. Jedenfalls haben wir uns letzte Woche zufällig in Salzburg getroffen. Und er hat mir von den Drohbriefen erzählt. Und dass er Angst hat. Da habe ich ihm gesagt, dass ich einen Chefinspektor kenne, der sich um die Sache kümmern wird.«

»Du spinnst wohl«, sagt Martin. »Erstens bin ich kein Privatdetektiv, sondern Polizist, und zweitens kann er sich, wenn es wirklich ernst sein sollte, an die örtliche Behörde wenden.«

Romana Petuschnigg zündet sich mit der freien Hand eine Zigarette an, lässt anschließend das Feuerzeug fallen und flucht.

Martin: »Kein Grund, obszön zu werden. Droht man denn, ihn umzubringen?«

Romana hustet ins Telefon. Ein richtiges Gerät, nicht eins von den kleinen Dingern, die sie ständig verlegt und sucht, was einen wirklich den letzten Nerv kosten kann. »Aber ja. Es sind sehr bedrohliche Briefe. Wer schreibt denn heutzutage noch Briefe?«

»Mit Absender?«

»Haha«, krächzt Romana in den Hörer. »Du könntest dir ein paar Tage Urlaub nehmen und nach Bad Ischl fahren. Ist ein idyllisches Städtchen. Michael hat ein feines

Hotel dort, das *Sisi*. Nein, sag nichts, ist benannt nach seiner Frau, die übrigens die Marie hat. Sie kommt aus dem Finkmeier-Clan, denen gehört die Pharmafirma in Linz. Haben auch ein paar Kliniken. Und Grundbesitz, wohin du schaust. Wenn du den Fall lösen kannst, werden sich die beiden bestimmt revanchieren. Du brauchst doch sicher Geld für deine Flitterwochen! Mit einer wie Rosie kannst ja wohl nicht zelten gehen.«

Nun hustet Martin. Mehr ein nervöses Hüsteln. Jetzt kennt er Romana, seit er ein Bub war – und sie die Schönheit vom Wörthersee. Aber immer noch bringt sie es fertig, ihre inzwischen gichtigen Finger in seine offenen Wunden zu bohren. »Noch sind wir nicht verheiratet«, sagt er, und sie kichert: »Kalte Füße, Martin? Das ist ganz normal für einen Endvierziger, der schon eine Scheidung hinter sich hat. Alle Männer sind Feiglinge, das wissen wir doch. Vielleicht kannst in Bad Ischl ein bisserl den Kopf freikriegen. Dich mental auf die Ehe vorbereiten. Überleg es dir. Ich mail dir jedenfalls Mikes Kontaktdaten. Und bestell schöne Grüße an die Verlobte.«

Sie hat aufgelegt. Eine ihrer zahlreichen Marotten: Romana muss immer das letzte Wort haben. Warum er sie trotzdem mag und schätzt, weiß der Himmel. Vielleicht, weil die attraktive Rothaarige sein erster Schwarm war. Jedes Jahr freute Martin sich auf die Sommerfrische in der Villa am Wörthersee, deren Besitzerin ihn beinahe wie einen Großen behandelte. Als Martins Vater verschwand, fuhren sie nie wieder hin, was seine Mutter mit »schmerzlichen Erinnerungen« begründete. Aber da war Martin schon fast erwachsen und interessierte sich mehr für gleichaltrige weibliche Wesen. Und so entglitt Romana seinem Leben, bis er drei Jahrzehnte später wieder Urlaub am Wörthersee machte. Und beim Schwimmen mit einer Leiche kollidierte. Und Lily traf. Aber das ist eine andere Geschichte.

*

Sein freier Tag zieht sich hin wie Strudelteig. Martin holt sich eine Flasche Bier und schaut in den fast leeren Kühlschrank. Bier und Milch. Er müsste einkaufen gehen. Und joggen war er auch schon länger nicht. Der Bart ist drei Tage alt, und ein Friseurbesuch wär ebenfalls nicht schlecht. Es ist, als hätte ihn eine Art mentaler Lähmung befallen. Und im Polizeipräsidium studiert er derzeit alte Akten. Vermisstenfälle, ungelöste Morde. Der eine oder andere aktuelle Totschlag im Milieu. Nichts, was ihn elektrisieren und aus seinem seltsamen Dämmerschlaf holen würde. Und weil derzeit wenig los ist, hat man ihm auch noch nahegelegt, seinen Resturlaub abzubauen. Aber was soll er damit?

Er wählt die Nummer von Franz, seinem alten Freund und Kollegen, der von Wien zur Salzburger Polizei gewechselt ist. Besetzt. Wahrscheinlich führt der eines seiner Endlosgespräche mit der künftigen Braut, denkt Martin. Franz Fassbinder, nicht zu Unrecht »Fassl« genannt, ist so überglücklich, bald in den Hafen der Ehe einzulaufen, dass er kaum auszuhalten ist. Valerie hier und Valerie dort. Und ja, natürlich wird Martin zur Hochzeit kommen, zwei Wochen, bevor er selbst die Gefängnistür öffnet. Auf eine Heirat mehr oder weniger kommt es ja nicht an ...

Selbstmitleid ist ein blödes Gefühl, das Martin mit einem lauten »Jetzt reiß dich z'samm, Alter« zu beenden versucht. Er kann sich ja wohl nicht darüber beklagen, dass Rosie ihm einen Heiratsantrag machte, den er aus freien Stücken angenommen hat. Nicht mehr ganz nüchtern, das ist wahr. Aber auch weit entfernt von geistigen Aussetzern. Genau genommen hat sie ihn überrumpelt mit ihrem Vorschlag, es noch einmal, jetzt aber richtig zu versuchen. Nach der verrückten Affäre, die sie in ihrer Jugend in Wien hatten. Rosie, die Anarchistin und Kommunistin, und Martin, der linke Student. Ihre Aktionen gingen ihm aber zu weit, und als sie Polizeiautos abfackeln wollte, distanzierte er sich. Und Rosie verschwand türknallend aus seinem Leben. Wie er später erfuhr, musste sie auch aus Wien verschwinden, weil ein Verfahren gegen sie lief, und landete in Sankt Petersburg. Martin dachte, dass er Rosie nie wiedersehen würde. Bis er sie in Kitzbühel traf. Eine zufällige Begegnung am Rande eines Klassentreffens, bei dem unter anderem sein Gastgeber ums Leben kam. Tod in Kitz und Sex mit einer alten Liebe, der durch einen Hexenschuss unterbrochen wurde. Und damit hätte es enden können. Doch als Martin nach Wien zurückkehrte, war Rosie schon da: in seinem Schrebergartenhäusl am Küniglberg. Zusammen mit seiner Mutter, die den Schlüssel hatte, während er weg war. Lotte Glück, mehr als beeindruckt von der Oligarchenwitwe mit ihrem dicken Auto, das direkt hinter dem Halteverbotsschild geparkt war.

Geld verleiht Flügel, und Rosie hat es wahrlich weit gebracht. Ein Anwesen in Kitz und eine Villa in Hietzing, nur zwei von unzähligen Immobilien, die ihr Mann ihr hinterlassen hat. Rosie, die Anti-Anarchistin, jetzt rotblond, immer noch kurvig und kaum gealtert, was mit ärztlicher Kunst zu tun haben könnte. Aber wurscht. Martin kann nur nicht begreifen, warum sie sich so auf ihn kapriziert hat. Guter Sex ab und zu, das hätt's ja auch getan, oder? Doch je mehr er auf Distanz ging, desto heftiger umwarb sie ihn. Bis hin zum Heiratsantrag. Und der Wahnsinnsaussage, dass sie noch ein Kind von ihm wollte – und auch bekommen würde, weil es noch nicht zu spät sei.

Vielleicht war das der Grund! Martin denkt seit fünf Wochen darüber nach, warum er Ja gesagt hat. Oder vielmehr »Warum nicht?«, das waren wohl seine Worte gewesen. Und Rosie hatte gelacht und gesagt, dass er noch nie ein großer Romantiker war. Was nicht stimmt. Gebranntes Kind halt. Eine kurze Liebe, die in eine schlechte Ehe mündete, zumindest war die Scheidung friedlich, wohl weil sie beide froh waren, einander los zu sein. Und was zum Teufel bringt ihn auf den Gedanken, mit Rosie könnte es anders sein? Das Projekt Kind? Rosie war schon in Paris bei ihrem Wunderarzt aus St. Petersburg, der ihr bestätigte, dass ihrer späten Mutterschaft nichts im Wege stünde. Sie war viel unterwegs nach dem Heiratsantrag, und irgendwie hatte Martin gehofft, dass sie es nur aus einer Laune heraus gesagt hat. Aber dann war Rosie plötzlich wieder in Wien. Und begann, über die Hochzeit zu reden. Stephansdom? »Spinnst, wir sind beide Atheisten«, entgegnete Martin. Aber dann doch zumindest ein Ort, der als Standesamt und Festsaal dienen könnte: der Apothekertrakt oder die Orangerie von Schloss Schönbrunn? Das Palais Ferstel oder die Wiener Börsensäle? Maximal vierhundert Gäste. Alles in rot-weiß-rot, die Blumen und Dekoration. Champagnerbrunnen. Eine Wodka-Bar und ein nachgebauter Heuriger. Österreichische Bands: *Wanda* oder *Bilderbuch* – und die Netrebko vielleicht. Seit man sie mit Putin in Verbindung bringe, sei ihre Gage gesunken, sagt Rosie. Und man kennt sich. Was Martin von einem Sternekoch halte? Kaviar natürlich, gegen diese Art von Russisch hätten die Leute ja wohl auch derzeit nichts einzuwenden.

Nichts. Er hält von alledem nichts. Auch nicht von Friedenstauben, die aufsteigen. Und Rosies älterer Sohn, der seine Mutter zum Altar führt. Boris, der Martin ganz offensichtlich verabscheut und für einen armen Schlucker hält, der es auf Rosies Geld abgesehen hat. Wenn Martin nur an die Hochzeit denkt, bricht ihm der Schweiß aus. So wie jetzt.

Er geht zum Fenster und öffnet es, herein kommt heiße Sommerluft. Also zieht er sich aus und stellt sich unter die Dusche. Und ausgerechnet da klingelt sein Handy. Tropfnass mit einem Handtuch um die Hüften geht er von der Dusche ins Wohnzimmer, hinterlässt feuchte Spuren, doch Franz hat schon aufgegeben. Martin flucht. Er vermisst ihn, sie haben über alles reden können, der Franz und er, und jetzt gibt es eine Valerie und eine Rosie und blöde weiße Tauben und einen Freund, der nur noch ein Thema kennt: Liebe, Hochzeit, Baby. Valerie ist schwanger. Das findet Rosie wunderbar, dann könnten die Kinder ja später miteinander spielen. Seit diese Option im Raum steht, hat der Sex – zumindest für ihn – erotisch stark abgenommen. Wurde irgendwie zur Pflichtübung zum Zwecke der Fortpflanzung. Und sie merkt es nicht. Oder will es nicht wahrhaben. Rosie ist in ihren Hochzeits- und Babyfantasien gefangen, wandelt auf einer rosa Wolke. Kommuniziert jeden Tag mit ihrem Arzt. Telefoniert mit Hochzeitsplanern, Event-Agenturen und Designern. Kauft Lotte teure Geschenke, und die Großmutter in spe kann nicht aufhören, die künftige Schwiegertochter zu preisen. Die ganze Situation ist zum Davonlaufen!

Er wählt den Rückruf, und Franz geht sofort ran.

»Ich war unter der Dusche. Aber jetzt bin ich fast trocken. Wie geht's dir, Fassl?«

Franz hat schon zehn Kilo abgenommen, weil sein Arzt und letztlich auch Valerie ihm Diät verordnet haben. Bald wird »Fassl« nicht mehr zu ihm passen, denkt Martin. Frauen sagen, dass sie dich so lieben, wie du bist – und dann gehen sie dran und wollen dich verändern. Einen schlanken Fassl kann Martin sich gar nicht vorstellen.

»Na, bestens«, antwortet der Freund. »Ich hab schon den ersten Strampler unseres Sohnes mitbekommen. Valerie speibt jeden Morgen. Aber sonst geht es uns prima. Ihr kommt doch zur Hochzeit nach Salzburg?«

»Ich komme auf jeden Fall«, sagt Martin. Das Wir-Gefühl, das Fassl verinnerlicht hat, ist bei ihm noch nicht angekommen.

»A geh, ihr müsst beide dabei sein, alle sind schon ganz gespannt auf deine Zukünftige. Ich kenn sie ja nur von dem Foto im Internet. Schön und reich und in dich verliebt – du bist ein echter Glückspilz.«

Er fühlt sich nicht wie ein solcher, das ist das Problem. »Warst schon einmal in Bad Ischl?«, fragt Martin.

Wenn Franz sich über den Themenwechsel wundert, lässt er es sich nicht anmerken. »Einmal war ich dort auf Kur, ganz hübsch, aber irgendwie kommt es einem vor, als wäre der Ort in Kaisers Zeiten stehen geblieben. Total retro. Aber viele mögen das, diese k.u.k.-Nostalgie. Die Touristen sowieso. Wusstest du, dass die jedes Jahr im August den Kaisergeburtstag feiern? Dann verkleiden sich die Leut', und der Kaiser fährt mit Sisi im alten Zug vor, und die Kapelle spielt, und dann gehen sie zur Kaiservilla, vorbei an der k.u.k.-Hofbäckerei ... eigentlich ganz lustig. Wenn man's mag. Und wie geht's Rosie? Ist sie schon schwanger?«

»Keine Ahnung«, sagt Martin, merkt selbst, wie herzlos das klingt, und setzt nach: »Sie ist nach Paris geflogen zu ihrem russischen Superarzt und kommt morgen zurück. Dann weiß ich mehr.«

»Mensch, Martin, das wär doch was, wenn wir beide Vater werden! Ich kann dir gar nicht sagen, wie ich mich auf unser Baby freue.«

Das ist es, denkt Martin. Ich hab bloß Angst davor. Vor Hochzeit und Kind und einem Leben, in dem nichts mehr selbstbestimmt ist. Vielleicht hat Romana recht, und er ist einfach nur ein Feigling. Oder ist es diese Ahnung, dass er Rosie nicht genug liebt, um mit ihr eine Familie zu gründen? Er beneidet Fassl beinah um dessen ungetrübtes Glück.
»Ich glaub's dir und freu mich für dich! Aber jetzt muss ich aufhören, da ist jemand an der Tür. Grüß Valerie von mir.«

Mit dem Telefon in der Hand öffnet Martin und wird von seiner Mutter überrollt. Gewissermaßen. Lotte im eleganten Hosenanzug – ihre Hippiezeit hat sie hinter sich gelassen – hält ein riesiges Mehlspeistablett in der Hand.
»Servus, Martin. Nimm mir das ab und stell es auf den Esstisch. Dann zieh dir was an, und wir probieren, was ich mitgebracht hab. Für die Hochzeitstorte. Rosie meint, dass du die Auswahl treffen sollst. Sie isst nix Süßes wegen der Linie. Dabei hat sie eine Bombenfigur.«

Martin nimmt das Tablett und gehorcht. Warum hat er jetzt eine Wut auf Lotte? Weil sie ihn überfallen hat mit ihren blöden Torten. Weil das Feuer inzwischen von zwei Seiten eröffnet ist, und er steht mittendrin und fühlt sich schutzlos, ausgezählt. Selbstmitleid! Während er Jeans und ein T-Shirt anzieht, ignoriert er die Laute seines Mobiltelefons. Rosie ruft an. Das tut sie gefühlt zwanzigmal am Tag, und er ist jetzt einfach nicht in der Stimmung.

»Du solltest dich rasieren. Und zum Friseur gehen«, sagt Lotte. Sie hat inzwischen Kaffee gemacht und den Tisch gedeckt. Zu jedem Stück Torte gibt es ein Foto des Gesamtkunstwerks. Das Brautpaar in Marzipan weist erstaunliche Ähnlichkeit mit den Originalen auf. Die überdimensionale Torte in Turmform muss ein Vermögen kosten, denkt Martin, während er sich brav setzt und sich an den Dreitagebart greift. »Hast ja recht, aber irgendwie komm ich nicht dazu. Ist auch viel zu tun im Präsidium.«

Lotte legt ihm das erste Stück auf den Teller. »Du wirst ja hoffentlich kündigen nach der Hochzeit.«

Martin sieht seine Mutter entgeistert an: »Wieso denn? Meinst, ich spiel dann den Prinzgemahl?«

Lotte seufzt tief, bevor sie die Gabel zum Mund führt. Kaut. Schluckt. »Du kannst ihr beim Verwalten des Vermögens helfen, Martin. Und bei der Erziehung eures Kindes. Jetzt werd endlich erwachsen, Bub.«

Das erste Stück von der Torte mit dem Marzipanpaar und Blattgoldherzen schmeckt nach Schokolade und Orangen. »Sie ist noch nicht schwanger, Lotte. Also red nicht so daher. Schließlich ist Rosie aus dem gebärfreudigen Alter raus, und Ärzte können keine Wunder vollbringen.«

»Wenn Rosie was will, dann schafft sie das auch!« Sie bewundert ihre Schwiegertochter in spe für deren eisernen Willen. Die bessere Hälfte ihres eigenen Lebens hat Lotte als Anhängsel eines Ehemanns verbracht, der sich eigentlich nur für sein Hobby – die Malerei – interessierte.

Martin probiert auch die zweite Torte. Sie schmeckt ein wenig nach Zitrone und Vanille. Das Foto zeigt eine Pyramide, bei der auf jeder Seite das Bild des Brautpaars in Marzipan prangt. Und irgendjemand beißt dann in meine Nase ... Martin schüttelt sich innerlich. Rosie ruft schon wieder an, er hat sein Handy auf lautlos gestellt, aber es vibriert.

»Willst nicht rangehen?«

Er schüttelt den Kopf und dreht das Telefon um. »Weißt du was, Lotte: Ich kann nicht zehn Stück Torte probieren, da wird mir schlecht. Lass die alle einfach da, und ich werde mich heute und morgen durchessen. Oder wir wählen einfach die schönste aus. Die Pyramide ist doch sehr originell.«

Seine Mutter sieht ihn misstrauisch an. »Schmähtandler! Dir ist es völlig wurscht, stimmt's? Seit Tagen bist schon so komisch, was sag ich – seit Wochen! Ich sag dir jetzt was, Martin: Wenn du *das* vermurkst, dann red ich kein Wort mehr mit dir!«

Maschinengewehrfeuer. Martin steht auf und steckt sein vibrierendes Telefon in die Hosentasche. »Vielleicht ginge es mir besser, wenn ihr mich nicht jeden Tag mit den Hochzeitsvorbereitungen nerven würdet. Weil mir des nämlich wirklich wurscht ist. Und nein, ich will nicht nach London fliegen, um einen Smoking anzuprobieren. Der schwarze Anzug, den ich hab, tut's nämlich auch.«

»Den hast du für eine Beerdigung gekauft«, sagt Lotte.

Eben, denkt Martin. Passt doch. Und hiermit, liebe Hochzeitsgäste, beerdigen wir meine Freiheit. Das Leben, wie ich es kannte und überwiegend mochte. Und dann fällt ihm Romana ein. Es geht um Leben und Tod. In Bad Ischl.

2

»So halten Sie doch Abstand! Corona ist noch nicht vorbei«, faucht ihn die Frau an der Supermarktkassa an. Martin murmelt eine Entschuldigung und tritt zwei Schritte zurück. Es tut ihm leid, er war in Gedanken. Distanz ist ihm prinzipiell eh lieber. Abstand halten hat er während der Pandemie sogar als wohltuend empfunden. Während er Bier, Gummibären, Schinken, Käse, Brot, Eier und Tomaten auf das Laufband legt, überlegt er, dass er es nie mochte, wenn ihm fremde Menschen zu nahe rückten. Und nicht nur fremde.

»Fünfunddreißig vierzig.«

Ich hab doch kaum was gekauft, denkt Martin, und dass er beim Einkauf auf die Preise schauen sollte. Sicher hat Rosie mehr Geld, als er je verdienen wird. Aber von ihrem Geld zu leben kommt gar nicht infrage. Unabhängigkeit beginnt bei den Finanzen. Was für eine Schnapsidee seiner Mutter, dass er nach der Hochzeit seine Arbeit aufgeben soll. Die seit mehr als zwanzig Jahren ein wichtiger Teil seines Lebens ist. Und das muss auch so bleiben. Rosies Vorschlag, vom Schrebergartenhäuserl in ihre nahe gelegene Villa zu übersiedeln, konnte er nachvollziehen und akzeptieren. Außerdem kommt sein Vermieter demnächst zurück, und er muss das Haus sowieso räumen. Die Villa ist nicht so riesig und auf Repräsentation ausgelegt wie das Schlössl in Kitzbühel, aber immerhin groß genug, dass jeder seinen eigenen Bereich hat. Distanz ist das Geheimnis einer guten Beziehung. Das Wort »Ehe« denkt er noch nicht so gern.

Während er die Einkäufe in den Käfer räumt, wandern seine Gedanken von den Vorzügen des Abstands per direttissima nach Bad Ischl. Das könnte er jetzt brauchen: Abstand von dem ganzen Trara rund um seine Hochzeit. Warum muss sie so groß sein? Rosie kann nämlich, wenn sie will, auch bodenständig sein. Eine kleine standesamtliche Trauung mit wenigen Gästen wäre genau das Richtige. Schließlich ist es für beide nicht die erste Heirat. Aber eine Hochzeit organisiert und bezahlt die Familie der Braut, in dem Fall die Braut selbst. Und die bestimmt dann auch darüber. Hier dominiert eben die Oligarchen-Rosie, die Martin ziemlich fremd ist. Verschiedene Welten.

Andererseits macht Rosie die besten Schinkenfleckerln der Welt, so wie damals, als sie zu zweit in einem kleinen Untermietzimmer gehaust haben. Aber auch ihr Kaiserschmarren ist spitze. Oder wie lieb sie ihn gepflegt hat, als er nach seiner Rückkehr aus Kitzbühel Corona bekam. Und wie verletzlich sie ist, wenn es um ihre Eltern geht, die nichts mehr von ihr wissen wollen. Alles gute Gründe, sie zu mögen. Was ist Liebe? Wo fängt sie an, wo hört sie auf? Und das mit dem Kind ist ein zweischneidiges Schwert. Natürlich wünscht er sich eines. Aber er hat auch Angst vor der Verantwortung. Sind sie nicht einfach zu alt dafür? Wenn das Kind maturiert, sind sie beide fast siebzig.

Er verscheucht diese Gedanken, schaut in den wolkenlosen Himmel und freut sich über einen perfekten Sommertag. Rollt das Dach des Käfer-Cabrios hinunter. Das gibt auch so ein Gefühl von Freiheit. Fröhlich pfeifend startet er seinen geliebten Beinahe-Oldtimer, der widerborstige Laute von sich gibt, hustet und ein bisschen stolpert, dann aber brav Richtung Küniglberg rollt.

Als er in der Schrebergartensiedlung ankommt, steht sein Entschluss fest, Romanas Vorschlag anzunehmen. Eine Auszeit in Bad Ischl ist genau das, was er jetzt an Abstand braucht. Die Gegend ist schön, er könnte wandern und Ausflüge ins restliche Salzkammergut machen. Seen gibt es auch jede Menge, noch dazu recht kühle, in denen man für kurze Zeit Sommerhitze und Klimawandel vergessen könnte. Und nebenbei einen Fall, der wahrscheinlich keiner ist, lösen. Morgen wird er gleich um Urlaub ansuchen und sich dann mit diesem Mike Irgendwas in Verbindung setzen. Vorher sollte er aber noch Rudi, seinen langjährigen Mechaniker, anrufen und das Auto anschauen lassen. Bei Rudi ist sein in die Jahre gekommener Käfer immer gut aufgehoben. Ist sicher nichts Ernstes. Wahrscheinlich muss nur das Standgas höher eingestellt werden.

*

»Wahrscheinlich muss nur das Standgas höher eingestellt werden«, erklärt er dem Mechaniker. Rudi ist zum ungünstigsten Zeitpunkt auf Urlaub, also musste er in eine fremde Werkstätte fahren. Mit dem hustenden Auto will er jedenfalls nicht nach Ischl. Und er wird Montag abreisen, das hat er schon beschlossen.

»Standgas? Des is die Kupplung«, so das finale Urteil seines Gegenübers. »Wie viele Kupplungen haben S' denn scho verbraucht? Is schließlich a nimma der Jüngste.« Der Mann deutet auf Martins geliebten Käfer. »Hat der wirklich erst hundertachtzigtausend Kilometer drauf?«

»Zweiter Motor. Aber sonst ist er super beinand«, murmelt Martin. »Wie lang dauert die Reparatur? Ich brauche das Auto Anfang nächster Woche wieder.« Ihm fällt auf, dass er gar nicht nach den Kosten gefragt hat. Gewöhnt er sich womöglich schon an die Rolle als Prinzgemahl? Nur das nicht!

»Wieso sagn S' jetzt ›Nur das nicht‹, wo's doch grad einverstanden waren mit aner neuen Kupplung?«, fragt der Mechaniker verwundert.

Fange ich jetzt schon an, laut zu denken? »Nein, nein, machen S' nur die Kupplung.«

»Also, vier Tag wird's scho dauern. Brauchen S' inzwischen einen Leihwagen?«

»Ja, ich glaub schon. Ich muss ja nach Bad Ischl. So was wie einen Golf, wenn Sie haben.«

Der Mann nickt zustimmend. »Klaro, da hab i ganz was Besonderes für Sie, und kost a nur 39 Euro am Tag, so wie die anderen. Kommen S' mit.« Der Mechaniker geht voraus zum Fuhrpark und deutet auf einen golfähnlichen Wagen. »Is ein ID.4 mit Style-Ausstattung.«

»Aha.«

»Ja, setzen S' Ihna amal eini. Das neueste Elektromodell in der Klasse. Vielleicht wollen S' Ihren alten Käfer dann eh gegen den eintauschen. Wir könnten Ihnen an guaten Preis machen.«

Martin wehrt ab. Er will kein neues Auto.

»Was hat der denn für eine Reichweite?«

»Ganz super. Vierhundert Kilometer. Kommt aber aufs Wetter an. Und wie Sie ihn fahren.«

»Und wo tanke ich?«

»Laden«, korrigiert ihn der Mechaniker. »Is ka Problem. Inzwischen gibt's schon an jeder Ecken und natürlich an jeder Autobahnstation Ladesäulen. Dauert halt a bissel länger als beim Benzin. So ungefähr zwanzig Minuten für a volle Ladung, wenn's die schnelle ist. Sonst länger, das kost dann weniger. Trinken S' inzwischen gmiatlich an Kaffee ...«

Sei nicht feige, denkt Martin bei sich. Er ist neugierig auf das Auto. Morgen Abend wird er Rosie damit vom Flughafen abholen. Ihr Chauffeur, Igor der Schreckliche, ist in Kitzbühel.

*

Als sie in ihrer Villa in der Gloriettegasse ankommen, lobt sie Martins Elektrogefährt. »Ich muss das sofort vom Igor checken lassen, welche Autos in einer anständigen Größe es mit E-Motor gibt.« Rosie, die Protzige.

»Komm, jetzt trinken wir zusammen ein Bier«, versöhnt sie ihn wieder. Im Haus wartet die Haushälterin, die ihnen den Koffer abnimmt und ins Schlafzimmer trägt. Rosie holt noch schnell zwei kleine Flaschen Bier aus dem Kühlschrank und geht mit Martin ins Wohnzimmer. Sie strahlt und versichert ihm, dass sie ihn sooo vermisst hat. Umgekehrt war's nicht so, denkt er und küsst sie schuldbewusst.

Rosie muss noch was loswerden: »Doktor Iwanow war sehr optimistisch. Er meint nur, dass wir uns beeilen sollten.« Sie lacht ein bisserl künstlich: »Nicht, dass statt einem Baby das Klimakterium kommt.« *Statt eines Babys*, denkt Martin, der Genitivverfechter auf einsamem Posten. Er versucht sich vorzustellen, wie ein kleines Wesen durchs große Wohnzimmer krabbelt.

»Also, was sagst?«, fragt Rosie.

Martin sieht in Rosies grün gesprenkelte Augen. Die Sommersprossennase. Der kirschrote Mund. »Das sind wunderbare Neuigkeiten.« Wahrheit oder Lüge? Er zieht sie an sich, und Rosie legt ihren Kopf an seine Schulter und seufzt zufrieden. Vielleicht sollten sie jetzt ins Schlafzimmer wechseln ... »Sollen wir?«, gurrt Rosie. Doch dann setzt sie eins drauf: »Heute wäre der richtige Tag.«

Aus, Schluss, vorbei! Sex nach Terminplan? Das ist der Tod jeder Erotik. Er lässt Rosie los, greift aus Verlegenheit in seine Brusttasche und zieht eine Zigarettenpackung heraus. Seit er dem Hochzeitsvorbereitungsstress ausgesetzt ist, raucht er wieder mehr.

»Stopp!«, ruft Rosie. Mit strenger Stimme: »Ich hab dir doch gesagt, dass der Iwanow meint, Rauchen ist ganz schlecht für die Qualität der Spermien. Vor allem, weil du auch nicht mehr der Jüngste bist, sagt er.«

Martin schaut sie mit offenem Mund an. Dann legt er los wie in seinen besten Aggressionszeiten. »Dieser russische Quacksalber wagt es, über meine Spermien zu urteilen? Als Nächstes muss ich noch eine Diät machen, damit sie seinen Ansprüchen genügen. Aber mit *mir* nicht, Rosie!«

Es fällt ihr nicht leicht, doch sie lenkt ein: »Das musst du doch nicht gleich persönlich nehmen. Das ist eine medizinische Tatsache, dass mit dem Alter die Spermienqualität abnimmt.«

Martin, schon leiser, aber immer noch böse: »Meine Spermien, liebe Rosie, werden immer aufs Neue frisch produziert, während die Eier einer achtundvierzigjährigen Frau genau achtundvierzig Jahre alt sind. Nämlich *alt*.«

Sie ist blass geworden. Er weiß, dass er unfair und verletzend war, und jetzt tut es ihm leid. »Entschuldige, das war gemein«, setzt er nach. Aber Rosie ist bereits aufgestanden und hat den Raum türknallend verlassen.

*

Ein schönes Fahrgefühl, das muss er zugeben. Auf der ganzen Strecke glaubt er zu gleiten, anstatt zu fahren. Zwei Stunden und neunundfünfzig Minuten dauert die Fahrt von Wien nach Bad Ischl, hat ihm das Navi angekündigt. Plus zwanzig Minuten Stromtanken. Denn irgendwo vor der Ausfahrt Regau sollte er laden. Er hat sich eine App für den Stromanbieter aufs Handy geholt. Bei der letzten Tankstelle wird er halten, gemütlich einen Kaffee trinken und inzwischen das Auto an eine Ladesäule hängen. Dann Rosie anrufen. Nach dem Spermienstreit haben sie sich am Sonntag noch halbherzig versöhnt. Trotzdem – die Auszeit wird beiden guttun.

Das Auto piepst. Es ist durstig, verlangt nach Strom, er ist zu schnell gefahren und hat entsprechend mehr verbraucht. Es gibt einen Economy-Modus, das hat er vergessen. Elektroauto-Anfänger. Doch als er zur Tankstelle abfährt und die Ladesäulen am äußersten Rande des Parkplatzes findet, sind beide besetzt.

Gefühlte Stunden später, tatsächlich nach vierzig Minuten, hat er drei Tassen Kaffee getrunken und ein längeres Telefonat mit Rosie geführt. Als endlich eine Ladesäule frei ist, er sein Auto anhängt und nach der App sucht, piepst zur Abwechslung sein Handy. Weil das auch leer ist!

»Verdammter Mist«, flucht Martin lautstark und handelt sich mitleidige bis schadenfrohe Blicke ein. Eine ältere Dame im Vorübergehen: »Man muss ja nicht jeden modernen Scheiß mitmachen, junger Mann!« Ein deutscher E-Autofahrer: »Trödel hier nicht rum, Mensch, es warten noch mehr auf ihren Strom.«

Martin ist schon unter Strom. Ein fast leeres Auto und ein leeres Handy, das gleicht einem Horror-Paar. Er würde gerne losbrüllen, stattdessen greift er nach den Gummibären und stopft sich ein paar in den Mund. Schweineschwartengelatine mit Zucker und Geschmacksstoffen, das hat er irgendwo gelesen, aber jetzt ist es ihm egal. Ohne Handy kann er nicht tanken, selbst wenn die Betreiber Kreditkarten nehmen. Weil er ja die Sicherheitsnummer nicht aufs Handy kriegt. Er steigt ins Auto und fährt in eine Parklücke, um den Platz für einen freizumachen, der nicht so blöd ist wie er.

»Ich sag's ja immer, das System ist noch nicht ausgereift!«, sagt er zum Auto, das nix dafürkann. Dann marschiert Martin zur Raststätte, um sein Handy irgendwo aufzuladen. Isst aus Frust noch ein Paar Frankfurter mit Kartoffelsalat und trinkt ein Bier dazu. Noch nie ist ihm aufgefallen, wie langsam sich so ein Telefon auflädt. Und man sollte sich einmal bewusst machen, wie verdammt abhängig man von diesem kleinen Ding ist. Kann nicht tanken, kann nicht bezahlen, von Null-Kommunikation ganz zu schweigen. Wie war es früher – ohne Handy? Natürlich denkt er jetzt, dass es viel schöner war. Man war nicht ständig erreichbar. Und musste zur Bank gehen, um einen Zahlschein auszufüllen. Keine Apps. Nichts, das piepst und blinkt und dich an irgendwelche Termine erinnert. Und Autos brummten motorstark, gaben aber sonst keine Laute von sich. Wenn der Tank leer war, gab es zur Not den Reservekanister. Martin schaut aus dem Fenster auf einen wolkenlosen Sommerhimmel – und zurück auf seine analoge Jugend. Und beruhigt sich langsam. Ist doch egal, wann er in Ischl ankommt. Ist sowieso eine Schnapsidee, wie sie nur von Romana kommen kann.

Nach all der Warterei wird es erst einmal doch nichts mit dem Laden, da Martin die App eines nicht mit dieser Ladestation kompatiblen Providers auf seinem Handy und auch nicht die gewünschte Art der Kreditkarte bei sich hatte. Also muss er weiterfahren. Er fährt so langsam, wie es auf einer Autobahn möglich ist, und schaltet die Klimaanlage nicht ein, um Strom zu sparen. Die Ladekapazität liegt bei 23 Prozent, unter 20 soll man nicht kommen, weil dann die fast leere Batterie Schaden nimmt. Daran erinnert er sich. Der Computer zeigt ihm die nächste Ladestation an, er fährt wieder ab und hat diesmal Glück im Unglück. Der Strombetreiber akzeptiert seine Kreditkarte, doch es ist eine der langsamen Ladesäulen, und es dauert eineinhalb Stunden, bis er so viel Strom hat, dass es bis Ischl reicht, sogar mit Klimaanlage. Weil er die Navi-Bedienung nicht hinkriegt, weist ihm Google Maps den Weg an Ischl vorbei einen Berg hinauf, wo das *Sisi* liegt. Ein alter Herrensitz in kaiserlichem Stil mit einem Skulpturenpark rundherum und grandioser Aussicht auf die Kurstadt und den Dachstein. Auffahrt mit knirschenden Kieselsteinen. Ein junger Mann in Tracht kommt ihm entgegen, als Martin aussteigt. »Sie müssen Herr Glück aus Wien sein. Wir haben Sie früher erwartet, die Herrschaften sind beide grad nicht da. Aber ich darf Sie begrüßen und Ihr Gepäck nach oben bringen.«

Danke, er trägt selbst, und der Concierge oder was auch immer sieht ein bisserl pikiert drein.

Nein, Martin muss nichts ausfüllen, das hat Zeit, er wolle doch sicher erst einen Drink nehmen und auspacken vor dem Abendessen. »Soll ich den Wagen auf den Parkplatz fahren?« Das darf er. Martin gibt ihm den Autoschlüssel und steigt die Treppen hinauf in eine Halle, die ultramodern eingerichtet ist und in starkem Gegensatz zur Außenarchitektur steht. Eine junge Frau im Dirndl reicht ihm den Schlüssel und lächelt so strahlend, dass Martin gar nicht anders kann, als es zu erwidern.

Sein Zimmer im dritten Stock ist unterm Dach und ziemlich stickig, Martin reißt alle Fenster auf und geht als Erstes unter die Dusche. Modernes Badezimmer, der Rest des Mobiliars ist alt, Barock trifft auf Bauernmöbel. Immerhin scheint die Matratze okay zu sein. Martin liegt auf dem Bett, sein Handy klingelt, und er lässt es läuten. Eigentlich wollte er noch joggen gehen vor dem Abendessen, aber dann ist er zu faul aufzustehen. Morgen, denkt er, außerdem ist er durstig und hungrig und auch irgendwie neugierig auf diesen Mike Hansen, der vor langer Zeit einer von Romanas Liebhabern war, von Beruf Fitnesstrainer und verheiratet mit einer Erbin aus einer Linzer Pharmadynastie. Martin hat ihn gegoogelt, ein Foto im Netz zeigt das Brautpaar und dahinter einen grimmig blickenden jungen Mann, er tippt auf den Sohn. Und schon hat er seinen ersten Verdächtigen: Vielleicht war er mit der Heirat seiner Mutter nicht einverstanden und möchte ihren Galan vertreiben.

Wieso das Hotel *Sisi* heißt, weiß Martin ja schon. Laut Romana ist es nicht nach der Kaiserin, sondern nach Mikes Frau benannt. Trotzdem irritiert ihn der Umgang mit der legendären Sisi. In der Eingangshalle, im Foyer und in den Gängen hängen Karikaturen, ganz schön böse Zeichnungen von ihr und dem seligen Franz Joseph. Aber irgendwie auch witzig, denkt Martin, der ein großer Fan von Gary Larson ist.

An der Hotelbar trifft er auf eine attraktive und sehr schlanke Frau, deren Alter er nicht einschätzen kann. Zeitlose Schönheit, nicht unbedingt naturbelassen. Der Barkeeper scheint vom Concierge informiert, er reicht Martin den Autoschlüssel und sagt: »Das ist Herr Glück aus Wien, Frau Hansen, soeben eingetroffen.«

Sie lächelt und sagt: »Ich bin Elisabeth Hansen. Willkommen in unserem Haus, Herr Glück. Ich hoffe, Sie hatten eine angenehme Anreise. Ist Ihr Zimmer in Ordnung?«

»Nur ein bisserl heiß, weil unterm Dach. Aber sehr gemütlich sonst.« Er bestellt ein Bier, sie einen Zitronenspritzer. »Sollen wir Sie woanders einquartieren? Wir haben nur 20 Zimmer, und die sind heute alle besetzt, aber morgen reist die amerikanische Gruppe ab, dann könnten Sie umziehen.«

Martin verneint dankend und greift nach seinem Bierglas. Der erste Schluck ist immer der schönste. Sie nippt nur.

»Sie haben ein wunderschönes Haus, Frau Hansen. Wie ich hörte, sind Sie selbst die Namensgeberin, und nicht etwa die Kaiserin, wie man meinen könnte?«

»Ja und nein«, antwortet sie mit einem Lächeln, das er nicht einordnen kann. »Mein Mann hat ihn ausgesucht. Weil ich Elisabeth heiße und es einige Parallelen zur legendären Sisi gibt, tatsächlich haben sich die Wege unserer Vorfahren gekreuzt. Aber ich will Sie damit nicht langweilen, und mein Mann und ich können mit dem übertriebenen Kaiserkult in dieser Stadt ohnehin wenig anfangen. So altmodisch. Weshalb wir in unserem kleinen, feinen Hotel andere Akzente gesetzt haben. Was wiederum einigen Gästen nicht so gut gefällt …«

Sie verstummt, als ein Mann die Bar betritt. Martin erkennt ihn von dem Foto im Internet. Typ gealterter Sonnyboy mit etwas zu langen Haaren und dekorativen grauen Strähnen. Trägt Jeans mit Trachtenhemd, und seine Zähne sind so weiß, dass sie blenden. Sein Händedruck ist fester, als Martin lieb ist.

»Mike Hansen. Wie schön, dass Sie es einrichten konnten. Meine Frau haben Sie ja schon kennengelernt. Ich hoffe, Sie hatten eine angenehme Anreise …«

Bevor Martin antworten kann – und was hätte er schon sagen sollen? –, redet Mike Hansen weiter: »Wir sprechen am besten morgen über die Angelegenheit, heute sollten Sie sich erst einmal mit allem vertraut machen. Ich muss nur leider noch kurz weg, aber Sisi wird Sie sicher bestens unterhalten.«

Ein merkwürdiger Satz, findet Martin, aber vielleicht ist er zu empfindlich. Zu müde. Zu durstig. Er bestellt noch ein Bier, während Hansen die Bar verlässt. Im John-Wayne-Gang. Ein attraktiver Mann, denkt Martin, wenn auch in die Jahre gekommen und mit leichtem Bauchansatz. Irgendwie beruhigend. Perfekte Männer sind so deprimierend. Frauen auch.

Sisi Hansen blickt sich unruhig um. »Die schlimmsten Drohbriefe bekomme ich«, flüstert sie, während sie ihm einen Packen Briefe hinschiebt, die Martin kurz überfliegt. »Es sind sogar Morddrohungen darunter. Mich hat das so mitgenommen, dass ich sogar zum Arzt musste, so fertig war ich mit den Nerven. Er hat mir schwere Beruhigungsmittel verschrieben, aber die vertrage ich nicht. Also versuche ich es mit Akupunktur und Meditation. Und natürlich viel Bewegung. Das hält mich körperlich und geistig einigermaßen fit.«

»Wie die legendäre Sisi«, sagt Martin so dahin. Sein Wissen hat er aus einer Fernsehserie über Sisi, von der er eine Folge gesehen hat. Sie soll depressiv gewesen sein. Magersüchtig. Und total auf ihr Aussehen fixiert. Parallelen? »Haben Sie es der hiesigen Polizei gemeldet?«

»Natürlich nicht«, flüstert Sisi Hansen. »Das sind doch alles Trottel hier. Provinzpolizei. Wir sind wirklich dankbar, dass Sie gekommen sind. Und wenn Sie herausfinden, wer hinter diesen infamen Drohungen steckt, werde ich mich durchaus erkenntlich erweisen, Herr Glück. Was für ein ungewöhnlicher Name! Bringt er Ihnen Glück?«

Sie ist schon etwas seltsam. Martin nimmt einen kräftigen Schluck Bier, setzt das Glas ab und antwortet mit einem Lächeln.

Die Kaiserin hat auf Fotografien und Gemälden nie gelächelt, weil sie angeblich schlechte Zähne hatte. Diese Sisi zeigt ihr wunderbares Gebiss öfter als nötig. »Haben Sie Lust, heute Abend mit uns zu speisen?«, fragt sie ihn jetzt.

Bevor Martin etwas sagen kann, stürzt der Concierge gleichzeitig mit Mike Hansen in die Bar: »Kommen Sie schnell, gnädige Frau. Es ist etwas Schreckliches passiert.«

3

Ein paar Gaffer stehen unter der alten Linde im kleinen Park. »Aus dem Weg«, ruft Mike, als sie näher kommen, er sieht den Kater zuerst, bevor seine Frau aufschreit. Dann wird sie ohnmächtig, und Martin, der neben ihr steht, fängt sie auf. Sie ist erstaunlich schwer für eine so schlanke Frau. Ihr Mann sagt: »Das passiert öfter.«

»Tote Katzen?«

Mike nimmt seine Frau und legt sie behutsam auf eine Parkbank. »Ohnmachten. Sie neigt dazu. Wahrscheinlich, weil sie so viele Diäten macht.«

Es klingt herzlos, wie er das sagt, aber dann denkt Martin, dass seine Körpersprache zärtlicher ist. Zum Beispiel, wie er seine Jacke unter ihren Kopf schiebt und sie ganz sanft tätschelt, um sie aufzuwecken. Als sie die Augen aufschlägt, setzt er sie auf, hält sie fest. »Es tut mir leid, Liebes, Mozart ... er ist ...«

»... tot«, sagt der Gärtner, der die Katze, in eine Decke gehüllt, im Arm hält. Er wahrt eine gewisse Distanz.

Sisi beginnt zu schluchzen, und Mike drückt sie an sich. Sagt dem Mann im grünen Overall, dass er gehen und Mozart begraben soll.

»Bei den Rosenbeeten«, flüstert Sisi. »Und ich werde ihm einen Grabstein machen lassen.«

Der Gärtner nickt, doch seine Miene drückt aus, was auch Martin denkt. Dass ein Grabstein für eine Katze vielleicht ein bisserl übertrieben wäre.

»Er muss was Giftiges g'fressen haben«, sagt der Mann, und Martin schlägt vor, dass man den Kater zur Obduktion nach Linz bringen könnte.

Ihr Blick auf ihn ist vernichtend: »Niemals lass ich meinen Mozart aufschneiden. Und wenn wir wissen, woran er gestorben ist, hilft uns das bei der Suche nach dem Täter auch nicht weiter.«

Mike macht ein Zeichen, und der Gärtner entfernt sich in Richtung der Rosenhecken.

»Liebes, es wäre doch möglich, dass Mozart eine giftige Pflanze gefressen hat.«

Nun ist der Ehemann im Visier ihrer ohnmächtigen Wut: »Katzen sind viel zu klug für so was. Er ist vergiftet worden, und zwar von den Leuten, die uns Drohbriefe schreiben. Das liegt doch auf der Hand, oder? Du hast es nie ganz ernst genommen, und du wolltest auch nicht wirklich, dass Romana ihren Wiener Freund nach Ischl schickt. Aber jetzt wirst du ja hoffentlich kapieren, wie ernst es ist.«

Sisi ist aufgestanden und sagt zu Martin: »Wenn Sie das Schwein finden, bin ich Ihnen ewig dankbar.«

Ihr Lächeln ist abgrundtief traurig, und auf einmal wirkt sie alt. Denkt Martin, der hinter den beiden zurück zum Haus geht. Mike hält ihre Hand, aus Martins Perspektive sehen sie aus wie ein junges, verliebtes Paar. Obwohl es nicht einfach für Mike sein muss, wenn sie das ganze Geld hat. Eine Überlegung, die Martin gleich auf die eigene Situation überträgt. Rosies Prinzgemahl, genau das wird er sein. Und selbst wenn sie es schaffen sollte, ihr Geld nie gegen ihn auszuspielen, wird er es immer wissen. Und sich unterlegen fühlen.

Mike dagegen dürfte ziemlich gut damit umgehen. Jedenfalls machen die beiden den Eindruck einer harmonischen Verbindung. Auch wenn Sisi ein wenig exaltiert daherkommt, aber das scheint ihren Mann nicht weiter zu stören. Gut möglich, dass es an Martins genereller Angst vor dünnen, nervösen Frauen liegt, die schrill lachen und in Salatblättern stochern. Außerdem hat Sisi gerade ihr geliebtes Haustier verloren. Wenn man ihrer These folgt, und Martin neigt dazu, ist dies vielleicht eine letzte Drohung, die gelbe Karte.

Er hat die Briefe kurz durchgelesen: Sie wurden mit Schreibmaschine getippt, die Formulierungen schon drohend, aber nicht vulgär. Eher im altmodischen Stil abgefasst. Was auf einen Urheber schließen lässt, der nicht mehr ganz jung ist. Oder eine Urheberin. Sie oder er will, dass die Hansens das Hotel verkaufen und aus Ischl verschwinden. *Diese Blasphemie, das Hotel nach der Kaiserin zu nennen und diese in abscheulichen Bildern zu verunglimpfen.* Und dann wieder kurz und bündig und offensichtlich an Mike gerichtet: *Piefke go home!*

Passt irgendwie nicht zusammen, denkt Martin, so als ob verschiedene Leute das geschrieben hätten. Mehr oder weniger abwechselnd. Und Elisabeth Hansen wird nicht explizit bedroht in den bisherigen Briefen, obwohl sie die Besitzerin des Hotels ist. Aber ihre Katze wurde ermordet, wobei Ehepaare ja theoretisch alles teilen, auch Haustiere. Sachbeschädigung nach einem Gesetz, das man dringend ändern müsste. Tiere sind keine Sachen! Martin ist zwar mehr der Hundemensch, aber er kann Sisis Schmerz nachvollziehen. Als sein Collie starb, war er siebzehn, und er trauerte Wochen, wenn nicht Monate um den geliebten Hund ... Und jetzt poppt Rosies Nummer auf dem Handy auf, und gegen seinen Willen nimmt er das Gespräch an. Wer weiß schon, was los ist? Rosie verhaftet. Ihr Vermögen eingefroren. Sie braucht dringend einen guten Anwalt ...

Rosie: »Tut mir leid, dich zu stören, Martin, aber ich habe den Schneider überredet, von London nach Wien zu fliegen, damit du den Smoking anprobieren kannst. Jetzt musst du mir nur noch sagen, ob du in vier Tagen wieder da bist, damit wir einen Termin festlegen.«

Er könnte kommentarlos auflegen. Oder ihr zum wiederholten Mal sagen, dass er keinen maßgeschneiderten Smoking aus London, sondern seinen schwarzen Anzug tragen will. Oder sie anschreien, wie ihn diese Kleidungsfrage nervt. Stattdessen presst er hervor: »Ich glaube nicht. Es hat den ersten Toten gegeben. Die Sache ist ernst.«

»Oh mein Gott«, sagt sie. »Pass bloß auf dich auf, Martin, ich will dich im Ganzen zum Standesamt führen. Und ich lass den Schneider einfach drei Smokingversionen machen, dann wird schon eine passen, und du ersparst dir die ungeliebte Anprobe. Okay?«

Nicht okay. Ganz und gar nicht. »Ich will keinen Smoking, das weißt du doch«, sagt er und legt schnell auf. Worauf ihre WhatsApp folgt mit den Worten: *Ich liebe dich, das weißt du doch.*

Er steckt sein Handy in die Hosentasche und geht in sein Zimmer, um sich fürs Abendessen umzuziehen. Martin hat keine Ahnung, ob es einen Dresscode gibt, er hofft nicht, nimmt aber vorsichtshalber ein Jackett mit zur blauen Hose und dem weißen Hemd. Sein Zimmer ist immer noch verdammt heiß, und er lässt beide Fenster offen in der Hoffnung, dass es nachts abkühlt.

Auf dem Weg nach unten fällt ihm eine Karikatur auf, in der die selige Kaiserin von einem Pferd bestiegen wird. Titel: *She just loved horses.*

»Schon ziemlich heftig«, meint er zu Mike, der bereits am Tisch sitzt. Es ist ausnahmslos auf der Terrasse gedeckt an diesem warmen Sommerabend, und der Blick hinunter auf das erleuchtete Ischl ist sagenhaft.

»Na ja, ein paar sind schon krass, aber insgesamt finde ich sie witzig. Und man muss diesem affigen Kaiser- und Sisikult ja wirklich was entgegensetzen. Meine Elisabeth ist übrigens auch nicht begeistert von den Karikaturen, aber ich habe sie überzeugen können, dass wir künstlerisch progressiv sind und gleichzeitig ein gutes Werk tun. Der Künstler ist ein Freund von mir, und für Alfie war das natürlich ein warmer Regen. Ich habe das ganze Hotel mit seinen Werken ausstaffiert. Modern Art. Einige Gäste sind nicht so begeistert, aber die können sich meinetwegen auch woanders einquartieren, wir sind im Sommer ohnehin fast ausgebucht ... Was möchten Sie trinken, Herr Glück: Wein, Bier, Schampus?«

»Bier, bitte«, sagt Martin zum Kellner, der nicht von der alten Schule ist, sondern eher lässig-arrogant daherkommt. Modern Art im Personalwesen. Aber als nicht zahlender Gast wird er sich bestimmt nicht aufregen. Zu Mike: »Der Blick auf Ischl ist grandios.«

»Ja, nicht?« Mike sieht auf seine Uhr und merkt an, dass sich die Gemahlin mal wieder verspäte, weil sie immer ewig lang für ihre Toilette brauche. »Ich habe mich daran gewöhnt«, setzt er nach und reicht Martin die Speisekarte. »Und natürlich hat Mozarts Tod sie furchtbar mitgenommen. Sisi hat nächsten Monat Geburtstag, und ich werde ihr zwei Siamkatzen schenken. Gott sei Dank sind Katzen ja austauschbar.« Ihm fällt selbst auf, wie infam das klingt, und er fügt hinzu: »Ich bin mehr der Hundefan, aber Sisi soll alles haben, was ihr Freude bringt und in meiner Macht steht.«

»Haben Sie denn keine Angst, nach dem, was heute passiert ist? Ich meine, eine vergiftete Katze ist noch einmal eine andere Hausnummer als Drohbriefe. Irgendein Verdacht?«

Mike lacht, es klingt beinah echt. »Wissen Sie, ich bin nicht der furchtsame Typ. Kieler Urgestein. Ganz klar: Die k.u.k.-Traditionsvereine und der Sisi-Fanclub, die können mich beziehungsweise uns nicht ausstehen. Nicht nur wegen der Karikaturen, auch weil ich ein Zuagroaster bin, ein Deutscher. Die mögen ja nicht einmal, wenn sich einer aus Salzburg oder Wien hier breitmacht. Sisi ist gebürtige Linzerin, das nehmen sie gerade noch in Kauf. Auch wenn sie ihr nie verzeihen, dass sie Haus und Land nicht an die Einheimischen verkauft hat. Dass wir ihnen mit dem Hotel Konkurrenz machen. Sisis Ururgroßvater hat das Haus bauen lassen, der hatte angeblich auch irgendeine Beziehung zum Kaiserhaus. Aber die Geschichte kann Elisabeth Ihnen selbst erzählen ... und da kommt sie ja ...«

... in Tiefschwarz. Ein Cocktailkleid aus Satin und Spitze, womit sie die Garderoben sämtlicher weiblicher Gäste deklassiert. Muss ein Vermögen gekostet haben, denkt Martin, und dass Rosie in dieser Beziehung genauso verrückt sein kann. Er steht auf und rückt Sisi den Stuhl zurecht, sie dankt huldvoll und bestellt ein Glas Champagner beim smarten Oberkellner, der zu ihr sogar eine Spur devot ist.

Das Menü besteht aus kalter Gurkensuppe mit Garnelen, gefolgt von Wiener Schnitzel und Salatbüfett, zum Dessert Sorbet mit Früchten. Martin hat schon schlechter gegessen, und auch Mike langt kräftig zu und ignoriert die auf seinen Bauchansatz gerichteten Blicke der Gemahlin. Sisi verzichtet aufs Schnitzel und nimmt nur Salat. »Wie könnte ich mit Appetit essen, nach dieser Tragödie?« Im Unterton schwingt mit: Und wie könnt ihr es nur tun?!

Die rund dreißig Gäste auf der Terrasse halten den Oberkellner und die drei Lehrlinge auf Trab. Es ist warm, alle sind durstig. Martin hält sich an Bier, Mike trinkt Wein und

Sisi Champagner, mehr als üblich, weil sie ihren Schmerz betäuben will.

»Was gedenken Sie zu tun?«, fragt sie Martin, und der antwortet, dass er die Briefe an eine befreundete Sachverständige weiterleiten wird, sofern Mike einverstanden ist. »Und ich will mich bei den Traditionsvereinen und dem Sisi-Club umhören. Ich sage einfach, dass ich ein Journalist aus Wien bin, der wegen der bevorstehenden Kulturhauptstadt recherchiert.«

»Das wird Ihnen Tür und Tor öffnen«, meint Mike, und dass er ihm die Briefe gern überlassen wird. »Obwohl ich im Gegensatz zu meiner Frau immer noch nicht glaube, dass Leib und Leben in Gefahr sind. Und wir wissen nicht mit Bestimmtheit, Sisi, dass Mozarts Tod und diese Drohungen zusammenhängen.« Er sieht auf seine Breitling, die ihm Sisi zum letzten Geburtstag geschenkt hat. »Wäre es sehr schlimm, wenn ich mich kurz absentiere? Ein paar dringende Telefonate …« Mike ist schon aufgestanden und küsst die nackte Schulter seiner Frau: »Du bist ja in charmanter Gesellschaft, Liebes.«

Was soll sie sagen, abgesehen von: »Ja, geh nur, ich bleibe auch nicht mehr lange.« Sisi wartet, bis er außer Hörweite ist, bevor sie korrigiert: »Von wegen Telefonate. Er will sich die Übertragung des Golfturniers im Fernsehen ansehen. Er hat meinetwegen mit Golf angefangen, und seit Neuestem ist er ganz verrückt danach. Gibt ein Vermögen für seinen Golfpro aus und will unbedingt in den Vorstand des Golfclubs. Dabei, das muss ich leider sagen, vernachlässigt Mike den Hotelbetrieb. Natürlich haben wir einen Geschäftsführer und passables Personal, aber man muss ihnen permanent auf die Finger schauen. Mein Gott, er war Feuer und Flamme für das Hotelprojekt. Ich wollte das Anwesen ja ursprünglich an einen hiesigen Verein verkaufen, weil es einfach zu groß war, nur um hier ein paar Wochen im Jahr zu verbringen. Aber dann lernte ich auf Mallorca Mike kennen, er war Fitnesstrainer in meinem Urlaubsresort. Große Gefühle und eine bezaubernde Hochzeit, ich übersiedelte für zwei Jahre auf die Insel, aber dann kamen wir im Sommer nach Ischl, und ich wollte den Verkauf abschließen ... Mike ist so begeisterungsfähig, wissen Sie. Er verliebte sich in das Haus und hatte die Idee, dass wir es zu einem Hotel umbauen. Unser gemeinsames Projekt. Er hat damals mehr Zeit mit dem Architekten verbracht als mit mir ...«

»Prost«, sagt Martin, um ihren Redefluss kurz zu unterbrechen. »Und es ist wirklich schön geworden. Sehr stilvoll – und dann natürlich der herrliche Blick auf Ischl.«

Sie lächelt nach drei Gläsern Champagner zum ersten Mal. »Ja, ich finde es auch schön, obwohl im Winter ... na ja, wir sperren drei Monate zu und übersiedeln auf die Insel. Die Linzer Firma habe ich auf meinen Sohn übertragen. Lukas ist leider kein Finanzgenie wie sein verstorbener Vater. Doch er war immerhin einer der drei besten Studenten in Oxford, und er hatte dort sogar eine geheime Affäre mit einer Angehörigen des Königshauses. Nur ihre Freundin und ich waren eingeweiht, alles topsecret, aber dann verliebte sich Lukas ausgerechnet in eine französische Schauspielerin. Ich habe ihn gewarnt ...«

Ihre Worte wehen an Martin vorbei wie Schäfchenwolken, und jetzt schreckt er auf, weil sie plötzlich schluchzt. Er reicht ihr sein Taschentuch. Weinende Frauen ängstigen ihn furchtbar. Rosie weiß das und setzt diese Waffe immer ein, wenn sie nicht mehr weiterweiß.

»Ich glaube, ich folge meinem Mann, Sie sind doch nicht böse, wenn ich Sie hier allein lasse?«

»Absolut nicht«, antwortet er, und das ist die volle Wahrheit. Martin steht auf und bleibt stehen, bis sie verschwunden ist. Trinkt dann sein Bier aus und legt einen Zehner Trinkgeld auf den Tisch, was sich wohl gehört, wenn er schon Gast des Hauses ist. Als er sein Zimmer, das jetzt ein bisserl kühler ist, betritt, läutet das Handy. Seine Mutter, die künftige Schwiegermutter von Rosie. »Weißt du, wie spät es ist?«

Lotte: »Zehn vor elf. Hast deine Uhr verlegt?«

»Nein, warum rufst du an?«

Sie ignoriert seinen pampigen Tonfall: »Stichwort ›Smoking‹: Rosie hat mir alles erzählt, sie ist ganz schön genervt von deinem Verhalten. Wie kannst du nur so stur sein, Martin?«

Er setzt sich auf das kleine Sofa, legt die Beine auf den Tisch und versucht, cool zu bleiben. »Das hab ich von dir geerbt, Mutter. Und ich finde das Theater um Smoking oder Anzug mehr als affig. Und die Blumengebinde sind mir auch wurscht. Genau wie der Austragungsort, das Menü, die Gästeliste und die Tischordnung. Macht, was ihr wollt, aber lasst mich damit in Ruhe. Und ich werde meinen schwarzen Anzug tragen.«

»Ach geh, der ist doch sicher ganz schön eng in der Taille jetzt.« Verwandtschaft hin oder her, manchmal könnt er sie erwürgen. »Natürlich passt der noch. Und bevor du fragst, wann ich zurück nach Wien komme: ICH WEISS ES NICHT. Und wenn Rosie was auf dem Herzen hat, soll sie es mir selber sagen. Oder besser noch schreiben.«

»Du verdienst sie gar nicht, die Rosie.«

Schon möglich. Aber das ändert nichts an der Gesamtsituation. »Gute Nacht, Lotte.« Er drückt auf den roten Haken. Holt sich noch ein Wasser aus der Minibar und legt sich ins Bett. Es folgt ein tiefer Schlaf mit seltsamen Träumen, und als er um halb sieben aufwacht, beschließt Martin, erst einmal joggen zu gehen. Danach duschen, dann Frühstück und die ersten Erkundungstouren in Bad Ischl. Es verspricht, ein schöner Tag zu werden, die Sonne hat jetzt schon Kraft.

Als er aus der Hotelauffahrt auf die Straße läuft, biegt er von dort den ersten Weg ab in den Wald Richtung Jainzen, eine Art Hausberg. Kein Asphalt mehr, der ist sowieso schlecht für die Gelenke. Die Schotterstraße ist für Anwohner freigegeben, doch er sieht weit und breit kein Auto. Martin verlässt die Straße und läuft in den Wald. Läuft und läuft, der Wald wird dichter, und er kommt in den Rhythmus, in dem es nichts auf der Welt zu geben scheint als seinen fast schwerelosen Körper in Bewegung. Zurück auf der Schotterstraße hupt plötzlich jemand hinter ihm.

Martin verlangsamt und läuft zur Seite, bleibt dann stehen und stützt sich mit den Händen auf den Oberschenkeln ab. Sein Atem geht leicht keuchend, und er wartet, dass der Wagen vorbeifährt. Doch der Mini bleibt neben ihm stehen. Ein Fenster surrt nach unten, und die Frau am Lenkrad beugt sich zu ihm hin: »Guten Morgen! Sie müssen der Glück aus Wien sein.«

»Da waren die Ischler Buschtrommeln aber schnell.«

Sie lacht, und es klingt nett. »Ich bin Petra, die Freundin von Sisi, und von der hab ich's. Sag's auch keinem weiter, weil Sie ja inkognito hier sind. Wollen S' mitfahren?«

Sie ist jünger als Sisi, runder und mit kurzen platinblonden Haaren. Und sie hat ein wirklich hübsches Lächeln. Martin erwidert es, so gut er kann. »Danke, aber ich dreh meine Runde und laufe dann zurück zum Hotel.«

Petra nimmt eine Wasserflasche vom Beifahrersitz. »Erfrischung gefällig?«

Martin dankt, er hat vergessen, Wasser mitzunehmen, was ganz schön blöd ist in Anbetracht der Temperaturen. Sie steigt aus und meint: »Dann machen wir zusammen eine Pause, ich rauche eine, wenn Sie das nicht stört, dann fahr ich weiter, bin sowieso zu früh dran, den Laden aufzusperren. Und wir plaudern ein bisschen.«

Pausen beim Laufen sind nicht gut, aber Martin kann sie ja nicht zurück in den Wagen scheuchen, nachdem er ihre Wasserflasche fast geleert hat. Er deutet auf einen Baumstamm: »Einverstanden. Was halten Sie von den Drohungen und dem Katzenmord?«

Petra setzt sich, ihr kurzer Rock rutscht noch höher, und er registriert schöne Beine. Sie nimmt ihre Sonnenbrille ab. »Na, Sie kommen ja gleich zur Sache. Was soll ich sagen? Bis gestern habe ich es nicht so ernst genommen, ehrlich gesagt. Was Sisi natürlich nicht wissen darf. Aber jetzt? Welcher Unhold tötet ein unschuldiges Tier?«

Unhold, er mag das Wort, und man hört es nicht mehr oft. »Das würde ich auch gerne rausfinden. Irgendeinen Verdacht?«

Petra sieht ihn an, sie hat sehr helle blaue Augen: »Ich hatte ja an diese kaiserlichen Nostalgiker gedacht, und der Sisi-Fanclub schäumt vor Wut über die Karikaturen im Hotel. Die haben sogar einen Antrag im Stadtrat eingebracht, dass Mike sie entfernen muss, aber der ist mit dem Argument der ›Freiheit der Kunst‹ abgeschmettert worden. Obwohl die meisten in Ischl der Meinung sind, dass die Bilder zu weit gehen. Kurz nach der Hoteleinweihung hat es sogar Demos vor dem Haus gegeben. Und eine vom Sisi-Club ist rein und hat eine Karikatur mit einem Farbbeutel bespritzt.

Mike hat sie nicht angezeigt, sondern das Ganze so hängen lassen – mit der Farbe. Meinte, das sei auch irgendwie eine Kunstform. Brutal Art oder so ähnlich.«

»Ja, das hab ich gesehen«, sagt Martin. »Provoziert er denn gerne, der Mike?«

Die Frage gefällt ihr nicht, er merkt es an ihrer Körpersprache. Sie setzt die Sonnenbrille wieder auf und nimmt einen tiefen Zug aus der fast heruntergebrannten Zigarette. »Ach ja, manchmal, aber er ist überhaupt kein aggressiver Mensch. Eher der Typ Sonnyboy, der sein Leben genießen will, und das möglichst unbehelligt. Mike braucht immer wieder ein neues Projekt, für das er sich begeistern kann. Und wenn das einmal läuft, dann lässt sein Interesse rapide nach. In Mallorca war es das Fitnessstudio. Dann kam das Hotel, wobei Sisi das Ganze ja ursprünglich verkaufen wollte. Ich war damals sogar ein bisserl sauer auf die beiden, weil ja geplant war, dass ich nach Mallorca ziehe und dort eine Boutique aufmache. Und dann – peng – läuft alles auf einmal ganz anders. Also muss Petra zurück auf Start. Ist nicht so leicht, hier eine hochklassige Boutique zu führen. Die Locals sind überwiegend trachtenbegeistert, und die Touristen wollen den Kaiser- und Sisi-Kitsch … aber ich will nicht klagen. Und unsere Sisi will ihren Mike halt glücklich machen – und letztendlich ist das Hotel ja echt schön geworden – bis auf die blöden Bilder.«

Petra hat ihre Zigarette am Boden gelöscht, brav aufgehoben und in ein Papiertaschentuch gewickelt. »Ich sollte wirklich damit aufhören. Alles ist so teuer geworden – und Zigaretten sowieso. Ich muss jetzt los, Martin Glück. Aber kommen Sie mich doch einmal in der Boutique besuchen, dann gehen wir auf einen Kaffee zum *Zauner*, der ist nur ein paar Häuser weiter.«

Hat sie bei diesem Satz tatsächlich auf seinen Ringfinger geschaut? Martin lächelt unbestimmt und meint: »Wenn sich's ausgeht, gern.«

Eine vage Antwort, das findet sie auch, dreht sich um und geht die paar Schritte zum Auto. Setzt sich rein und ruft aus dem offenen Fenster: »Sie haben eine entfernte Ähnlichkeit mit dem Fritz Karl.« Lacht, startet und fährt mit Karacho los, eine Staubwolke zurücklassend, in der Martin anklagend hustet.

4

Fritz Karl. Ein Kompliment! Oder doch keins? Der ist bestimmt um einiges älter als ich. Schau ich vielleicht schon so alt aus? Martin steigert sein Lauftempo. Als er zur Straße kommt, die zum Hotel führt, ist er außer Atem, und er muss zugeben, dass die Zeiten vorbei sind, in denen er beim Laufen so nebenbei ganz locker plaudern konnte. Hat bestimmt nichts mit dem Alter zu tun, eher mit mangelnder Kondition – in letzter Zeit. Zuerst diese Antriebslosigkeit nach seiner Coronainfektion, dann die Hochzeitsplanerei ... und überhaupt. Schon jetzt haben Smoking, Torten und Co. seinen gewohnten Rhythmus gehörig durcheinandergebracht. Er würde nicht so weit gehen, allein Rosie die Schuld zu geben, aber so eine pompöse Feier passt einfach nicht zu ihm. Und am Ende kann er dann den Überresten seines Sixpacks Adieu sagen. Noch eine Ähnlichkeit mit dem Schauspieler? Er hat ihn unlängst in einem Fernsehkrimi oben ohne gesehen ...

Kurz bevor er das *Sisi* erreicht, macht Martin bei einem Baum halt, atmet ein paarmal tief durch und dehnt seine Muskeln. Sieht auf die Uhr. Zehn nach acht. Da erreicht er Fassl vielleicht noch, bevor in dessen Kommissariat die Hölle losgeht.

»Ja, Martin, was is?« Franz klingt gehetzt.

»Tschuldigung, bist schon im Einsatz?«

»Nein, das nicht, aber die Valerie und ich, wir machen grad Katze-Hund. Ich ruf zurück.«

Eine Sexstellung, von der er noch nie gehört hat? Martin rätselt. Kaum hat er sein Dachkammerl erreicht, summt auch schon das Telefon. »Katze-Hund: was ist das?«, fragt er den Freund, noch bevor der Hallo sagen kann.

»Also, das ist eine tolle Technik während der Schwangerschaft, die Valerie und ich praktizieren.«

Was soll er darauf sagen? *Bitte keine Einzelheiten?* Stille am Telefon.

Franz kichert. Er hat Martins Schweigen richtig gedeutet. »Nicht, was du denkst, Blödian! Nein, das ist eine Übung für den Rücken, die wir in der Schwangerschaft täglich gemeinsam machen, damit die Muskulatur gestärkt und alles gedehnt wird und die Geburt dann leichter fällt.«

Wir? »Sorry, ich wusste nicht, dass du auch schwanger bist und Väter ebenso pränatal gefordert sind.«

Jetzt lacht Franz. »Das nimmt einen als Vater einfach so mit, wirst schon sehen, wenn's bei euch so weit ist. Ich mach alles mit der Valerie gemeinsam, dann spürt auch das Kind diese Harmonie und Zweisamkeit und fühlt sich gleich in der Familie geborgen.«

Martin seufzt. Nun ist also auch Fassl wie einige seiner Kollegen und Kumpels im Zuge der Vaterwerdung in eine andere Welt entschwunden. Eine, die nie seine war und von der er sich nicht vorstellen kann, dass sie es jemals sein wird. Aber die Erfahrung als Zaungast hat ihn gelehrt: Nach den ersten schlaflosen Nächten lässt die Begeisterung der frischgebackenen Väter deutlich nach. Er hofft, dass Fassl irgendwann wieder der Alte wird. Einer, mit dem man bis zur Sperrstunde Bier trinken, blödeln, über Kollegen lästern und über Frauen und die Welt reden kann. »Sag, Franz, du hast doch vor Kurzem diesen Schauspieler, den Fritz Karl, persönlich getroffen. Weißt du, wie alt der ist? Und findest du ihn attraktiv? Sieht er mir ähnlich?«

»Willst du mich verarschen? Dafür holst du mich von

meinem Sohn weg? Keine Ahnung, interessiert mich auch nicht. Alt halt. Jedenfalls viel älter als ich.« Martin hört im Hintergrund Valerie rufen. »Du, ich muss. Meld mich später wieder.«

Martin sitzt noch eine Weile mit dem Telefon in der Hand auf dem Sofa und schämt sich ein bisschen für so viel dumme Eitelkeit.

Durch eine lauwarme Dusche erfrischt, in kühler Baumwollhose und Leinenhemd – ein edel knitterndes Geschenk von Rosie – erscheint er für den heißen Sommertag gerüstet auf der Frühstücksterrasse. Der Kellner führt ihn zu einem für zwei Personen gedeckten Tisch mit den Worten: »Die gnädige Frau kommt gleich.« Aha, Frühstück mit der Chefin. Natürlich der beste Tisch mit Blick auf die Stadt, auf den Fluss – Ischl oder Traun? – und dahinter den imposant aufragenden Dachstein. Er bestellt frisch gepressten Orangensaft, Eierspeis mit Schnittlauch, Bauernbrot und einen Cappuccino. Während er wartet, spielt er mit dem Handy und googelt den Schauspieler.

Tatsächlich ist Fritz Karl ganze sieben Jahre älter als er. Und wie er einem *Gala*-Interview entnimmt, ist der mit fünfzig zum siebten Mal Vater geworden. Hut ab! Also, das wird Martin in den nächsten zwei Jahren nicht mehr schaffen. Amüsiert liest er das ganze Interview.

Denken Sie nicht daran, zu heiraten?, fragt die Journalistin.

Warum sollten wir? Der Mann wird immer interessanter.

Es besteht kein Grund, uns in einen zusätzlichen Stress zu begeben, indem wir eine Hochzeit planen. Um Gottes willen! Wenn ich schon daran denke, wie viel Arbeit das wäre, kriege ich Panikattacken.

Martin gefällt sehr, was er liest. Und es ist ja doch schmeichelhaft, ihm ähnlich zu sehen. Was spielt Alter schon für eine Rolle!

*

Beige weite Leinenhose, eisblaue Kurzbluse, leicht gebräunte Haut, hellblaue Sonnenbrille, strohblondes Haar mit silbern gefärbten Strähnen. Elisabeth Hansen gehört zu den Frauen, die dem altersbedingten Grau zuvorkommen wollen. Jedenfalls strahlt sie eine angenehme Kühle aus, die einen durch den heißesten Hochsommertag tragen könnte, denkt Martin. Interessanterweise tun auch die warmen braunen Augen diesem Gesamtkunstwerk keinen Abbruch.

Martin erhebt sich höflich, bis sie Platz genommen hat. »Ich habe schon angefangen, ich hoffe, das stört Sie nicht«, entschuldigt er sich und deutet auf seine halb verzehrte Eierspeis. Sie lächelt verständnisvoll. »Sie waren ja schon joggen und müssen hungrig sein. Ich habe Sie zurückkommen sehen.« Sie selbst ordert – keine Überraschung – Obstsalat. Die einzige Frau in seinem Leben, die gerne und ausgiebig gefrühstückt hat, war Lily in Kärnten.

Elisabeth Hansen: »Ich jogge zwar nicht, gehe aber fast jeden Tag auf den Jainzen.«

»Kompliment! Wie lang geht man denn da rauf?«, fragt Martin, der mit seiner Laufrunde den Berg nur teilweise umrundet hat. »Sieht recht steil aus.«

Elisabeth winkt ab. »Halb so schlimm. Ich nehme immer die Serpentinen, nicht den direkten Weg bergauf. Im Schnitt brauche ich so eineinhalb bis zwei Stunden für meine Runde. Da ich früh weggehe, bin ich ganz allein, kann mich total auf mich besinnen. Die herrliche Luft, der Ausblick, diese

Stille. Das ist es wohl, was man heute Achtsamkeit nennt. Obwohl ich dieses abgedroschene Wort inzwischen gar nicht mehr mag.«

Martin lächelt, er denkt ähnlich.

»Meine kaiserliche Namensschwester ist allerdings den steilen Weg hinaufgewandert. Jeden Tag, wenn sie in Ischl war. Der Jainzen war ihr Lieblingsberg.«

»Ist ja auch nicht so weit von der Kaiservilla, wo sie gewohnt hat.« Martins Reiseführerwissen.

»Richtig.« Jetzt beginnt Elisabeth zu flüstern. »Und vor allem ist sie bei ihrer Wanderung am Haus meines Urgroßvaters vorbeigekommen.«

Martin versucht, beeindruckt zu nicken. So ganz kann sich die heutige Sisi dem Kaiserkult offenbar doch nicht entziehen.

Sie neigt sich zu Martin über den Tisch und spricht nun leise in sein Ohr: »Die beiden hatten eine Affäre! Das weiß niemand. Angeblich hat sie sich nur an dem Brunnen mit Wasser erfrischt. Aber in unserer Familie ist eindeutig überliefert, dass sie verdächtig oft bei ihm eingekehrt ist. Es gibt einen Briefwechsel, wissen Sie. Ich habe ihn im Tresor verwahrt. Weil ich natürlich nicht will, dass es zu einem Skandal kommt. Die arme Sisi wird schon mehr als genug medial verwurstet, finden Sie nicht auch?«

Martin hat keine Meinung dazu. »Aber damals war es noch eine Privatvilla – oder auch schon ein Hotel?«

»Privat«, flüstert Elisabeth. Dann weiter in normaler Lautstärke: »Erst mein jetziger Mann und ich haben das Haus zu einem Hotel umgebaut, wie ich gestern schon erzählte. Womit wir uns ein paar Einheimische zu Feinden gemacht haben. Die wollten das Haus kaufen, um eine weitere Sisi-Gedenkstätte daraus zu machen. Mit Sisi-

Wanderwegen, Sisi-Wanderkarten, Sisi-Wanderstöcken und so weiter.«

»Haben Sie es denn bereut, dass Sie hier Ihre Zelte aufgeschlagen haben? Ischl ist ein hübsches Städtchen, aber nicht gerade der Nabel der Welt.«

Sisi spießt ein Stück Obst auf, führt es zum Mund und kaut es furchtbar lange, bevor sie antwortet. »Ich habe mich in dieser herrlichen Landschaft immer wohlgefühlt, aber jetzt ... mit den Drohbriefen und dem Mord an Mozart ...« Sie bricht den Satz ab und wischt sich mit einem hellblauen, zur Bluse passenden Batisttaschentuch ein paar Tränen aus den Augenwinkeln. Dann fährt sie mit beherrschter Stimme fort: »Ich fand es gut, hier den größten Teil des Jahres zu verbringen und meinem Sohn in Linz und der Firma näher zu sein.« Konspirativ: »Außerdem habe ich begonnen, die gemeinsame geheimnisvolle Geschichte unserer Familien zu recherchieren.«

Martin bestellt noch einen Saft. Geheimnisse machen durstig. »Welcher Familien?«, fragt er neugierig.

»Na, der kaiserlichen und meiner«, jetzt flüstert Elisabeth wieder. »Ich hab eh schon Kontakt aufgenommen mit dem Markus und dem Valentin.« Auf Martins verständnislosen Blick: »Habsburg-Lothringen. Die wohnen ja unten in der Kaiservilla. Ist eine der wenigen Habsburgbesitzungen, die nicht verstaatlicht wurden. Es sind wirklich ganz reizende Menschen, Sie müssen sie unbedingt kennenlernen.«

*

Martin glaubt nicht daran, dass sich ein Kaiserurenkel mit einem Wiener Chefinspektor abgeben würde. Doch entkommen kann man den Habsburgern sowieso nicht, wenn man durch Ischl spaziert. Der Ort ist herzig, sofern man einen Sinn für Nostalgie hat – und die Sonne scheint. Wasser, Berge, alte Villen, elegante Promenaden, viel Grün; und auf Schritt und Tritt Franz Joseph und Sisi. In diesem Haus haben sie sich verlobt, dort haben sie anfangs gewohnt, da sind sie spazieren gegangen und haben dem gemeinen Volk zugewinkt, man findet sie sogar in Schokoladenform, auf Doserln, Schirmen ...

Und dort oben beim Jainzen hatte Sisi ihr Stelldichein? Martin muss über sich selbst lachen. So ein altmodischer Ausdruck konnte ihm nur in dieser Umgebung einfallen. Kaum einen Tag da, und schon ist er selber aus der Zeit gefallen.

Er ist nach dem Frühstück vom Hotel zu Fuß die Jainzenbachstraße hinuntergespaziert, vorbei an Kaiserpark und Kaiservilla, die Ischler Pflichtübung für Touristen. Jetzt bummelt er durch die Fußgängerzone und überlegt, beim berühmten *Zauner* einzukehren. Oder doch lieber auf ein Bier im *k.u.k. Hofwirt*, den Mike empfohlen hat?

Während er noch unschlüssig herumsteht, spricht ihn Sisis Freundin an. »Hallo, Herr Glück, Sie besuchen mich also tatsächlich?«

Erst jetzt merkt Martin, dass er vor dem Schaufenster eines hochpreisigen Modegeschäfts steht. Edelste Outfits edler Designer zu ungemein edlen Preisen.

»Kommen Sie doch herein!« Petra öffnet eine elegante Glastür mit geschwungenem Messinggriff, in den Türflügeln prangen groß die Silben »Pe« und »Pa«.

Petra sieht seinen fragenden Blick. »Willkommen bei ›PePa‹, Abkürzung von Petra Papst – meine Wenigkeit. Die Idee kam von Sisi. Sie ist nicht nur meine Stammkundin, sondern unterstützt mich auch, wo sie kann. Wissen Sie, als

Frau allein hat man es nicht leicht. Aber die Sisi mit ihrer Erfahrung im Geschäftsleben ...« Mit einer ausladenden Handbewegung zeigt sie stolz auf ihr Reich. Hell, modern, cool, elegant, kundenleer.

Es wundert ihn nicht.

»Vielleicht ein kleines Mitbringsel für Ihre Frau? Freundin?«, fragt Petra lauernd, wie Martin meint. Wieder ein Blick auf seinen Ringfinger.

»Jetzt nicht«, sagt er und meint »nie«. »Aber vielleicht komme ich in den nächsten Tagen wieder vorbei. Heute bin ich noch länger in der Stadt unterwegs und will außerdem noch mit den Leuten vom Traditionalistenverein sprechen.«

Petra ist im Bilde und grinst frech. »Ach ja, der Herr Redakteur, der zum Kulturjahr recherchiert. Das Büro von denen ist gleich nebenan, aber beim Verein werden Sie heute niemanden antreffen, die sind alle bei einer Versammlung in Gmunden. Ich könnte Sie ja für morgen ankündigen. Von welcher Zeitung sind Sie noch schnell?«

Bevor Martin scherzhaft »*Kaiserlicher Bote*« antworten kann, wird Petra abgelenkt. Ein Mann in Martins Alter, schütteres Haar, dunkler Anzug, weißes Hemd, ganz en vogue mit offenem Hemdkragen statt Krawatte, betritt die Boutique. Businessman? Bankmensch? Lokalpolitiker? Kulturmanager?

Er wirft einen kurzen Blick auf Martin, dann auf Petra, die bis unter den Haaransatz errötet. »Ich komme später wieder«, murmelt er, nickt Petra und Martin zu und ist verschwunden.

Petra sieht aus unerfindlichen Gründen Erklärungsbedarf. »Das war einer unserer Stadtpolitiker, Kulturausschuss. Frajo Niederlehner, ein ganz wichtiger Mann für das bevorstehende Kulturjahr ...«

Und noch wichtiger für die gute Petra, denkt Martin amüsiert. Aber warum ist ihr das peinlich? Er tippt auf eine heimliche Affäre nebst Ehefrau im Hintergrund.

Das Privatleben fremder Leute geht ihn zwar nichts an, wenn sie nicht in irgendeinen Mord verstrickt sind, aber woher der eigenartige Name Frajo kommt, will er nun doch wissen. »Frajo?«, fragt er. »Interessanter Name.«

Petra lacht. »Ach Gott, der Arme wurde von seinen Eltern mit dem Vornamen Franz Joseph gestraft, da hat er sich schon als Bub abgekürzt Frajo genannt. Er gehört zum progressiven Lager in Ischl.«

Martin verabschiedet sich und verlässt das Geschäft in Richtung Esplanade. Dorthin strömen so gut wie alle Ischl-Touristen, und Martin hat keine Lust, sich einzureihen. Er weicht auf das andere Traunufer aus. Links die Lehár-Villa, die ihn null interessiert. Genug mit Operetten- und Kaiserkult. Er biegt nach rechts in Richtung Siriuskogel ab, wo man vielleicht ungestört spazieren kann. Als er an einem Areal, beschildert mit »Tierhilfe Ischl«, vorbeikommt, trifft er auf Mike Hansen.

Martin ist überrascht, ihn an diesem Ort zu sehen. »Sind Sie schon auf der Suche nach einem Nachfolger für Mozart?«

»Nein, nein, nicht hier«, wehrt Mike ab. »Hier drin gibt's keine edlen Rassekatzen, wie Sisi sie mag, sondern nur arme ausgesetzte Geschöpfe. Ich habe die Unmengen von Mozarts Luxusfutter hier abgeliefert. Die können solche Spenden gut gebrauchen.«

»Dabei hatte ich gar nicht den Eindruck, dass Sie Katzen besonders mögen«, meint Martin.

»Gehen wir ein Stück zusammen?«, schlägt Mike vor. »Stimmt. Ich wurde als Kind von einer Katze angefallen.

Sie ist von einer Gartenmauer heruntergesprungen und hat sich in meinem Rücken verkrallt. Es hat nicht nur grauenhaft wehgetan und Narben hinterlassen – seither sind mir Katzen unheimlich. Normalerweise besuche ich hier die Hunde und geh hin und wieder mit ihnen an der Traun spazieren. Nicht täglich, so viel Zeit hab ich nicht. Und Sie, Herr Glück? Haben Sie Ischl erkundet? Was sagen die Traditionalisten? Haben sie gestanden?«

Er sollte es ernster nehmen, denkt Martin und erzählt von seinem Besuch bei Petra und dass er die Herrschaften erst morgen antreffen werde. »Wie sind denn die durchschnittlichen Ischler im Allgemeinen so aus Ihrer Sicht? Wie die Leute im Ausseerland, eher eine geschlossene Enklave?«

Mike lacht. »Nicht ganz, soweit ich das als Außenstehender vulgo Piefke beurteilen kann. Sie sind schon eine ganz eigene Gemeinschaft, andererseits streiten sie sich untereinander bis aufs Messer. Der gemeine Ischler ist stur und wehrt sich zunächst gegen alles Neue, lässt es aber letztlich doch herein. Aber nicht, weil er so tolerant ist, sondern weil er selber nix zustande bringt. Vielleicht übertreibe ich, aber überlegen Sie mal: Seit der Kaiserzeit kommt alles von außen, was die Stadt ausmacht. Und jetzt, zum bevorstehenden Kulturjahr, hat der Streit beinah schon apokalyptische Ausmaße. Die einen sagen: nur ja keine moderne Kunst von außerhalb, sondern die ewig gleiche Leier mit Kaisers, Sisi, Blasmusik und Operette. Kulturelle Inzucht sozusagen. Die Gegenseite will aber unbedingt Neues, Außergewöhnliches, das nicht aus der Region stammt. Und das ist in meinen Augen auch dringend notwendig. Irgendwann sterben denen nämlich die Kaiser- und Kurtouristen weg, und dann gibt's nichts, was junge Leute anlocken könnte. Das europäische Kulturjahr wäre eine ganz große Chance, sich neu zu erfinden. Aber im Moment wird nur gestritten. Salzbaron Androsch ist schon mit Pomp und Geschimpfe aus dem Komitee ausgetreten, das für die Kulturhauptstadt gegründet wurde. Und ein prominenter Journalist soll sich in einem Gasthaus deswegen geprügelt haben. Die arme Frau Schweeger, übrigens auch eine Elisabeth, die sich mit dem Management des Kulturjahrs abmüht, hat es bei Gott nicht leicht.«

Martin hat Mikes Angebot, ihn nach dem Spaziergang und einem kleinen Snack im *Weinhaus Attwenger* mit dem Auto ins Hotel mitzunehmen, gerne angenommen. Er war lang genug durch die Stadt gehatscht und hatte keine Lust, noch einmal den Berg raufzugehen. Für den Abend riet ihm der Hotelier zu einem bodenständigen Essen beim *k.u.k. Hofwirt*, an dem Martin schon vorbeigekommen ist. Mit einem schlagenden Argument: »Jede Menge exzellente Biersorten.« Dort treffe er außerdem viele echte Ischler, und Touristen seien in der Minderzahl.

Zum Abschied rät Martin Mike zur Vorsicht: »Ich würde es ein bisserl ernster nehmen an Ihrer Stelle. Die Drohbriefe sind das eine. Aber eine tote Katze, da geht jemand schon einen großen Schritt weiter. Passen Sie auf sich auf!«

Mike lacht: »Ich werde mich bemühen, brav zu sein.« Dann eilt er davon und auf seine Frau zu, die er erst umarmt und dann hochhebt. Er ist ein leichtsinniger Idiot, denkt Martin und drückt auf den Liftknopf nach oben.

Mit einer Packung Gummibären zieht er sich aufs Minisofa zurück und studiert noch einmal die Drohbriefe. Und nickt darüber ein, bis ihn das Handy weckt. Sein »Hallo, Rosie« klingt gewollt munter.

»Hast g'schlafen?«, ertappt ihn Rosie sofort. Sie kennt ihn schon recht gut.

»Ja, es ist verdammt heiß hier – und unterm Dach sowieso. Außerdem war ich joggen und dann unterwegs auf den Spuren von Mozarts Mörder ...«

»He? Willst du den Tod vom Amadeus vielleicht jetzt auch noch aufklären?« Ihr Lachen könnte Tote zum Leben erwecken.

Als er zu einer Erklärung anhebt, unterbricht sie ihn fröhlich. »Du, Martin, du kannst dir gar nicht vorstellen, wie du mir fehlst! Um dir dort in Ischl wenigstens in Gedanken nahe zu sein, habe ich jetzt alles Mögliche über den Ort gelesen. Und stell dir vor, was ich gefunden habe: Die Solebäder in Ischl fördern die Fruchtbarkeit. Denen haben schon der Franz Joseph und seine Brüder ihre Entstehung zu verdanken. Drum hießen sie auch die Salzprinzen. Da dachte ich, dass wir, also eigentlich, dass du, wo du doch schon dort bist ... ich meine ... wegen deiner Spermien ...«

Martin legt wortlos auf.

Er braucht bestimmt keine Solebäder, sondern ein gutes Bier und anständiges Essen. Also steht er auf, duscht noch einmal und zieht Jeans und Polohemd an, um zum *Hofwirt* zu gehen.

Im Stiegenhaus hört er streitende Stimmen. Mike und Sisi.

»Schau, *Metallica* würde denen im Kulturjahr doch Feuer unterm Hintern machen«, hört er Mikes Stimme.

»So, so!«, antwortet Sisi mit ziemlich gemeiner Stimme. »Wenn du jetzt auf Impresario machst, bitte schön, aber nicht auf meine Kosten. Weil du eh schon genug Geld in den Sand gesetzt hast. Mein Geld. Kümmer dich lieber um das

Hotel, das läuft nicht von allein. Und denk an den armen Mozart – wir haben die Leute schon genug provoziert. *Metallica* und Ischl – also wirklich, du hast Ideen. Auch mein Erbe wächst nicht auf Bäumen, weißt du.«

Jetzt wird Mike lauter: »Und was ist mit Petra? Der schiebst du doch ständig die Tausender hinein.«

»Nein, Mike, ich engagiere mich finanziell in ihrer Boutique, die wirklich hochklassige Ware hat, was die Einheimischen offenbar nicht zu schätzen wissen.«

»Oder nicht bezahlen wollen.«

»Weil sie lieber trachtenmäßig unterwegs sind.« Sisis Stimme klingt jetzt versöhnlicher. »Schau, Mike, ein musikalisches Kontrastprogramm zu den Heimatklängen kommt bestimmt an, es muss ja nicht gleich Hardcore sein. Und vielleicht eine österreichische Band. Was hältst du von Voodoo Jürgens? Er könnte bei uns im Hotel auftreten. Und warum fragst du nicht den Frajo, ob der Kulturausschuss das fördert?«

Keine Antwort, Martin hört, wie eine Tür zugeschlagen wird. So ganz rosarot ist diese Ehe ja doch nicht, denkt er, und ihm wird im Gedächtnis bleiben, wie Sisi ihrem Mann das Geld vorgehalten hat. Ihr Geld.

5

»*Metallica* in Ischl?! Bist jetzt komplett verrückt geworden?«

Frajo Niederlehner und Mike Hansen sitzen beim *Zauner* im hinteren Raum, weil vorne die Tische besetzt sind. So gut wie alle Ischler frequentieren die ehemalige k.u.k.-Hofbäckerei, um zu frühstücken oder belegte Brote zu essen oder Mehlspeisen nach kaiserlichen Rezepten. Frajo und Mike haben nur Verlängerten bestellt, und nun setzt Mike seine Tasse klirrend ab. »Ich dachte, du bist auf Seite der Progressiven! Wenn das kein Kontrastprogramm zu Blasmusik und Lehár-Operetten ist, dann weiß ich auch nicht.«

Frajo grüßt einen Kollegen der Oppositionspartei mit kühlem Nicken. Man kennt sich. Man verachtet einander. Die Gräben sind tief in der Stadtpolitik, und das Jahr der europäischen Kulturhauptstadt reißt alle alten Wunden wieder auf. Wer kriegt welches Geld wofür? Daran vor allem scheiden sich die Geister, und wenn Duelle noch en vogue wären, würden viele Ischler Politiker schon unter der Erde liegen.

»Also, gebt ihr mir dafür einen Zuschuss oder nicht?« Mike schaut einer hübschen Kellnerin nach, nicht mehr sein Jahrgang, aber hinterhersehen wird man ja wohl noch dürfen.

»Wenn du schon einen so depperten Plan hast, warum lässt du ihn dann nicht von deiner Sisi finanzieren? Die Deine gehört zu den reichsten Frauen in Ischl.«

Mike lacht ein bisschen zu laut. »Was soll ich sagen? Elisabeth hasst *Metallica*. Sie mag überhaupt nur klassische Musik. Vielleicht noch Operetten – wenn's hochkommt.

Hier kommst du um die leichte Muse halt nicht herum. Aber ich bin, wie du weißt, ein Heavy-Metal-Fan. Und die Band ist auf der ganzen Welt berühmt. Ich kenne deren Choreografen, der ist mit mir in die Schule gegangen. Der kann mir den Kontakt herstellen. Komm schon, Frajo, damit würden wir die Traditionalisten richtig schön ärgern. Der Androsch kriegt glatt einen Herzinfarkt.«

Frajo hat am selben Tag Geburtstag wie der Kaiser. Deshalb der Vorname, für den er in der Schule grauslich gemobbt wurde. Petra besteht darauf, ihn beim Sex Franz Joseph zu nennen, das findet sie geil. Er versteht sie nicht, doch er begehrt sie, und wenn er nicht Familienvater und Politiker in Ischl wär, würde er sie heiraten. Oder zumindest in ihre Wohnung ziehen, die oberhalb ihres Ladens liegt. Von dort führt eine Treppe in den ersten Stock, und wenn die Leute ihn reingehen und mit einem Einkaufssackerl wieder rausgehen sehen, dann kommen sie eben nicht auf die Idee, dass der Stadtrat ein heimliches Pantscherl hat.

»Sag mal, hörst du mir überhaupt zu? Nimmt dich die gute Petra so in Anspruch, oder wie?«

Frajo hört den bösen Unterton. Die Drohung. Er hat Petra verziehen, dass sie ihrer besten Freundin von der Affäre erzählt hat. Musste er ja wohl. Aber es war ein schwerer Fehler, denn Sisi erzählte es offenbar ihrem Mike, und damit ist der Kreis der Wissenden schon zu groß. Irgendwann wird es seine Frau erfahren, dann gibt es auch zu Hause Krieg und nicht nur im Stadtrat. »Nicht so laut, wenn ich bitten darf. Du, ich muss darüber nachdenken, und ich kann das natürlich nicht allein entscheiden. Du brauchst Verbündete für so einen Plan, Mike. Bezirze doch die Schweeger, vielleicht ist sie auch ein *Metallica*-Fan.« Diese Entscheidung würde sie nicht überleben, denkt Frajo, da die Managerin der Kulturhauptstadt 24 ohnehin im Kreuzfeuer der unterschiedlichen Interessen steht. Aber so weit wird es nicht kommen. Denn mit seinem verrückten Plan wird Mike scheitern. Frajo schaut auf seine Armbanduhr: »Du, ich muss weg, wir haben noch eine Sitzung. Es geht um das Lehartheater. Und um Geld, viel Geld. Wie immer, wenn's nicht grad die Parkplätze sind.«

Mike bezahlt die Rechnung. Ist ja nicht viel, aber es würde ihn freuen, wenn Frajo auch mal seine Brieftasche zücken würde. Der geborene Schnorrer, und obwohl er seine Frau seit über einem Jahr mit Petra betrügt, wird er aus dieser Ehe nie ausbrechen. Nicht nur wegen der beiden Kinder. Frajos Frau hat eines der alten Grandhotels geerbt und klugerweise verkauft. Muss ein Vermögen kosten, den Riesenkasten zu renovieren, und Mike ist sich nicht sicher, ob die neuen Besitzer Freude daran haben werden. Der weltweite Trend geht zu Boutiquehotels mit geringem Personalaufwand. Und die Touristen, die nach Ischl kommen wegen der schönen Landschaft, den Kaisers und Solebädern, die wollen alle kein Vermögen für die Übernachtung ausgeben. Den Jetset kriegst du nicht nach Ischl, so sehr Elisabeth das bedauert. Dazu müsste man kulturelle Events auf hohem Niveau aufziehen. Er wüsste schon, wie es geht. Man müsste ihn nur lassen!

Auf der Straße trifft er seinen Wiener Gast, der ihm sagt, dass er auf dem Weg zu den Traditionalisten sei. »Viel Spaß«, erwidert Mike und geht zu seinem Wagen, der im Halteverbot steht. Kein Strafzettel, manchmal muss man auch Glück haben. Selbst wenn man nicht Glück heißt. Beinah hätte er zu Martin »viel Glück« gesagt – und hat es grad noch unterdrückt. Mike startet den Wagen und gibt Gas. Bremst beim Rückwärtsausscheren im letzten Moment, als er die Frau sieht, die die Straße überqueren will. Sie schreit ihm nach, und als er an ihr vorbeifährt, erschreckt ihn ihr hasserfülltes Gesicht.

Martin steigt die Treppe hoch in ein Büro, das mit kaiserlichen Insignien geschmückt ist. Fahnen, Bildern, Fotos. Hirschgeweihen. Franz Joseph war ein passionierter Jäger. Hinter dem barocken Schreibtisch erhebt sich ein älterer Mann mit einem Bart exakt nach dem haarigen Vorbild von Franz Joseph I. Er trägt einen Trachtenjanker über dem Trachtenhemd und begrüßt Martin mit leicht näselnder Stimme und dem hochadeligen Wiener Akzent.

Fast genauso hat er sich ihn vorgestellt, den Alois Brenner, denkt Martin. Pensionierter Geschichtsprofessor, verheiratet mit einer Volksschullehrerin, die bei entsprechenden Anlässen die Kaisergattin verkörpert. Sisi halt. Nur älter und ohne Wespentaille. Martin hat seine Hausaufgaben im Internet gemacht, bevor er herkam. Hat sich durch Berichte, Fotos und Filme geklickt.

»Hat er sich schon umgesehen in Ischl, der Herr Journalist?«

Jetzt muss Martin ein allzu breites Lächeln unterdrücken. Kaiserlicher Jargon, auch das noch. Aber irgendwie hat es auch einen morbiden Charme, dieses aus der Zeit Gefallene. »Ein zauberhafter Ort«, sagt er schmeichlerisch.

»Da hat er recht. Kaffee, Tee?«

Martin lehnt dankend ab und fragt den Leiter des Ischler k.u.k.-Vereins nach den Beiträgen zum Jubeljahr 24. Die Frage scheint sein Gegenüber zu echauffieren. »Diese Frau Schweeger und ihr Hofstaat aus jungen Kreativen wollen uns am liebsten gar nicht dabeihaben. Oder höchstens ganz am Rand. Als hätte uns nicht unsere Geschichte geprägt und zu dem gemacht, was das Salzkammergut heute ist. Und Bad Ischl ist nun einmal Kaiserstadt – er hat es mehr geliebt als Wien, sonst wär er ja nicht 65 Sommer lang hier gewesen, oder? Selbst die Kaiserin, unstet wie sie nun einmal war, hat hier glückliche Monate verbracht. Also werden wir des Kaisers Geburtstag in diesem Monat feiern, so wie jedes Jahr – der Tradition verpflichtet und dem ehrwürdigen Andenken an die Monarchie. Und wie Sie sehen, selbstverständlich auch das Lehár Festival, ein internationaler Publikumsmagnet, seit der Dirigent Eduard Macku 1961 die Operetten-Festwochen ins Leben gerufen hat. Das sind wir unseren Gästen schuldig. Oder sind Sie da anderer Meinung, Herr Glück!«

Kein Fragezeichen am Ende des Satzes. Martin nickt. »Es wird doch sicher möglich sein, Tradition und Moderne zu verbinden.«

Alois Brenner sieht nicht überzeugt aus. Martins Blick wandert zu der alten Schreibmaschine, die auf der Kommode unter dem Kaisergemälde steht. »Aber die ist wohl nicht mehr in Betrieb, oder?«

Ein Lachen. »Aber nein, wir haben schon beizeiten auf Computer umgestellt, junger Mann. Sie wohnen im Hotel dieses Deutschen, habe ich gehört ...«

»Im *Sisi*, ja. Man hat von dort einen herrlichen Blick auf Bad Ischl.«

Ein tiefes Seufzen. Der Kaiserbart bebt. »Wenn nicht diese obszönen Karikaturen wären, ich weiß wirklich nicht, was sich Elisabeth Hansen dabei gedacht hat. Und dieser Deutsche natürlich, ihr Prinzgemahl. Ein Fitnesstrainer! Was ist das für ein Beruf?, frage ich Sie. Jedenfalls werden ich und die Vereinsmitglieder keinen Fuß in dieses Etablissement setzen, solange diese Drecksbilder dort hängen ... pardon, aber bei diesem Thema reg ich mich immer so auf.«

Martin müht sich um einen teilnahmsvollen Blick. Es ist heiß im Büro, keine Klimaanlage, und er würde gern sein Jackett ausziehen, traut sich aber nicht.

»Hat sie Ihnen erzählt, dass wir ein Sisi-Museum daraus machen wollten? Elisabeth lebte schon eine Weile in Mallorca und hatte kein Interesse mehr an dem Haus. Alles war unterschriftsreif, wir hatten Zuschüsse vom Stadtrat und der Landesregierung, sogar ein Kurator war schon bestellt ... und dann überlegt sie es sich anders, weil dieser Deutsche auf einmal die Idee hatte, das Ganze in ein Hotel umzubauen. Wie man hört, soll er sich kaum noch ums Geschäft kümmern, vermutlich hat er schon die Lust daran verloren. Wie hätte er sonst Zeit, stundenlang mit Hunden aus dem Tierasyl spazieren zu gehen?«

Seine durch den Bart noch betonten Pausbacken sind gerötet. Martin tippt auf zu hohen Blutdruck. Er wagt einzuwerfen, dass Mike Hansen Sorgen habe. »Er bekommt Drohbriefe, und Sie haben sicher gehört, dass Sisis Kater vergiftet wurde.«

»Es wurde mir zugetragen, und es tut mir leid, dass ein Tier sterben musste.« Alois Brenner sieht aus dem Fenster auf das Bergpanorama vor strahlend blauem Himmel. Dann auf Martin: »Diese Bilder sind ein Affront. Hansen ist hierhergekommen und hat sich von Anfang an mit allen angelegt. Besonders mit den Traditionalisten. Als ob wir hier nicht schon genug Streitereien hätten – Schwarz gegen Rot, rechts gegen links, Alt gegen Jung. Die 23 Gemeinden, die in der Kulturhauptstadt Salzkammergut zusammengefasst sind, jede für sich, und alle gegen jeden ... Aber das soll er nicht schreiben, denn das ist Politik. Seit dem Ende der Monarchie interessiert sie mich eigentlich nicht mehr.«

Martin fragt, ob er das Fenster öffnen und sein Jackett

ausziehen dürfe, und beide Bitten werden ihm gewährt. Brenner gießt ihm Wasser aus einer Karaffe ein, es schmeckt warm und abgestanden. Martin verspricht, den letzten Satz nicht zu zitieren, was ihm leichtfällt. Dann:»Haben Sie denn irgendeine Ahnung, wer hinter den Briefen und dem Giftanschlag steckt?«

Jetzt endlich zieht auch Brenner seine Jacke aus. Seine Wangen glühen bedrohlich. »Wenn er über Ischl schreibt, sollte er die Stadt in allen Facetten einfangen – und nicht nur über einen deutschen Hotelier berichten. Die Salzgewinnung und der Bergbau prägen das Salzkammergut. Die Berge und Seen. Das Eingeschlossensein einerseits und das Kosmopolitische auf der anderen Seite. Aus aller Welt kommen die Leut zu uns, weil's bei uns so gschmoh ist. Und wegen Franz Joseph und Sisi. Wegen der Traditionen: der Glöckl-Umzug, die Goldhauben-Frauen ... Bei uns wird das gelebt, mein Lieber, das ist keine Darbietung für die Touristen. Jeden Freitag ist Wochenmarkt, und jeden Freitag gehen wir alle in Tracht, so wie wir's immer getan haben.«

Nicht jeder, denkt Martin, zumindest von den Jungen. Und dass Brenner seiner Frage elegant ausgewichen ist. »Sie sind also sicher, dass niemand aus Ihrem Verein damit zu tun haben könnte?«

»Er ist sehr hartnäckig in diesem Punkt«, zischt der Kaiserliche. »Ich kann meine Hand nicht für vierzig Männer ins Feuer legen. Aber ich weiß, dass wir alle Ehrenmänner sind. Jäger die meisten. Es käme uns nicht in den Sinn, ein Tier zu vergiften. Hat er mich verstanden?!«

In gewisser Hinsicht schon. Zum Abschied bekommt Martin eine Broschüre in die Hand gedrückt mit der Geschichte des Vereins und Bildern von den Kaiser-Geburtstagsfeiern. Sie ähneln einander, diese Bilder. Männer in

Uniformen, Frauen in langen Kleidern mit zierlichen Sonnenschirmchen.

Martin geht erst einmal zum Stand vor der Trinkhalle und ordert ein Bier, das er durstig leer trinkt. Es ist kein Freitag, trotzdem sind viele Trachtige unterwegs, auch Touristen, die als solche zu erkennen sind, selbst wenn sie Dirndl oder Lederhosen tragen.

Man muss es mögen – und bezahlen können. Trachtengeschäfte gibt es ja genug in Bad Ischl. Martin setzt sich in den Schanigarten des *k.u.k. Hofwirts* und bestellt sich, nein, keine Holzknechtnocken, sondern eine kleine Portion Eierschwammerlgulasch. Und noch ein Bier. Rekapituliert seinen Besuch und nimmt nicht an, dass einer der Traditionalisten eine Katze vergiften würde. Aber auszuschließen ist es nicht. Bei den Briefen ist es anders. Da kann er sich vorstellen, dass einer der Kaiserlichen in die Tasten gehauen hat. Er hat einen der Briefe an eine ihm bekannte Forensikerin geschickt. Viel erwartet er sich davon nicht. Denn die Aussagefähigkeit von Maschinenschrift ist natürlich begrenzter als die einer Handschrift. Aber wer weiß, vielleicht gibt es doch eine Übereinstimmung mit der alten Maschine im k.u.k.-Büro. Die Rechnung für die Analyse wird er jedenfalls Mike Hansen präsentieren. Wenn er vorerst schon selbst nichts bekommt außer Kost und Logis. Doch Martin muss zugeben, dass ihm die Hochzeitspause jenseits von Wien verdammt guttut. Alles ist so weit weg, die Uhren gehen anders, vielleicht sogar rückwärts, aber hier und jetzt stört es ihn nicht. Bis Lotte anruft und er drangeht, was er sofort bereut.

Seine Mutter kommt gleich zur Sache: »Was hast du dir dabei gedacht, deine Braut so schiach zu behandeln.

Einfach aufzulegen. Rosie hat weinend bei mir angerufen, sie ist nämlich eine ganz Sensible unter der harten Schale. Also ruf sie an und entschuldige dich. Sag ihr, dass du sie liebst und alles für sie tun wirst.«

»Misch dich nicht ein, Mutter. Das macht alles nur noch schlimmer.«

Und jetzt schluchzt sie ins Telefon, wohl wissend, dass Martin weinende Frauen fertigmachen. »Ich wünsch mir doch so sehr, dass du glücklich bist, Bub. Endlich eine richtige Familie gründest und mir einen Enkel schenkst. Besser noch eine Enkelin, so ein süßes kleines Baby mit rotblonden Locken ...«

»Sei mir nicht bös, aber ich muss aufhören. Im Solebad ist Handyverbot.«

Eine wunderbare Lüge! Er wird einfach sagen, dass er getan hat, was Rosie sich wünschte. Er drückt Romana weg. Und dann Rosie. Für einen kurzen, gefährlichen Moment denkt er darüber nach, sein Handy in die Traun zu werfen. Keine Anrufe mehr. Die Welt bleibt draußen.

Tut sie nicht. Petra steht vor ihm und sagt: »Ischl ist ein Dorf, man rennt sich dauernd über den Weg. Darf ich mich setzen?«

Was soll er sagen? Martin lädt sie mit einer auffordernden Handbewegung ein, Petra setzt sich und bestellt ein Soda Zitron. Sie trägt ein Dirndl, das vielleicht das Monatsgehalt eines Polizisten kostet. Er macht ihr ein Kompliment, und Petra meint, dass sie erwäge, ein paar Designerdirndl in ihre Kollektion aufzunehmen. »Weil die Touristinnen halt drauf stehen. Und wie war's beim alten Brenner?«

»Interessant«, sagt Martin. Es ist eines dieser Wörter, die bei ihm für alles stehen können – von furchtbar bis wunderbar oder auch nur wurschtegal. Er müsse leider gleich los, fügt er hinzu, ein Termin mit der Vorsitzenden des Sisi-Fanclubs.

»Bei der Gisela Wurzinger, na, viel Spaß dann auch ...«

Während er zahlt, fragt er Petra, wie sie das gemeint habe.

Sie lacht: »Na, Sie werden schon sehen. Eine Hantige ist das – aber ich will nix gesagt haben.«

Gisela Wurzinger wohnt in einem alten, baufälligen Häuschen im Kaisertal, auf dem Klingelschild stehen zwei Namen, und Martin erschrickt, als eine Frau in den Siebzigern, mindestens, die Haustür öffnet. »Sie wollen zu meiner Tochter, die meditiert grad im Garten, ich hol sie.«

Bevor Martin was sagen kann, ist sie auch schon verschwunden, und er steht allein im Gang, wo alle Küchengerüche dieser Welt vereint scheinen. Die Tapete blättert, und das Kruzifix hängt schief. Daneben ein vergrößertes Foto von Gisela Wurzinger an einem Strand, in Yogakleidung und Baumposition in die Kamera lächelnd.

»Das war an der Playa Es Trenc«, sagt eine Stimme hinter ihm.

Martin dreht sich um. Ihr Lächeln ist sanft, erreicht aber ihre Augen nicht. Martin stellt sich vor, und sie bittet ihn nach draußen in die Laube, die schattig ist und von der man auf Sisis Hausberg schauen kann. Eine Karaffe mit Ingwerwasser steht auf dem Tisch, sie schenkt ein, es ist leider nicht kalt und sicher wahnsinnig gesund.

Gisela Wurzinger hat die klassische Yogafigur, kein Gramm Fett am Leib und definierte, aber nicht übertriebene Muskeln. Ihr Gesicht ist schmal mit vielen kleinen Falten. Sie ist irgendwas zwischen vierzig und fünfzig, aber immer noch attraktiv, denkt Martin. Wenn man Frauen mag, die wie Bergziegen altern. Er bevorzugt Kühe. Das ist zwar sexistisch, aber er gehört halt zur Generation, die nicht jedes Wort auf die Gender-Waage legen musste. Und er denkt's ja nur.

Leicht aggressiv: »Sie wollen was über die europäische Kulturhauptstadt schreiben. Also fragen Sie.«

Leicht defensiv: »Erzählen Sie mir lieber was über den Sisi-Fanclub. Haben Sie ihn gegründet? Und warum?«

»Weil ich unsere Kaiserin so verehre ...« Jetzt lacht sie: »Sie müssen mir hoch und heilig versprechen, dass Sie das nicht schreiben.«

Martin hebt die Hand zum Schwur.

»Es war eher ein Witz. Ich leite Yoga- und Pilateskurse in unserem örtlichen Fitnesscenter. Schlecht besucht anfangs, ich hatte schon Angst, dass die mich rausschmeißen. Und dann hatten meine Freundin und ich im vorletzten Fasching diese Schnapsidee für einen Sisi-Club. Auf die Weise hab ich einen Haufen Frauen in Bad Ischl kennengelernt. Und viele gehen jetzt in meine Kurse. Zum Teil echte Sisi-Fanatikerinnen. Und ich verkaufe zusätzlich Sisi-Diätprodukte, die sind ein Renner unter meinen Fitnessladys. Einmal im Jahr marschieren wir gemeinsam auf den Jainzen, ihren Zauberberg. In Ischl muss man irgendwo dazugehören, sonst geht man unter.«

»Das hab ich schon einmal gehört«, sagt Martin. »Aber Sie stammen doch von hier?«

Ihre Augen schauen auf einen Strand, der weit weg ist: »Schon, aber ich bin mit siebzehn fort, zuerst nach Salzburg, dann Wien, und schließlich nach Palma. Dort hab ich in einem Clubhotel als Trainerin gearbeitet. Es war eine schöne Zeit. Und dann wollte ich mit einem Partner ein gemeinsames Studio in Palma aufmachen. Ich hatte ein bisschen Geld gespart. Aber leider ging das Projekt pleite, und ich hatte auf einmal Schulden. Also bin ich zurück nach Ischl und wohne jetzt bei meiner Mutter. Und bin Vorsitzende des Sisi-Fanclubs. So was nennt man eine Karriere!«

Bitter klang das. Martin sagt: »Es gibt Schlimmeres«, und merkt selbst, wie verlogen sich das anhört. Ihr Blick ist auf seinen Bauch gerichtet, das Ex-Sixpack, unwillkürlich zieht er ihn ein.

»Machen Sie Yoga oder Pilates?«

Martin, bedauernd: »Leider nein. Aber ich laufe jeden Tag.«

»Man sollte beides machen, wenn man fit und schlank bleiben möchte.«

Martin, sanft: »Ich weiß. Aber man ist nie so gut, wie man sein möchte. Wenn Sie in Palma lebten, haben Sie da vielleicht Mike Hansen gekannt – und seine Frau Elisabeth?«

Sie zögert ein wenig mit der Antwort. »Das kann man wohl sagen. Damals war die deutschsprachige Community noch kleiner. Warum fragen Sie?«

»Na, weil ich im Hotel *Sisi* logiere. Haben Sie noch Kontakt?«

Seine Fragen nerven. Sie springt auf und macht eine Dehnübung. Dreht sich zu Martin. »Zu ihm nicht. Elisabeth besucht meine Kurse, sie ist auch sehr körperbewusst. Eine Fitnessfanatikerin wie die Kaiserin, die Waage ist das Maß aller Dinge. Aber irgendwas stimmt nicht mit ihr, wenn Sie mich fragen: Die Frau erzählt Sachen, die können einfach nicht stimmen. So wie die Lovestory der Kaiserin mit ihrem Urgroßvater. Oder dass sie am Ironman in Hawaii teilgenommen hat. Sie war einmal in Zell am See dabei, das weiß ich. Aber niemals in Hawaii! Und über einen von den alten Hosenscheißern da im k.u.k.-Verein erzählt sie herum, dass der sie belästigt habe. Sexuell und so. Ausgerechnet der! Der ist eh so übermoralisch und korrekt. Ich glaub ihr kein Wort. Der arme Teufel hat daheim dann ziemliche Probleme gekriegt.«

»Interessant«, sagt Martin.

Gisela wechselt das Thema und zaubert eine Flasche mit tiefrotem Inhalt aus ihrer Jutetasche. Auf dem Etikett steht: SISIS WUNDERDIÄT. »Hier, gebe ich Ihnen mit, und es wäre nett, wenn Sie meine Produkte erwähnen. Noch verkaufe ich ja im Rahmen des Fanclubs, aber ich hätte nichts dagegen zu expandieren.«

Martin beäugt die Flasche: »Was ist da drin?«

Sie lacht: »Keine Angst, ich habe das Rezept schon verändert. Sisi trank jeden Tag eine Brühe von rohem Kalb und Rind, das Fleisch wurde dafür ausgepresst. Meins hier ist vegan. Der Saft von Roten Rüben, Ingwer und noch ein paar Geheimzutaten. Meine Mutter ist eine Kräuterhexe. Sie beliefert auch die Kurapotheke, die stellen ja viel selber her. Schon seinerzeit haben sie der Kaiserin alle ihre Schönheitscremes und destilliertes Wasser für ihre Haarpracht geliefert. Mit einem Leiterwagen!« Sie schaut auf ihre Uhr: »Uii, ich muss los, hab eine private Yogastunde im *Esplanade*.«

»Soll ich Sie im Auto mitnehmen?«

»Ah na, ich nehm das Fahrrad. Sollten Sie auch tun, Martin Glück.«

Sie komplimentiert ihn hinaus und steigt auf ihr Fahrrad. Sie hat recht, denkt er. Die Flasche mit Sisis Wunderdiät legt er auf den Beifahrersitz. Er wird sie trinken, schließlich mag er Rote Rüben und Kräuterhexen. Aber Sisis Kampfgewicht von fünfzig Kilo bei einer Größe von eins zweiundsiebzig strebt er nicht an. Die Kaiserin war magersüchtig, obwohl es dieses Wort damals noch nicht gab.

6

Cremeschnitte oder Armani-Jacke? Erstere wartet in der Küche – frisch vom *Zauner*. Letztere könnte aussortiert werden. Oder auch nicht. Jedenfalls zu eng. Um in ihre Lieblingsjacke in hellen und dunklen Blautönen wieder reinzupassen, ist Verzicht auf Süßes angesagt. Der Frajo liebt zwar ihre Genussfähigkeit und die daraus resultierenden Rundungen. Was für die Cremeschnitte sprechen würde. Andererseits ist Petra böse auf ihn.

Der Mistkerl hat sie doch glatt versetzt. Seinetwegen hat sie ihr Geschäft diesen Vormittag geschlossen, und dann kam seine Absage. Jetzt nutzt Petra die Zeit, um im ersten Stock ihre Garderobe zu inspizieren. Alles Designerware, eh klar. Schließlich ist sie das Aushängeschild ihrer Boutique. Wenn auch mit Genussfigur. Und gerade da müssen die Sachen perfekt passen, um ähnlich gebauten Kundinnen zu signalisieren: *So schick können Sie aussehen ...*

Sie entscheidet sich, die Armani-Jacke noch zu behalten, und hängt sie in den Für-alle-Fälle-Schrank, wo Stücke von Größe 36 bis 40 lagern. Nur für den Fall, dass sie abnimmt. Und das wird sie. Schon wegen der Jacke. Der unzuverlässige Mann, eh nur halb an ihrer Seite, soll schauen, wo er bleibt mit seiner Vorliebe für Rundungen.

Ein Grundstück wollten sie besichtigen am Vormittag. Für die gemeinsame Zukunft, die angeblich in sechs Monaten beginnt. Hoch und heilig versprochen! *Nach einem letzten Familienweihnachten mit den Kindern, das musst du verstehen.*

Verstehen kann sie vieles, aber nicht alles akzeptieren. Zum Beispiel, dass er sein Versprechen gebrochen hat, schon vor Monaten die Scheidung einzureichen. Da hatte seine Irene angeblich eine seelisch labile Phase. Kurz darauf war es politisch nicht so klug, familiäre Instabilität zu zeigen. Aber mit Beginn des neuen Jahres soll es wirklich so weit sein. Alle politischen Vorarbeiten für das Kulturjahr abgeschlossen, die Events voll am Laufen, letztlich vielleicht doch Beifall für die monatelange Schufterei. Für ihn trotzdem enorm wichtig: eine freundschaftliche Trennung, damit es keinen Skandal gibt, sagt er. Selbst wenn er nicht dem konservativen Lager angehört, Politik soll auch im Persönlichen Vorbildcharakter haben. Sagt er. Und Skandale sind rechts wie links der Karriere nicht förderlich. Das alles versteht sie, und sie ist weiß Gott geübt im Warten. Aber die Besichtigung des Grundstücks sollte ein so wichtiger erster Schritt in ihr gemeinsames Leben sein.

Doch dann ist ihm eine Sitzung im Kulturausschuss dazwischengekommen. Angeblich. Immerhin haben sie übermorgen ihren »langen Abend«, einmal pro Woche macht er sich abends frei, dann gehen sie aus – selbstverständlich weit weg von Ischl – oder sie kocht für ihn, und sie verbringen einen Abend wie ein ganz normales Paar. Diesmal ausnahmsweise an einem Samstag, weil seine Irene einen Bridgeabend hat.

Ein knappes halbes Jahr muss sie das Versteckspiel noch mitmachen. Petra ist nicht sicher, ob sie das aushält. Die Sisi meint, dass sie sich einen Neuen suchen soll, einen Junggesellen oder Witwer. Aber die hat leicht reden mit ihrem Mike, der ganz nach ihrer Pfeife tanzt. Sisi, die so viel Geld geerbt hat, dass sie sich nie Sorgen machen muss. So was ist ungerecht. Vor drei Wochen hat Sisi ihr gesteckt, dass Mike dagegen ist, dass sie ihrer besten Freundin unter die Arme greift. Um gleich darauf zu versichern, dass sie sich von ihrem Mann in Geldsachen nicht dreinreden lasse. Aber wer weiß ... steter Tropfen höhlt den Stein. Wer nicht mein Freund ist, ist mein Feind. Und Petra ist der nachtragende Typ. Na ja, sie fand einen Weg, es ihm heimzuzahlen.

*

»Handschriftliche Drohbriefe wären mir lieber gewesen«, scherzt Dr. Agnes Mitterbach, Martins langjährige Forensikkollegin in Wien.

»Ich werd's dem Absender ausrichten«, sagt Martin. Er hat das Telefon auf Lautsprecher gestellt, weil er ohnehin ganz allein auf der Terrasse sitzt und die noch moderate Vormittagssonne genießt. Mit Kaffee und Blick auf das Tal.

»Sehr lustig. QDE ist halt manchmal schwer zu beurteilen.«

»Was ist QDE?«, will Martin wissen, obwohl es ihm genau genommen wurscht ist. Die zunehmenden Abkürzungen in der Sprache gehen ihm auf die Nerven.

Sie spöttisch: »Questioned Document Examination. Dazu gehören unter anderem forensische Maschinenschriftuntersuchungen.«

Jetzt wird's schon klarer. »Aber hat nicht jede Schreibmaschine ihre Merkmale?«

»Ja eh. Und die habe ich herausgefunden. Also, es handelt sich um zwei Olivetti, eine aus den 60er- und eine aus den 70er-Jahren. Ich schick dir eine SMS mit den genauen Markenbezeichnungen. Sehr ähnliche Typen. Bei den Buchstaben habe ich nur minimale Unterschiede feststellen können, und bei einer der beiden Maschinen war die Schrift stellenweise ein bissel blass, das lag wohl am Farbband. Hilft dir das weiter?«

Zwei verschiedene Schreibmaschinen? Martin ist nicht so überrascht, wie er sein sollte. Denn er wusste, dass da was nicht zusammenpasst. »Oh ja, sehr sogar. Danke dir, Agi! Hast mir wirklich geholfen. Wie geht's sonst so?«

»Du wirst es nicht glauben, aber ich werde Großmutter.«

»Waas? Du bist doch nur ein paar Jahre älter als ich.« Die Bestürzung ist ihm anzuhören.

Agnes lacht. »Du bist ja noch geschockter als ich anfangs. Hab gleich einen doppelten Cognac gebraucht, wie mir die Fanny das sogenannte süße Geheimnis eröffnet hat. Ich bin mir plötzlich uralt vorgekommen. Aber jetzt hab ich mich schon gewöhnt und freu mich richtig auf das Kind. Und bei dir? Ich hab gehört, du willst wieder heiraten? Glückwunsch, Martin!«

»Danke.« Mehr fällt ihm nicht dazu ein. »Und danke für deine Hilfe! Ich halt dich auf dem Laufenden.«

»Glückwunsch auch von mir!«, hört Martin jetzt eine Stimme neben sich. Mike. »Sorry, ich bin eben erst gekommen und hab zwangsläufig mitgehört, war ja auf Lautsprecher. »Wann soll denn die Hochzeit sein?«

»Im Herbst.«

»Große Feier?«, fragt Mike.

»Die Braut, also meine Verlobte, will das so. Ich wäre eher für was Kleineres gewesen.«

Hat Mike ihm jetzt einen mitfühlenden Blick zugeworfen?

»Ich bin auch nicht so der Hochzeitstyp«, lächelt dieser. »Wir hatten auf Mallorca eine ganz kleine Feier, eigentlich nur wir beide und die Trauzeugen. Ich hab außer entfernten Verwandten in Kiel ja keine Familie, und der Sohn meiner Frau war nicht so begeistert, dass seine Mutter noch einmal heiratet. Ist daher nicht gekommen. Aber letztlich geht es nicht um die Hochzeitsfeier, sondern um das gemeinsame Leben danach. Und das muss stimmen.«

Richtig, denkt Martin. Und plötzlich kommt es ihm so lächerlich vor, sich mit Rosie wegen einer blöden Feier oder eines Smokings zu streiten.

»Was haben Sie denn heute vor?«, fragt Mike Hansen.

»Ich mach jetzt eine kleine Runde mit dem Mountainbike. Kommen Sie mit? Wir haben hier im Hotel Leihräder.«

»Sehr gern, wenn ich bis zum Nachmittag zurück bin. Da hab ich mich noch einmal beim k.u.k.-Verein angesagt.« Er denkt vor allem an die Schreibmaschine im kaiserlichen Büro, die man ja, Neugierde heuchelnd, spielerisch ausprobieren könnte.

»Kein Problem. Wir sind sicher zum Mittagessen wieder da. Ich hab dann am Nachmittag auch eine Verabredung im Golfclub. Wie war's gestern übrigens bei den Sisi-Fans?«

»Ich hab vorerst nur mit der Gründerin, der Frau Wurzinger, gesprochen. Das mit dem Fanclub ist ja wohl eher eine Geschäftsidee von ihr, und sie scheint keine Fanatikerin zu sein. Aber wer weiß. Wie ich höre, kennen Sie Gisela Wurzinger persönlich, aus Mallorca. Könnte man der solche Briefe überhaupt zutrauen?«

Mike seufzt und nimmt neben Martin Platz. »Ach, die Gisi! Also, gut ist die nicht auf mich zu sprechen. Wir wollten in Palma gemeinsam ein Fitnessstudio aufmachen, hatten beide schon Geld investiert, dann wurde daraus nichts, weil der Besitzer der Lokalität pleitegegangen ist.« Er lehnt sich zu Martin vor, verschwörerisch: »Unsere Knete war weg. Mir hat es nicht so viel ausgemacht, weil ich dann ja sowieso mit der Elisabeth ein neues Leben begonnen hab, aber die Gisi ist fuchsteufelswild zurück nach Ischl, wo sie herkommt, und gibt mir die Schuld an dem Ganzen. Sie hat gehofft, dass ich ihr das verlorene Geld erstatte, aber das Ganze war ja nicht meine Schuld. Menschenskind, ich hatte damals ja auch kein Geld. Das kam alles von meiner Frau.«

Nie abhängig sein, denkt Martin. Bei aller Liebe.

Mike: »Jedenfalls wechselt Gisi die Straßenseite, wenn sie mich sieht.«

»Aber ist das nicht schon ein paar Jahre her? Wäre das heute noch ein Grund, Drohbriefe zu schreiben?«, fragt Martin.

»Sie scheint wieder finanzielle Schwierigkeiten zu haben, hab ich gehört.«

»Also könnte der alte Groll neu aufgeflammt sein?«

»Vielleicht, aber ich denke, dass hinter den Briefen und der Mozartsache eher die Männer stecken, die Kaisertreuen. Die haben doch alle einen an der Waffel, wie wir Piefkes sagen.«

Martin unterdrückt ein Grinsen.

Als sie die Räder aus dem Fahrradraum holen, begegnen sie Elisabeth Hansen. »Wann kommst du wieder?«, fragt sie ihren Mann. »Um eins kommt der Weinvertreter, und ich bin nicht da, weißt eh, ich hab den Arzttermin in Linz und schau dann auch noch kurz bei Lukas in der Firma vorbei.«

»Um eins sind wir längst zurück. Das mit dem Vertreter dauert hoffentlich nicht zu lang, ich muss um halb vier im Golfclub sein.«

Sisi seufzt. »Ja ja, der Golfclub.« Dann winkt sie ihrem Mann kurz zu und geht in Richtung Weinkeller.

*

Mit so einem Mountainbike über Stock und Stein durch die Natur fahren ist schon was anderes, als auf den Wiener Radwegen neben den Autos dahinzustrampeln, denkt Martin. Er genießt die Tour durch Wald und über Wiesen. Auf dem Rückweg sind beide schon ganz schön ins Schwitzen geraten. Nicht nur wegen der Anstrengung, sondern weil das Thermometer inzwischen wieder auf über dreißig Grad gestiegen ist. Bei diesen Temperaturen sollten Männer »in den besten Jahren« besser keinen Outdoorsport betreiben. Martin will Mike gerade eine Trinkpause vorschlagen, als dessen Handy läutet. Perfektes Timing.

Sie bleiben beide stehen, Mike wischt sich den Schweiß von der Stirn und nimmt den Anruf entgegen. Während Martin seine Wasserflasche hervorholt, hört er Mike plötzlich aufschreien. »Nein!! Was ist passiert?« Er ist blass geworden, seine Hände zittern leicht. »Das muss eine Verwechslung sein. Meine Frau ist eine gute Autofahrerin und kennt die Strecke.«

Kurzes Schweigen. Dann mit kleiner Stimme: »Wo ist sie jetzt?«

Als er auflegt, sieht Martin ihn fragend an.

Mike Hansen flüstert, als könnte er damit die schreckliche Tatsache ungeschehen machen: »Elisabeth!«

»Was ist denn passiert?«

»Ein Autounfall. Das war die Polizei. Genaues haben sie mir nicht gesagt. Sie ist irgendwie von der Straße abgekommen, in einer Kurve den Abhang hinuntergestürzt, mein Gott, keine Ahnung. Jedenfalls verletzt und auf dem Weg ins Krankenhaus. Ich muss sofort zu ihr.« Während er murmelt: »Ich sag's ja immer, diese Elektroautos sind einfach noch nicht verlässlich«, schwingt er sich auf sein Rad und tritt wild in die Pedale. Martin hinterher. Fünfzehn

Minuten später sind sie beim Hotel. Mike wirft sein Rad einfach ins Gebüsch und rennt zum Parkplatz. Dort stoppt er abrupt, als Martin gerade eintrifft. »Der Tesla steht ja eh da! Das kann nur eine Verwechslung sein.« Er ruft den Namen seiner Frau, während er aufs Hotel zuläuft. Martin fällt auf, dass Mikes Range Rover nicht auf dem Parkplatz steht.

Da kommt Mike mit dem Concierge aus dem Haus, der gerade sagt: »... dann ist Ihre Frau ins Büro gelaufen, um die Autoschlüssel zu holen, und ist mit dem Range Rover weggefahren.«

»Warum denn?«, schreit Hansen jetzt den Concierge an, als wäre der für den Autotausch verantwortlich.

»Sie hat irgendwas gemurmelt, dass der Tesla nicht genug geladen ist und sie es eilig hat.«

Martin fragt nach dem Schlüssel für den Tesla. Der Concierge bringt ihn, Martin setzt sich hinein und startet das Auto. Er checkt die Ladung und sieht 21 Prozent angezeigt. Weniger als 20 Prozent sind schlecht für die Batterie, und bis Linz hätte sie es keinesfalls geschafft. Was Martin nicht versteht: Das Auto steht direkt vor der Ladestation, ist aber nicht angeschlossen. Er steigt aus und macht Hansen darauf aufmerksam. Der sagt wütend: »Sie ist so vergesslich in letzter Zeit.« Er trommelt mit der Faust auf die Ladestation ein, bis Martin ihn sanft wegholt. »Kommen Sie, ich fahre Sie jetzt zum Krankenhaus.«

Endlose sterile Gänge, der Geruch nach Medizin, Krankheit, Tod. Elisabeth Hansen? Niemand weiß Bescheid. Wo soll die liegen? Unfallstation? Schließlich scheint an einer der Leitstellen, die sie schon passiert haben, jemand den Namen Hansen zu kennen. Eine Krankenschwester ruft ihnen nach: »Warten Sie. Ich hole gleich den diensthabenden Oberarzt.«

Sie bleiben stehen, und es dauert gefühlte Ewigkeiten, bis dieser kommt. Er fragt nach dem Ehemann und nimmt Mike beiseite. »Es tut mir so leid«, hört Martin ihn sagen. »Sie hat nicht mehr gelebt, als sie hier ankam. Wir konnten nichts mehr für sie tun. Aber selbst wenn sie überlebt hätte, wäre sie bei diesen schweren Verletzungen im Rollstuhl ...«

Mike scheint das Schlimmste schon befürchtet zu haben, denn jetzt fragt er mit gefasster Stimme: »Kann ich sie sehen?«

Der Arzt nickt und nimmt ihn beim Arm, während Martin auf dem Gang bleibt.

Auf dem Heimweg schweigt Mike über lange Strecken, und Martin überlässt ihn seinen Gedanken. Dann plötzlich laut: »Ich kann das alles nicht verstehen. Die Polizei wird das Auto ja untersuchen. Könnte es sein, dass es gar kein Unfall war? Und der Anschlag mir gegolten hat?«

Daran hat Martin auch schon gedacht.

7

»Furchtbar! Wir sind alle erschüttert«, sagt der Concierge mit Trauermiene zu Martin, als dieser den Schlüssel auf das Empfangspult legt.

Martin nickt mitfühlend. »Für Sie alle sicher ein großer Verlust. Frau Hansen war ja wohl sehr beliebt.«

»Überaus«, pflichtet der Concierge ihm bei, bevor er sich einem wartenden Gast zuwendet.

Martin verlässt die Rezeption und geht in Richtung Ausgang, als er neben sich hört: »Ma soll jo über Tote nix Schlechtes sogn, owa ...« Er sieht den Mann mit der langen grünen Schürze, der ihm von der Rezeption aus gefolgt ist, entgeistert an. Ludwig Sommer, fast im Rentenalter, Kofferträger, Hausmeister, das Faktotum des Hauses, flüstert: »Herr Hansen is jo a liaba Chef, echt gschmoh. Owa die Gnädige hod scho so a Gutsherrenort g'hobt, so von obn herob ... und wos füra G'schichten die verzöld hot ... owa *des* hod sie ned verdient, die Chefin. Woa jo a wüde Fohrerin, owa dass sie die glei dersteßt ...«

»Soso«, sagt Martin und denkt, das mit der Gutsherrenart mochte stimmen, und ja, Sisis Erzählungen waren seltsam. Er geht zu seinem Wagen und trifft Mike, der um zehn Jahre gealtert scheint und erzählt, dass der Unfallhergang und der Wagen natürlich von der Polizei untersucht würden. »Ich habe Ihre Anwesenheit aber nicht erwähnt, Herr Glück, und auch nichts von den Drohbriefen und der toten Katze gesagt.«

Martin schüttelt den Kopf. »Sollten Sie aber. Wenn das Auto manipuliert wurde und in Wahrheit *Sie* gemeint waren, dann müssen Sie auf jeden Fall die Karten auf den Tisch legen.«

Mike versucht ein Lächeln. »Ja, wenn … aber bis dahin … Es ist ohnehin schon so viel Aufregung im Haus, da will ich ohne Not nicht noch ein Fass aufmachen. Zwei Gäste sind heute abgereist, weil sie sich von dem Unfall in ihrem Urlaub gestört fühlten. Im Übrigen ist Sisis Sohn schon unterwegs von Linz hierher. Ich habe ihn natürlich gleich angerufen – obwohl er's vermutlich nicht getan hätte, wenn Sisi in Linz was passiert wäre.«

»Ein schwieriges Verhältnis?« Martin denkt an Rosies erwachsene Kinder. Er hat sie bislang nicht kennengelernt, das soll erst am Vorabend der Hochzeit geschehen. Und ihm graut davor.

»Das könnte man so sagen. Lukas hat mich nie akzeptiert. Wir sind uns aus dem Weg gegangen, so gut es ging.« Mike überprüft im Vorbeigehen den Ladestand des Tesla und haut mit der Faust aufs Dach. »Dieses verfluchte Auto! Wenn Sisi nicht vergessen hätte, es aufzuladen, wäre all das nicht passiert.«

»Das wissen Sie nicht. Vielleicht war sie einfach zu schnell unterwegs.« Er legt seine Hand in einer Geste des Mitgefühls kurz auf Mikes Oberarm: »Ich hab Ihnen in der ganzen Aufregung noch nicht einmal mein Beileid ausgesprochen, Herr Hansen.« Es klingt flach und überflüssig, und Martin schämt sich irgendwie. Er steigt in seinen Mietwagen. »Ich schau noch mal bei den Kaisertreuen vorbei. Bis später.« Drückt auf Bremse und Startknopf und rollt vom Parkplatz. Lautlos.

Mike hebt die Hand zum Gruß, das sieht er im Rückspiegel. Er tut ihm leid, aber das Leid anderer führt auch immer dazu, dass man sich als nicht Betroffener seltsamerweise schuldig fühlt. Und nicht weiß, wie man sich richtig verhalten soll. Er kennt Mike ja kaum, es war bislang nur eine

Geschichte mit Drohbriefen. Und dann ein toter Kater. Und jetzt eine tote Frau.

Als Martin aus dem Parkplatz auf die Straße fährt, kommt ihm ein schwarzer Porsche mit Linzer Kennzeichen entgegen. Röhrend. Der kleine Bub in Martin Glück fand dieses Geräusch immer schon geil. Der Erwachsene findet es aus der Zeit gefallen – so wie die Kaiserstadt im Salzkammergut. Zwei Herzen in einer Brust.

Er parkt den Wagen in einem Waldstück nach der Kurve, aus der es den Range Rover den Abhang hinunter und gegen einen Baum geschleudert hat. Das letzte tückische Stück, bevor die Straße flacher und gerader wird. Martin geht hoch zur Unfallstelle. Keine Bremsspuren. An Markierungen der Polizei identifiziert er die Stelle, an der sie abhob, sich überschlug und den Kräften der Physik ausgeliefert war.

Die Reifenspuren sind den Ischler Kollegen sicher auch aufgefallen. Zurzeit sind die Beamten damit beschäftigt, den Range Rover zu bergen. Einer von ihnen sieht Martin oben an der Straße stehen und winkt ihm, sich zu entfernen. Er hält mich für einen Katastrophentouristen, denkt Martin, geht zurück zu seinem Elektrogefährt und startet in Richtung Ischl downtown.

Ein wunderbarer Zufall, dass Alois Brenner sich zum Termin verspätete und Martin im Büro auf ihn warten sollte! So entschied die Praktikantin, die keine Lust auf einen Besucher in ihrem Kammerl hatte. Und klar legte Martin sofort ein Blatt ein, die alte Olivetti hatte sogar ein funktionierendes Farbband, und er tippte schnell ein paar Buchstaben, zog es raus und steckte es gerade noch rechtzeitig in die Tasche seines Jacketts, als die Tür aufging.

Alois Brenner schien nicht übermäßig erfreut, Martin wiederzusehen, auch wenn sie verabredet waren. Sah sich im Büro um, ob etwas fehlte, bei der Presse wusste man ja nie, und sagte dann: »Na, jetzt hat er ja eine viel größere Story: Hotelbesitzerin und Pharmaerbin Elisabeth Hansen, geborene Finkmeier, tödlich verunglückt. Sisi ist schon immer wie eine Verrückte gefahren, muss man wissen. Aber sie hat stets großzügig für den Polizeifonds gespendet, das hat sich ausgezahlt. Was will er denn noch von mir?«

»Sie sind ja bestens über alles informiert, was Sisi Hansen betrifft, da dachte ich ...?«

Ein scharfer Blick aus trüben Augen: »Hier kennt man sich, Herr Glück, das ist nicht so wie bei Ihnen in Wien. Und früher, bevor sie nach Mallorca zog und diesen Piefke kennenlernte, war sie öfter im Sommer in Ischl. Ihr Vater hat unseren Verein gefördert, wir waren auch ein paarmal zusammen jagen, und einmal ist Sisi sogar als Kaiserin eingesprungen, meine Frau war damals unpässlich. Man könnte also sagen, wir hatten ein gutes Verhältnis, weshalb der Kauf des Anwesens eigentlich nur eine Formalie zu sein schien.«

Martin hat sich ungefragt auf den Besucherstuhl gesetzt und bekommt jetzt Wasser angeboten – das so gesunde Ischler Wasser. »Stimmt es denn, was Frau Hansen unter dem Siegel der Verschwiegenheit verbreitet hat: dass ihr Ururgroßvater ein Verhältnis mit der Kaiserin hatte?«

Ein schwerer Seufzer. »Ich weiß, das ist eine ihrer Geschichten. Elisabeth sprach auch stets von Beweisen, nur hat die nie jemand gesehen. Tatsache ist, dass die Kaiserin auf ihrer fast täglichen Wanderung auf ihren Hausberg bei Elisabeths Urgroßvater Rast machte. Um Wasser aus dem Brunnen zu trinken. Ob sie den Hausherrn nun getroffen oder mit ihm geredet hat, das weiß der Himmel. Gewiss gab es keine Affäre, da bin ich ganz sicher. Die Kaiserin mag ein paar Männer angeschmachtet haben, diesen englischen Reitlehrer oder den ungarischen Adeligen, aber sie war viel zu klug für eine Mesalliance. Franz Joseph war die einzige Liebe ihres Lebens, das ist ein Fakt! Unsere Freundin Elisabeth hat sich in dieser Causa übrigens auch dem Urenkel genähert – Markus von Habsburg-Lothringen. Er hat sie liebenswürdig-elegant abserviert. Das war beim letzten großen Ball in der Kaiservilla. Ein wirklich superbes Fest. Der Hochadel weiß, wie man so etwas feiert.«

»Das Tragen von Adelstiteln ist in Österreich verboten, finden Sie das falsch?«

Wenn Blicke töten könnten ... »Ach, dieses dumme alte Gesetz. Markus und sein Sohn Valentin wie auch die Damen des Hauses tragen ihre Titel natürlich nicht in der Öffentlichkeit. Ich hingegen bin ein monarchistischer Anarchist. Will er mich deshalb anzeigen?«

Martin unterdrückt ein Lachen und schüttelt nur den Kopf. »Der Klatsch besagt, dass Elisabeth Hansen öfter solche und andere Geschichten erzählte. Auch, dass einer aus Ihrem Verein sie sexuell belästigt habe. Hat sie sich denn damit Feinde gemacht?«

»Ach, der Sepp, dieser Depp«, schmunzelt Alois Brenner. »Geflirtet hat er mit ihr ein bisschen, und sie hat das Ganze dann auf ihre übliche Art ausgeschmückt. Leider ist das auch der Frau vom Sepp zu Ohren gekommen, die ihn dann ... Na ja, lass ma das. Feinde hatte sie wohl nicht, aber auch nicht viele Freunde hier in Ischl. Was natürlich vor allem mit dem Hotel und den unsäglichen Karikaturen zu tun hat. Aber sie konnte auch ganz schön arrogant daherkommen. Neureichenattitüden halt. Wenn Sie hingegen die

Kaisernachkommen anschauen: ungemein bescheidene, höfliche und liebenswürdige Menschen.«

Er ist, während er redete, auf und ab gegangen, und jetzt bleibt er vor Martin stehen. »Das schreibt er natürlich nicht, es wäre pietätlos gegenüber der Toten. Weiß man schon, wann das Begräbnis stattfinden wird?«

»Wenn die Leiche von der Pathologie freigegeben wird«, sagt Martin und blickt auf ein faltiges Schnurrbartgesicht mit einer Nase, die auf einen Weinliebhaber schließen lässt. Durchzogen von roten Äderchen, die beinah ein Muster ergeben.

»Wir werden in Uniform erscheinen und Salut schießen. Ob das dem Witwer nun passt oder nicht. Das sind wir dem Angedenken ihres Großvaters und Vaters schuldig.«

»Eine wunderbare Geste«, sagt Martin in aller Verlogenheit. Steht auf und dankt dem Hausherrn für die Audienz. In seiner Jackettasche das Papier, das er der Kollegin schicken wird. Wenn es eine Übereinstimmung gibt, wird er Alois Brenner noch einmal aufsuchen müssen. Was diesen sicher nicht amüsieren dürfte. Ein gnädiges Nicken, dann ist er entlassen.

Martin geht noch auf einen Kaffee zum *Zauner*, steuert auf den letzten freien Tisch zu und trifft auf Gisela Wurzinger, die aus der anderen Richtung kam. Sie stutzen kurz, lächeln dann und teilen sich den kleinen Tisch. »Man rennt sich in diesem Kaff dauernd über den Weg«, sagt sie und bestellt Wasser und ein Lachsbrot. »Meine Pause, bevor es mit Pilates weitergeht.«

Ja, natürlich hat sie schon von der furchtbaren Tragödie gehört. Ihr Gesichtsausdruck ist eher sensationslüstern als traurig. »Aber Sisi war schon in Mallorca eine Kamikazefahrerin, ist fast ein Wunder, dass ihr nicht früher was passiert ist. Sie ist in ihrer Jugend Rallyes gefahren, wussten Sie das? Angeblich auch Paris–Dakar, aber das hab ich ihr nie geglaubt.« Leise, beinahe flüsternd: »Man soll ja über Tote nichts Schlechtes sagen, aber sie war schon eine besondere Nummer, die Sisi. Typ Salzbaronin, dabei waren ihre Vorfahren bloß begnadete Pillendreher. Sie hätte mir leicht das Geld geben können, das ich mit Mikes Projekt verloren hab. Aber sie wollte nicht. Wahrscheinlich, weil ich vorher mit Mike zusammen war, bevor er sich auf die reiche Erbin stürzte. Aber ich sag's ja immer: Geld kann man nicht mit ins Grab nehmen.«

»Soso«, sagt Martin schon wieder. Es scheint ihm eine passende Antwort auf dummes Gerede zu sein. Obwohl er wieder was dazugelernt hat über Sisi und Mike Hansen.

»Sie hat sich aber nicht umgebracht, oder?«, fragt Gisela jetzt laut. An den umstehenden Tischen wird es still. Ein Gerücht ist geboren, und es wird weitergetragen und mancherorts zur Tatsache erhoben werden. Auch wenn Martin jetzt sagt: »Das ist eine eher unwahrscheinliche These.«

»Aber er hat nicht ›Nein‹ gesagt, und er ist mit den Hansens befreundet«, flüstert die Frau mit Trachtenhut und Dirndl ihrer ebenfalls trachtigen Begleiterin zu.

Der böhmakelnde Kellner erzählt es der Bedienung hinter den Glasvitrinen.

»Wahrscheinlich, weil er sie betrogen hat«, sagt die frisch geschiedene Kellnerin.

Der Chef fährt dazwischen. Er wünscht keinen Tratsch während der Dienstzeiten.

Gisela und Martin bezahlen und brechen auf, sie zurück ins Fitnessstudio, das an diesem Sommertag spärlich besucht ist, und er zu seinem Elektroschinakel, das er inzwischen beinahe lieb gewonnen hat. Aber auch nur, weil das Tanken auf dem Hotelparkplatz so einfach ist. Und nichts kostet, Service des Hauses. Und an die Lautlosigkeit der Fortbewegung könnte er sich gewöhnen. Unterwegs zum Hotel begegnet ihm das Bergungsfahrzeug mit dem Autowrack. Auf dem Weg zur kriminaltechnischen Untersuchung, wie er vermutet. Martin erinnert sich an einen ehemaligen Kollegen, der zuerst in der oberösterreichischen Landeshauptstadt Dienst machte, jetzt aber angeblich in Ischl die Polizeiinspektion leitet. Er könnte ihn in den nächsten zwei Tagen einmal anrufen. Und jetzt piept sein Handy, er liest die Nachricht erst auf dem Hotelparkplatz. Sie ist von Rosie: *SORRY ICH VERMISSE DICH*. Emoji mit Kussmund.

Martin schickt das Kussmund-Ding zurück. Er vermisst sie nicht, obwohl er hier und jetzt etwas spürt, das sich beinah wie Sehnsucht anfühlt. Das Gefühl vergeht wieder. Er nimmt sich vor, Rosie abends anzurufen.

Er springt in den Pool, bevor er in sein Zimmer geht, um sich zum Abendessen umzuziehen. Leinenhemd und helle Hose, mehr ist bei den Temperaturen nicht möglich. Zwei Herren in kurzen Hosen werden vom Oberkellner diskret darauf hingewiesen, dass es eine Minimalkleiderordnung gibt, auch auf der Terrasse. Einer der beiden protestiert in bayerisch gefärbtem Deutsch, dass man im Urlaub in der Pampa sei und nicht beim Empfang in der Hofburg. Er macht seinem Ärger Luft, doch der Kellner weicht nicht, und schließlich zieht sich der Bayer unter Protest zurück. Er wird auf dem Zimmer speisen, auf dem Balkon, sogar nackert, wenn es ihm beliebt.

»Hoffentlich nicht«, sagt Mike, der neben Martin aufgetaucht ist. »Man kann einen Teil der Balkone von der Terrasse aus einsehen.« Er fragt Martin, ob er nicht an seinen und Lukas' Tisch kommen möchte. »Es würde die Stimmung aufbessern, Sie würden mir einen großen Gefallen tun.«

Eine Einladung, die er kaum ausschlagen kann. Ergeben folgt er Mike zu einem Tisch, der etwas abseits liegt, mit Blick auf den Park und das Lusthaus, in dem Sisi angeblich oft saß. Die Kaiserin. Martin versucht, sich an die andere zu erinnern, die zu ihm sehr liebenswürdig war, er hat sie nie als arrogant empfunden. Doch Elisabeth Hansen hat seltsam wenig Eindruck bei ihm hinterlassen. Sie war eine attraktive Frau, aber alles an ihr schien ihm sehr künstlich, überaus gewollt. Man konnte sich schwer vorstellen, wie sie hinter Schminke, perfekter Frisur und Designerkleidung wirklich war. Eine Geschichtenerzählerin. Wie hat Mike das ausgehalten? Oder hat sie es bei ihm unterlassen?

Ihr Sohn scheint nicht so angetan von Mikes Entscheidung, einen dritten Mann an den Tisch zu bitten. Unverhohlen widerwillig steht er auf und schüttelt Martins Hand, murmelt etwas und setzt sich sofort wieder. Der Kellner nimmt die leere Weinflasche aus dem Kühler und ersetzt sie durch eine neue. Riesling, ein für Martins Geschmack viel zu schwerer Wein für einen warmen Sommerabend, er hätte sowieso lieber Bier, doch der Kellner schenkt ein, ohne zu fragen.

»Auf meine geliebte Frau!« Mike hat das Glas gehoben. Lukas Seidl folgt ihm widerwillig. »Auf Mutter. Die wieder einmal zu schnell gefahren ist.«

Herzlos, denkt Martin, und dass sein Gegenüber nicht mehr nüchtern ist. Einer, der nur seinen Kummer ersäuft oder das ganze Leben? Sie stoßen an, und Sisis Sohn trinkt sein Glas fast leer, bevor er es recht heftig auf den Tisch zurückstellt.

Eine Wolke von Aggression schwebt über der Szenerie. Endlich kommt das Essen. Geräucherte Ausseer Forelle mit Wasabicreme aus der Steiermark. Dazu Salat und Baguette. Martin isst mit Appetit, zumindest wird jetzt nicht mehr gesprochen. Mike und Lukas stochern im Essen, die Spannung zwischen ihnen ist beinahe messbar.

Martin schätzt den Sohn auf dreißig plus/minus. Der germanische Typ mit blonden, gegelten Haaren und blauen Augen, er ähnelt seiner Mutter. Martin könnte ihn um den durchtrainierten Körper beneiden, aber sich an Jüngeren zu messen hat er längst aufgegeben. Mike trägt Schwarz, Lukas Weiß. Martin spürt die Blicke von anderen Tischen. Sie ist tot. Das ist nicht nur Thema im Hotel, sondern in ganz Ischl.

»Ich lasse mich übrigens scheiden«, sagt Lukas nach dem Hauptgang, Kalbsrollbraten mit Zitronenrisotto.

Mike lässt seine Gabel sinken: »Ich habe mich schon gefragt, warum du Francine nicht mitgebracht hast.«

Lukas trinkt wieder und ignoriert Martins Gegenwart. »Tja, und in der dir eigenen Feinfühligkeit hast du die Frage nicht ausgesprochen. Meine Frau ist zurück nach Paris, um sich künftig ganz ihrer Schauspielkarriere zu widmen. Sie hat Linz ohnehin gehasst. Danach mich und ihre Schwiegermutter. Dich hat sie erstaunlicherweise gemocht, Mike. Sie fand dich lustig. Très amusant ... Gott, wie mich das immer störte, wenn sie französisch sprach. Nun, das ist ja jetzt vorbei. Sie wird sich einen prominenten Anwalt nehmen und versuchen, das Maximum aus mir rauszuholen. Aber leider hat die Gute einen Ehevertrag unterschrieben. So wie du auch, lieber Ex-Stiefvater.«

Zu Martin gewandt: »Das war ein eiserner Grundsatz meines Großvaters. Dass die Firma voll und ganz in der Familie bleibt. Auch mein Vater, der eingeheiratet hat, war nur Geschäftsführer ohne Anteile.« Er füllt sein Weinglas, bevor der Kellner herbeieilt. Hebt es wieder. »Mutter hat ihre Anteile an der Firma auf mich überschrieben, da bist du raus, Mike. Und sie hat den Großteil ihres Privatvermögens in eine Stiftung überführt, die ich leiten werde. Es bleiben so an die dreihunderttausend auf ihren Konten, davon bekommst du ein Drittel, deinen Pflichtteil sozusagen.«

Martin versucht sich möglichst unsichtbar zu machen.

Mike ist nicht anzusehen, wie ihn Lukas' Worte getroffen haben. Pokerface, Martin findet das bewundernswert.

»Ich finde es geschmacklos, an ihrem Todestag von Geld zu reden, Lukas. Du solltest vielleicht langsamer trinken.«

Der Blonde lächelt sehr gemein. »Ich ersäufe meinen Schmerz, das ist alles. Elisabeth war keine hingebungsvolle Mutter, dazu war sie zu egozentrisch. Doch ich habe sie geliebt. Und deshalb all ihre Liebhaber ertragen – und am Ende dich, den sie auch noch heiraten musste. Übrigens hat sie das Grundstück und Hotel ebenfalls der Stiftung überschrieben. Ich werde es verkaufen. Es ist sowieso zu klein, um groß Rendite zu bringen.«

Die Sache mit dem Hotel war vielleicht doch zu viel für ihn. Martin spürt, dass Mike kurz davor ist, aufzuspringen und Lukas vom Stuhl zu werfen – oder ihm ein Glas Wein ins Gesicht zu schütten. Martin denkt gar nicht daran, es mit beschwichtigenden Worten zu versuchen. Er sitzt da und wartet ab, bereit, im Falle von tätlicher Gewalt einzugreifen.

Mike springt jetzt tatsächlich auf, wirft die Serviette auf den Tisch und zischt: »Ich habe Sisi auch geliebt – aber du warst schon immer ein Scheißkerl für mich. Entschuldigen Sie, Herr Glück, aber mir reicht es wirklich für heute.« Mike geht, ohne sich umzudrehen, zurück ins Haus.

Der Kellner, der sich bemüht auszusehen, als hätte er nichts mitbekommen, entfernt das Geschirr und schenkt nach. Lukas sagt in die Stille: »Das habe ich jetzt sehr genossen. Obwohl ich es ihm eigentlich erst morgen sagen wollte. Sorry, dass Sie unser Familiendebakel miterleben mussten. Sind Sie einer von Mikes Freunden?«

»Nein.«

Die so unwahrscheinlich blauen Augen funkeln neugierig. »Einer von Sisis Liebhabern? Günstlingen?«

»Nein.«

Lukas Seidl lacht. »Sie sind ein cooler Typ. Ich mag Sie. Was ist: Sollen wir noch ins Kaff runter und das Trachtenvolk aufmischen? Verstehen Sie mich nicht falsch: Ich trauere wirklich. Aber das ist halt meine Art, damit umzugehen.«

Martin leert sein Glas. »Versteh schon. Aber ich bin wirklich müde – und muss noch mit meiner Verlobten telefonieren. Sie wartet auf meinen Anruf. Eine Frage hätte ich aber noch: Warum hat Ihre Mutter Mike quasi enterbt?«

Lukas scheint zu überlegen, ob er überhaupt antworten soll. Dann: »Elisabeth wollte immer um ihrer selbst willen geliebt werden. Aber das war nicht möglich. Sie hat es nie verstanden.«

Martin steht auf. »Danke. Ich wünsche Ihnen noch einen angenehmen Abend. Und wenn Sie wirklich nach Ischl wollen – nehmen Sie ein Taxi.«

Er dreht sich um und geht. An den vielfach noch besetzten Tischen vorbei ins Hotel, das im Foyer klimatisiert ist. In seinem Zimmer nicht. Martin öffnet beide Fenster, duscht und legt sich nackt aufs Bett. Wählt Rosies Nummer, doch sie meldet sich nicht.

Das sieht ihr gar nicht ähnlich, denkt Martin, bevor er einschläft.

8

»Wie war's für dich?«, fragt Frajo, als sie aneinandergekuschelt im Bett liegen. Petra nervt die Frage. Zugegeben, er hat es auch diesmal wieder hingekriegt, sie zu versöhnen. Oder wenigstens fast. Denn ein kleines bisschen ist sie immer noch bös auf ihn. Und warum braucht er auch noch Lobeshymnen für seine Performance? Ist es nicht genug, dass es für beide schön war?

»Wieso? War da was?«, antwortet sie ironisch, worauf er ihren Kopf in den Schwitzkasten nimmt. Sie versucht, sich zu befreien, und schon ist eine zärtliche Rangelei und Polsterschlacht im Gange. »Wehe dir, Franz Joseph«, lacht Petra und bedeckt seinen Körper mit Küssen. Eins führt zum anderen, und zehn Minuten später will er's schon wieder wissen. Doch bereits beim »Wie ...« stoppt Petra ihn und hält ihm die Hand vor den Mund. Plötzlich ganz ernst: »Jetzt hab ich ein furchtbar schlechtes Gewissen der Sisi gegenüber. Meine beste Freundin ist gerade gestorben, und ich hab Sex mit dir.«

»Das soll eine natürliche Reaktion der Überlebenden sein, habe ich einmal gelesen«, beschwichtigt Frajo. »Weil man da ganz bewusst am Leben festhalten will.« Er streicht ihr über die Wange.

»Gib mir eine Zigarette«, sagt Petra. Sie setzt sich auf und stopft sich Polster in den Rücken.

Frajo holt aus der Nachttischschublade Zigaretten und eine Schachtel Streichhölzer, zündet zwei an, steckt eine Petra zwischen die Lippen und macht einen tiefen Zug. Nie schmeckt die Zigarette besser als nach dem Sex mit dieser Frau. Wunschlos glücklich für den Augenblick schmiegt er sich an seine Geliebte, die nur einen Fehler hat: Sie fragt zu oft nach seinen Scheidungsplänen. Mit der Ausrede, noch ein halbes Jahr zu warten, hat er sich Zeit erkauft. Und dann? Eine Scheidung von Irene ist für ihn unmöglich, ebenso die Trennung von Petra.

»Die Polizei hat bei mir angerufen, sie kommen morgen vorbei«, sagt Petra in die postkoitale Stille. »Wegen Sisi.« Sie hat jetzt Tränen in den Augen.

»Schreckliche Sache«, erwidert Frajo mitfühlend, obwohl ihm Sisis Unfall wurscht ist. Heuchelei als tägliches Brot des Politikers. »Wie ist es passiert? Wahrscheinlich ist sie wieder zu schnell gefahren.«

»Sie haben mir nichts Genaues gesagt, nur dass sie den Berg hinuntergestürzt ist. Aber was könnten die von mir wollen?«

»Sie werden halt ihr Umfeld beleuchten, sicherheitshalber. Man weiß ja zuerst nie, ob ein Unfall wirklich ein Unfall war ... oder Selbstmord? Ich kannte sie ja nicht gut, aber Sisi war schon eine exaltierte Person. Oder Mord? Aber nein, so was passiert bei uns nicht, weil ...«

Petra unterbricht. »Wie kannst du das einfach so behaupten? Es könnte sie jemand von der Straße abgedrängt haben. Dieses Teilstück ist verdammt gefährlich, aber da tut ihr Politiker ja nichts dagegen. Wie Schutzzäune errichten zum Beispiel ...«

»Du schaust zu viele Krimis im Fernsehen«, kontert Frajo.

»Ich bin abends ja auch zu viel allein«, antwortet sie prompt. »Aber natürlich gab es jede Menge Leute, die Sisi nicht mochten, weil sie das Hotel nicht verkauft hat und wegen der blöden Karikaturen, an denen aber Mike schuld ist, der ja auch die Drohbriefe bekommen hat. Und Sisis

Geschichten aus Tausendundeiner Nacht sind auch nicht überall gut angekommen. Aber deshalb bringt man doch niemanden um!«

Der Gedanke an den Tod ihrer Freundin macht Petra nachdenklich, aus mehr als einem Grund. Frajos neuerliche erotische Annäherungen wehrt sie ab. »Nein, lass. Jetzt bin ich echt nicht mehr in Stimmung.«

Frajo seufzt und ist doch froh darüber. Der Jüngste ist er auch nicht mehr, und Petra ist ganz schön fordernd im Bett. Nicht nur dort. Leider.

Petra reitet weiter auf der Krimiwelle: »Vielleicht hat jemand geglaubt, er drängt Mike von der Straße ab, war ja schließlich sein Auto.«

»Wieso ist sie nicht mit ihrem Wagen gefahren? Wohin wollte sie überhaupt?«

»Nach Linz zum Neurologen. Sie hat sich Sorgen gemacht, weil sie in letzter Zeit so vergesslich war. Hat wohl öfter versäumt, ihren Tesla aufzuladen, und ist dann mit dem Range Rover gefahren. Den sie ja schließlich bezahlt hat. Das war auch wieder so eine Geschichte von ihr. Angeblich hat sie den Wagen einem russischen Oligarchen abgekauft, der kurz darauf ermordet wurde. Weißt du, es gibt so was wie ein Lügensyndrom. Diese Menschen können gar nicht anders als lügen, obwohl sie keinen Nutzen davon haben.«

Frajo mit leisem Vorwurf: »Deshalb war es ja auch nicht wirklich klug, deiner Märchentante das mit uns zu erzählen.«

»Ja, warum denn nicht?« Petra schaut ihn befremdet an. »Erstens war sie meine beste Freundin und hat mich in allem unterstützt. Zweitens ist in einem halben Jahr ohnehin alles offiziell.«

»Und drittens hätte dadurch die Bombe vorzeitig platzen können.«

Na und?, denkt Petra. Ihr wäre es nur recht, wenn die Sache ans Licht käme. Auf welche Art auch immer.

Frajo redet sich ein bisserl in Rage. »Und jetzt weiß auch noch Mike Bescheid, weil sie es ihm gesteckt hat. Vorgestern war er nämlich bei mir. Er wollte, dass ich beim Kulturausschuss und bei der Schweeger ein gutes Wort für sein abartiges Kulturjahrprojekt einlege, und natürlich auch, dass wir es aus den Fördermitteln finanzieren: *Metallica* in Ischl.«

»Ja spinnt der?« Petra fällt die brennende Zigarette aus dem Mund, Frajo fängt sie im letzten Moment auf. Schließlich will er nicht, dass seine Irene die Nachricht erhält, ihr Mann sei im Bett einer anderen Frau verbrannt. Obwohl's ihm danach eigentlich wurscht sein könnte. Aber irgendwie, denkt er, ist ihm sein Image auch nach dem Tod noch wichtig. Mit Ehrenbegräbnis und Böllerschüssen und so.

»*Metallica?* Diese schreckliche Band? Ich hoffe, du hast abgelehnt.«

Sie kapiert es nicht, denkt Frajo. »Ich hab ihn vertröstet und gesagt, ich werde mit ein paar Leuten darüber sprechen, dass ich aber wenig Chancen auf eine Finanzierung sehe.«

Petra schüttelt den Kopf. »Wieso denkt er, du würdest so was für ihn tun?«

Ist sie wirklich so naiv? »Der Arsch wollte mich erpressen. Ließ indirekt anklingen, er werde meiner Frau über uns Bescheid sagen, wenn ich ihm nicht helfe. Siehst du, wohin das geführt hat, dass du der Sisi alles erzählt hast?!«

Petra hasst es, wenn er in ihrer Gegenwart von »seiner Frau« spricht. Sie steht auf, zieht ihren Bademantel an und holt sich ein Glas Wein. Nimmt einen Schluck und sieht ihren Liebhaber fragend an. »Da du dich sowieso scheiden lässt, kann er es doch ruhig erzählen. Was soll das für eine Bombe sein, die platzt?«

»Was glaubst du denn, was da alles dranhängt?« Frajo ist jetzt richtig sauer. »Es ist viel zu früh. Schon wegen der Kinder, die ich ja erst schonend darauf vorbereiten muss ...«

»Wofür du in den letzten Monaten ausreichend Zeit hattest!«, unterbricht ihn Petra kühl.

Frajo lauter: »Ja, und was ist mit dem Skandal? Ich wär doch politisch quasi erledigt. Und von dir darf Irene vor der Scheidung sowieso nichts erfahren, das könnte sie ja gegen mich verwenden. Da geht's auch um Geld, meine Liebe. Alles nach einem genauen Zeitplan: Gespräch mit Irene von wegen auseinandergelebt. Und dass ich ihr nicht im Weg stehen will und sie jetzt noch jung genug ist, um neu anzufangen. Dann die Kommunikation mit den Kindern. Danach finanzielle Regelungen. Und schließlich zum Anwalt. Erst nach der offiziellen Scheidung kann ich mich mit dir zeigen.«

»Es sei denn, deine geliebte Irene hat vorher auch einen Unfall.« Petra lacht, sie bereut den Satz sofort, aber manchmal geht das böse Mundwerk mit ihr durch.

»Was redest du denn da?« Frajo springt aus dem Bett und geht drohend auf Petra zu. Er rüttelt ziemlich unsanft an ihren Schultern. »War das vielleicht eine Morddrohung gegen meine Frau?«

»Sag nicht immer ›meine Frau‹«, kreischt Petra und schubst ihn weg. »Ich frage mich, ob nicht *du* es warst, der meine Freundin von der Straße abgedrängt hat! Weil sie alles wusste und dir gefährlich geworden ist. Immerhin bist du gestern nicht wie vereinbart gekommen. Wo warst du denn? Vielleicht stimmt das gar nicht mit der angeblichen Sitzung? Ich hab gesehen, dass dein Auto einen Kratzer hat, vorne links. Musste Sisi sterben, weil du zu feig warst, deiner blöden Irene reinen Wein einzuschenken?«

Frajo bebt vor Zorn, will etwas sagen, verschluckt sich und hat einen Hustenanfall, der ihn ins Badezimmer treibt.

Petra bleibt auf dem Bett sitzen und würde alles gern zurücknehmen. Was hat sie da nur gesagt? Worte, die sie manchmal denkt, aber niemals aussprechen sollte. Sie könnte sich ohrfeigen. Mehr Contenance, hat Sisi ihr immer geraten. Mit Gefühlsausbrüchen kommt man bei Männern nicht weit. Aber der Frajo, der hat sie derart provoziert, dass bei ihr alle Sicherungen durchgebrannt sind.

Petra will ins Bad gehen, um sich zu entschuldigen. Sie kann hören, dass er unter der Dusche steht. Nasser Versöhnungssex wäre angebracht ...

Auf der Kommode surrt Frajos Mobiltelefon und kündigt eine SMS an. Sie weiß, dass sie es nicht tun sollte, aber die Versuchung ist zu groß. *Zwergi* ist der Absender. Wer soll das sein? Sie liest den SMS-Verlauf und erkennt, dass es sich bei *Zwergi* nur um Irene handeln kann. Petra kriegt schon wieder eine Mordswut. Zwergimäßig geht's also zu bei den beiden, mit Kosenamen. Dieses verlogene Schwein! Andererseits – wer weiß, wann er diesen Namen erfunden hat, wahrscheinlich ist das viele Jahre her. Die letzten SMS sind immerhin sachlich gehalten. Das ist beruhigend. Termine, Organisatorisches wegen Haus und Kindern, und zuletzt: *Dein Schlüssel ist aufgetaucht. Bergmann hat ihn auf dem Grundstück gefunden.*

Bergmann, der Name kommt ihr irgendwie bekannt vor. Richtig, das ist doch der Makler, der ihnen das Grundstück zeigen wollte. Der gestrige Termin, zu dem Frajo nicht erschienen ist. Wegen einer Sitzung. Angeblich. Woher kennt *Zwergi* den Makler, woher weiß sie von dem Grundstück?

Frajo ist knallrot im Gesicht, als er aus dem Bad kommt. Mit einem Handtuch um die Hüften. Brüllend: »Du hältst mich also für einen Mörder? Du hysterische Kuh. Es ist aus. Schluss. Vergiss es. Und nur damit du's weißt: Ich war gestern gar nicht in Ischl! Ich hatte am Wolfgangsee einen Termin – und zwar mit meiner Frau!«

Als ob sie es geahnt hätte! Petra holt tief Luft und zischt wie eine Schlange: »Na, wenn sie unser Grundstück schon kennt, dann kann sie auch alles andere erfahren!«

Als sie an ihm vorübergeht, sieht es einen Augenblick so aus, als wollte er sie festhalten und schlagen. Doch dann lässt er sie gehen, und Petra knallt die Badezimmertür hinter sich zu. Sperrt vorsichtshalber ab. Hört, wie er sich hastig anzieht. Schritte. Die Wohnungstür fällt erstaunlich sanft ins Schloss.

Und jetzt weint sie richtig.

9

»Definitiv kein gewöhnlicher Unfall!«

Der Wiener Ex-Kollege, vor zwei Jahren von Wien nach Linz und dann nach Bad Ischl versetzt, zeigt sich halb freudig, halb unangenehm überrascht, Martin zu sehen. Die beiden waren früher eher distanziert miteinander umgegangen. Unterschiede in Alter und Ansichten. Hansi Fleck ist befördert und gleichzeitig in die Provinz versetzt worden, und jetzt schwärmt er vom Salzkammergut und schimpft auf die Hauptstadt mit dem grauslichen Verkehr und den vielen Ausländern, den teuren Mieten und der schlechten Luft und ...

Martin bringt ihn sanft auf seine Frage zurück: Wie ist Elisabeth Hansen umgekommen? Kontrollinspektor Fleck genießt seinen Wissensvorsprung und antwortet zögerlich: »Der Techniker sagt, dass der Bremsschlauch beschädigt war. Wusstest du, dass einundvierzig Prozent aller Unfälle auf defekte Bremsanlagen zurückgehen?«

Kunstpause. Beide schauen auf den Kaktus, der den Schreibtisch dominiert. Martin mag Kakteen, doch dieser hier ist ein besonders hässliches Exemplar.

»Ein Geschenk von meinen Kollegen«, erklärt Fleck. »Eine sehr seltene Art.« Er versucht sich zu erinnern, warum er Martin Glück damals nicht leiden konnte. Zum einen, weil dieser vor ihm befördert wurde, zum anderen, weil Martin sich nie an den Besäufnissen der Abteilung Leib und Leben beteiligt hatte. Eher so ein Einzelgänger, der Glück.

Martin sitzt auf der Fensterbank. Wippt ungeduldig mit den Füßen. »So ungefähr ja. Aber was heißt das? Schlecht gewartet? Durch einen Fremdkörper beschädigt? Von einem Marder angeknabbert?«

So neugierig, der Glück. »Was machst du überhaupt in Ischl, Martin? Bist undercover unterwegs?« Sofort denkt er: Wär ja typisch, dass die in Wien einen herschicken, ohne die örtliche Polizei zu informieren. Hauptstadt versus Provinz war schon immer ein Problem.

Martin winkt ab. »Rein privat. Wollte mich ein paar Tage auf dem Land erholen, ein bisserl wandern und so ... Aber weil ich im Hotel *Sisi* logiere, interessiert mich der Unfall natürlich.«

Fleck nickt verständnisvoll: »Einmal Polizist, immer Polizist, schon klar, Kollege.«

Genau genommen sind wir das nicht, weil ich einen höheren Rang habe, denkt Martin, aber das anzubringen wäre jetzt unpassend.

Flecks Fortsetzung folgt: »Verstehe. Also, die Sache ist so: Der Techniker hat seinen Bericht noch nicht geschickt, aber er hat mich telefonisch informiert, dass es im Zusammenhang mit dem Bremsversagen ein paar interessante Fragen gibt.«

Warum wundert das Martin nicht? Die Drohbriefe, die tote Katze, und jetzt Sabotage am Auto. Elisabeth Hansen starb vermutlich anstelle ihres Mannes. Ob die Ischler Kollegen die Vorgeschichte kennen? »Jemand hat also die Bremsleitungen manipuliert?«

»Tja«, sagt Hansi Fleck und lächelt unangebracht. »Davon können wir ausgehen. Natürlich ist das Opfer viel zu schnell gefahren, es war ja stadtbekannt, dass Frau Hansen eine verhinderte Rennfahrerin war. Aber tatsächlich haben die Bremsen komplett versagt, weshalb sie aus der Kurve getragen wurde. Auch die Bremsflüssigkeit war am Limit ...

aber bis ich das schwarz auf weiß von der Technik habe, bleibt das topsecret, Kollege, ist das klar?«

Fleck hatte immer schon ein Faible für Anglizismen, erinnert sich Martin. Er nickt: »Selbstverständlich. Wenn du den Bericht hast, dürfte ich dann mal reinschauen? Nur so aus Neugierde, ich lad dich dafür auch zu einem Bier ein – oder zwei.«

Hansi Fleck denkt, dass der Wiener Chefinspektor sich einmischen wird, wenn es eine Mordermittlung geben sollte. Was ja noch nicht ganz klar ist, aber im Bereich des Möglichen liegt. Er fragt sich, ob er das gut oder schlecht finden soll. Mord in Ischl! Das wär ganz ungünstig für den Fremdenverkehr. Der Techniker hat sich am Telefon ein bisserl vage ausgedrückt. »Manipulation nicht ausgeschlossen«, so hat er gesagt, und Hansi Fleck würde es begrüßen, wenn er sich in seinem Bericht ganz eindeutig positioniert. Auf jeden Fall muss er jetzt den Kollegen loswerden. »Ja, sowieso. Ich ruf dich an. Und dann gehen wir was trinken. Ich war noch nie in deinem Hotel, also machen wir es am besten dort. Aber jetzt muss ich ...«

Martin hüpft von der Fensterbank und bedankt sich für das kollegiale Entgegenkommen. An der Tür dreht er sich noch einmal um. »Bekanntlich ist Frau Hansen früher Rallyes gefahren. Da fliegt man nicht einfach so aus der Kurve, oder?«

Ein Satz zum Nachdenken für Hansi Fleck, dem jetzt wieder einfällt, dass es vor Jahren einen Skandal um den Glück gab. Er hatte seinem Vorgesetzten einen Boxhieb verpasst, weil der es mit Glücks Frau trieb, jetzt Ex-Frau. Und der Chefinspektor wurde erst beurlaubt und dann als »Springer« in Österreich eingesetzt. Jetzt wohl wieder in Gnaden aufgenommen. Aber beliebt bei den Kollegen war der Glück nie, ihm fehlte das Kameradschafts-Gen. Füreinander einstehen und auch die Notlüge nicht scheuen, wenn was passiert, das nicht so ganz politically correct ist. Wie einen Ausländer ein bisserl härter angepackt zu haben ...

*

Im *Café Ramsauer*, grandios schäbig, da ohne Scham gealtert, hofft Martin auf ein stilles Bier, weil hier ein anderes Publikum verkehrt als im *Zauner*. Weniger Touristen auch. Er möchte in Ruhe nachdenken, wie es weitergehen soll. Wenn es offizielle Ermittlungen im Todesfall Hansen gibt, könnte er eigentlich zurück nach Wien. Die Wahrheit wird schon rauskommen, und Mike Hansen wird der Polizei von den Drohungen und der toten Katze erzählen müssen. Fast tut er ihm leid, weil Mike mit dem Tod seiner Frau alles, auch noch das Hotel, verlieren wird. Lukas ist der große Nutznießer. Es wär wohl angebracht, das Mutter-Sohn-Verhältnis ein wenig unter die Lupe zu nehmen. Was, wenn Lukas in finanziellen Schwierigkeiten war? Dann kämen ihm das Erbe und die Stiftung gerade recht. Aber soll er sich wirklich noch reinhängen und den Ischler Kollegen, allen voran Hansi Fleck, auf die Nerven gehen? Oder nicht doch besser nach Wien zurück? Sich dem Hochzeitsvorbereitungswahnsinn hingeben wie das Opfer dem Henker? Blöder Vergleich. Er sollte wirklich aufhören mit den Selbstmitleidsorgien!

Martins Handy piepst, und er checkt die Nachrichten. Franz schreibt, dass man sich für das Kind auf den Namen Valentin geeinigt habe. Dann trage es denselben wie der Kaserururenkel. Valentin Fassbinder. Habsburg-Lothringen klinge natürlich besser, schreibt Franz, aber so ein echter

Fassl würde es sicher weit bringen im Leben. Und ob Martin Taufpate werden wolle?

Eigentlich nicht, die damit verbundene Verantwortung erschreckt ihn, doch er simst zurück, dass es ihm eine große Ehre wäre.

Von Rosie ein kryptischer Text: *Ich könnte mein ganzes Geld den Kindern schenken, dann wär ich wieder arm wie eine Kirchenmaus. Würde dir das gefallen?*

Martin denkt darüber nach und schreibt: *Ich weiß es nicht. Würdest du von einem Polizistengehalt leben wollen? Dann wär es aber vorbei mit Chanel & Co. Würde dir das gefallen?*

Rosie antwortet nicht darauf, und er legt das Handy zurück auf den Tisch, überlegt gerade, sich eine Zeitung zu holen, die es in größerer Auswahl in richtigen Kaffeehäusern gibt, als ihm jemand von hinten auf die Schulter tippt ...

Er dreht sich um und schaut in Petras hübsches rundes Gesicht, für seinen Geschmack nur ein bisserl zu stark bemalt.

»Na, der Herr Chefinspektor im *Raumsauer* ... das ist eigentlich nur was für die Einheimischen. Darf ich mich dazusetzen?«

Ein zweiter Stuhl ist leer, und er deutet darauf mit einem Was-bleibt-mir-anderes-übrig-Lächeln. »Mittagspause?«

Sie setzt sich und zieht den sehr kurzen Rock ein Stück hinunter, so weit es halt geht. Ihre Beine sind wohlgeformt, sie hat die schönen Knie der rundlichen Frauen. Martin mag auch die von Rosie, warum zum Teufel kann er seine Zweifel nicht einfach ausschalten?

»Ja, ich sperr mittags immer eine Stunde zu, auch in der Hochsaison. Der Mensch muss essen, oder?« Sie bestellt einen Spritzer und ein Wiener Schnitzel mit Salat. Als der

Kellner weg ist, beugt sie sich zu Martin über den Tisch, und er registriert ein üppiges Dekolleté und schaut wieder weg. Sie ist die Neugierde in Person: »Gibt's Neuigkeiten zum Unfall? Es war doch ein Unfall, oder?«

Martin sieht sie aus sehr grauen Augen an. »Das wird untersucht. Was sagt der Ischl-Klatsch?«

Petra lacht, denkt dann daran, dass sie eine trauernde Freundin ist, und hört abrupt auf. »Dass meine Freundin gefahren ist wie eine Wildsau. Und dass sie es immer schon kommen sahen, dass sie sich dersteßt. Alois Brenner soll sogar gesagt haben, dass es ihr recht geschieht!«

Martin ist ganz Ohr. »Wieso denn, ich dachte, er hat nur was gegen Mike und die Hotel-Karikaturen?«

Petra nimmt ihren Spritzer entgegen und trinkt durstig. »Heiß ist es wieder heut. Und einen Hunger hab ich ... Also, das stimmt nicht ganz, der Alois hat Sisi beinah wegen übler Nachrede verklagt. Um ein Haar, aber dann hat sie dem Verein was gespendet, und er hat's doch nicht getan. Aber vergessen hat er's nicht, und auch nicht verziehen.«

Auf seine Frage nach der üblen Nachrede erzählt Petra, dass es um Sex gegangen sei. Nein, die beiden hatten nix miteinander, aber als Sisi einmal als Kaiserin einsprang, da soll Alois' bester Freund Sepp sie unsittlich berührt haben. Angeblich. Am Busen und am Po. »Das hat Sisi jedenfalls am nächsten Tag im *Zauner* erzählt, und es machte auch gleich die Runde. Der Sepp hat das vehement bestritten, er sei ja verheiratet und ein Ehrenmann und so. Seine Ehefrau soll ihm die Hölle heiß gemacht haben, und natürlich haben alle Leute gedacht, na ja, wo Rauch ist, ist auch Feuer. Eh klar. Na jedenfalls, seither hasste der Brenner sie, und dann war Sisi ja eine Weile weg in Mallorca und kam dann wieder, und er machte gute Miene zum bösen Spiel, weil sein

Verein das Anwesen kaufen wollte. Was auch beinah gelang, bis Mike auf die Idee kam, dass er gern Hotelier wäre.«

Das Schnitzel kommt. Petra stürzt sich darauf, und Martin schaut ihr beim Essen zu und fragt nichts, weil er es mag, wenn Menschen ihr Essen so genießen können. Jetzt hat er eigentlich auch Hunger, aber er hat sich vorgenommen, im Hotel zu essen, vielleicht nur einen Salat bei der Hitze.

Den letzten Bissen lässt Petra ehrfürchtig im Mund verschwinden. Seufzt dann. »Ich ess halt so gern, das hat Sisi immer genervt, die war ja auch so eine Hungerkünstlerin wie die selige Kaiserin. Aber die meisten Männer mögen Frauen, die ihre Rundungen am richtigen Platz haben, sag ich immer. Frajo ja auch ...«

Auf Martins fragenden Blick: »... mein Lover, oder besser gesagt Ex-Lover. Franz Joseph Niederlehner. Unglücklich verheiratet, aber zu feig, sich zu seiner Geliebten zu bekennen.«

Sie hat ziemlich laut gesprochen, an den dicht platzierten Nebentischen ist es still geworden, aber das scheint sie nicht zu stören. »Der feine Politiker hat mir monatelang vorgelogen, dass er seine Frau verlässt. Und ich dummes Schaf hab ihm geglaubt ...« Sie sieht Martin prüfend an: »Sind Sie eigentlich verheiratet?«

»Noch nicht«, antwortet Martin Glück. Ihm ist klar, dass die Antwort nicht direkt gelogen, aber auch nicht aufrichtig war. Sein Gegenüber lächelt ihn an. »Was nicht ist, kann ja noch werden. Gefällt es Ihnen in Bad Ischl?«

Martin nickt. Bestellt noch ein kleines Bier, und Petra einen zweiten Spritzer. »Normalerweise trinke ich mittags keinen Alkohol, aber der Tod meiner liebsten Freundin hat mich schon ganz schön mitgenommen. Hat Sisis Sohn was gesagt, dass ich das Darlehen zurückzahlen muss?«

Martin verneint. Aber er habe sowieso nur kurz mit Lukas gesprochen, und da war Mike dabei, die beiden schienen sich nicht sonderlich gut zu verstehen.

Petra schiebt ihren leeren Teller weg. »Das kannst du laut sagen, die haben sich gehasst, die zwei. Elisabeth hat darunter gelitten, aber da war halt nichts zu machen. Mike ist nämlich nicht nur der Sonnyboy, der hat schon auch andere Seiten.«

Martin hakt nach: »Zum Beispiel?«

Petra muss es loswerden: »Na ja, er hat doch echt versucht, Frajo mit dem Wissen über unsere Liebe zu erpressen. Weil ich es der Sisi erzählt hab, und sie es ihm.«

»Wollte er Geld?«

Petra lacht. »Ach was, davon hat er doch genug, oder? Nein, Mike wollte Frajo dazu bringen, ihn bei seiner bescheuerten *Metallica*-Konzert-Idee fürs Kulturjahr zu unterstützen. Im Stadtrat! Ich meine, selbst wenn Frajo das tun würde, käme keine Mehrheit dafür zustande. Ich glaube nämlich nicht, dass es viele Heavy-Metal-Fans in Ischl gibt.«

»Würde auch nicht so richtig zur Kaiserstadt passen«, sagt Martin, denkt aber, dass er gerade deshalb die Idee irgendwie witzig findet.

»Genau.« Petra beugt sich nochmals vor, damit er ihr großzügiges Dekolleté bewundern kann. »Wollen wir uns nicht duzen? Ich Petra. Du Martin.«

Kein Tarzan weit und breit. Martin nickt, macht aber keine Anstalten zum Bruderschaftskuss. Ist so was überhaupt noch üblich?

Wenn Petra enttäuscht ist, geht sie mit einem Lächeln darüber hinweg. »Weißt du, was ich mir ernsthaft überlegt habe: Frajo hat eine Heidenangst vor seiner Frau, der Partei und der Ischler Gesellschaft. Und wenn der Mike das mit uns tatsächlich Frajos Irene erzählt hätte, wär das für ihn eine Katastrophe gewesen. Womöglich hat *er* Mikes Wagen präpariert, also die Bremsleitung angesäbelt ...?!«

Ein sehr, sehr böser Verdacht, den sie da gegen ihren Ex-Lover lostritt, denkt Martin. Immerhin hat sie so leise gesprochen, dass es an den Nebentischen niemand hören konnte. Und woher zum Teufel weiß sie von der Unfallursache?

Genau das fragt er sie jetzt, lässt nur den Teufel weg. Doch zu seiner Überraschung lacht sie ihn an. »Guter Mann, wir sind in Bad Ischl. Sisis Unfall ist das Tagesgespräch, niemand redet von was anderem. Und die Frau von Hansi Fleck war bei mir im Laden, gerade, bevor ich in die Mittagspause wollte. Das macht sie immer so, die blöde Funzn. Na, jedenfalls hat sie mir erzählt, dass der Polizeitechniker herausgefunden hat, dass mit den Bremsen was nicht koscher war. Ein Mordversuch! Da kriegt man ja Gänsehaut.«

Man duzt sich, es fällt ihm noch rechtzeitig ein. »Und du denkst wirklich, dass dein Lover, Ex-Lover, was damit zu tun haben könnte?«

Petras Lächeln ist jetzt nicht mehr hübsch, sondern gemein: »Sein Vater hatte eine Autowerkstatt in Bad Goisern. Ich sag's nur so. Es ist wirklich nur ein Gedanke, ich hab überhaupt keinen Beweis dafür. Aber eine große Wut! Dieser Mensch ist so feige und verlogen, es macht mich richtig krank, wenn ich daran denke, wie viel Zeit ich an ihn verschwendet habe. Und Gefühle!«

Sie wischt eine Träne aus dem Auge und verschmiert den Kajalstrich. Weinende Frauen – Martins Menetekel. Aber Petra fängt sich wieder, beinahe lächelt sie. »Und da fällt mir noch was ein: Sisi hatte ja diesen Hang zum Geschichtenerzählen. Eine dieser Storys war, dass Frajo vor den letzten Wahlen den Lokalredakteur bestochen hätte, ihn hochzuschreiben. Ich hab das ja nie geglaubt, aber wenn so eine böse G'schicht mal in der Welt ist ... Ich hab Sisi damals gesagt, dass sie aufpassen soll, sie hat sich mit ihrem Gerede schon mehr als einen Feind in Ischl gemacht.«

Petra grüßt ein paar neue Gäste, und Martin lässt ihre Worte auf sich wirken. *Metallica*, Erpressung, Gerüchte, Bestechung ... da kommt ja einiges zusammen. Vielleicht sollte er einmal mit dem Stadtrat reden. Oder die Koffer packen und zurück nach Wien fahren. Er checkt sein Handy. Rosie hat immer noch nicht geantwortet.

Der Abschied von Petra war kurz und schmerzlos, sie gab ihm noch einen Kuss auf die Wange, der für Martins Geschmack ein bisserl lang dauerte. Danach geht er zurück zum Hotel, schwitzend den Berg hinauf, und dann erst einmal unter die Dusche. Am Salatbüfett auf der Terrasse trifft er auf Mike, der vom Bestatter kommt. Er beklagt sich bei Martin, dass ihm niemand sagen könne, wann die Leiche freigegeben wird. Wie soll er da das Begräbnis planen?

Der Noch-Hotelier setzt sich zu Martin und bestellt ungefragt zwei Bier. Und beschwert sich weiter. Darüber, dass Lukas ständig Störfeuer gebe. »Er will Sisi in Linz begraben, Feuer und Urne, während ich für das Familiengrab in Bad Ischl und einen Ebenholzsarg bin. Ein Meer von weißen Lilien, ihre Lieblingsblumen ... Aber es sieht so aus, als müssten wir einen Anwalt einschalten, um diese Frage zu klären.«

Mike sieht mitgenommen aus, findet Martin, was ja kein Wunder ist. Seine sonst makellos gestylten Haare stehen kreuz und quer. Und er raucht eine nach der anderen ...

Martin fühlt sich schuldig, mit Appetit den Salat zu essen, den er sich geholt hat. Zwischen zwei Bissen fragt er: »Was hätte Ihre verstorbene Frau denn gewollt?«

Beinah ein Lachen, aber es klingt erbärmlich. »Oh, Sisi hatte dazu ein Dutzend Ideen, eine ausgefallener als die andere. Einmal sprach sie von einem Wikinger-Begräbnis, Sie wissen schon: Der Leichnam wird in voller Montur auf ein Schiff gelegt, dann wird es angezündet und treibt aufs Meer hinaus. Oder Indien: Sie war fasziniert von den Parsen, die ihre Toten in die Türme des Schweigens bringen, wo die Geier ihre stumme Arbeit tun. Zuletzt favorisierte sie die Dakota-Rituale: Die legen ihren Toten auf ein flaches Holzbrett oder Gestell und heben dieses auf eine Astgabel in einen hohen Baum – damit sie den Göttern näher sind. Ja, ich glaube, das hätte ihr gefallen, aber das ist in Österreich natürlich nicht erlaubt.«

Martin versucht, sich eine Leiche im Baum vorzustellen, was gar nicht so einfach ist. Aber unter die Erde zu kommen, ist auch nicht sein Ding, da will er lieber ins Feuer. Rosie würde ihm sicher eine schöne Urne kaufen und sie auf den Kamin in Wien oder Kitzbühel oder Paris oder St. Petersburg stellen. Rosie, die sich immer noch nicht gemeldet hat, was er langsam beunruhigend findet.

Mikes Handy spielt eine Melodie, die an die österreichische Bundeshymne erinnert. »Der Anwalt«, sagt er im Aufstehen, »da muss ich rangehen ... bis heute Abend.«

Martin isst in Ruhe zu Ende und beobachtet ein japanisches Paar, das sich ununterbrochen gegenseitig fotografiert. Oder das Essen. Makellos gekleidet wie fast alle Touristen aus Japan. Die Ausnahme von der Regel, dass Menschen auf Reisen den guten Geschmack an der Landesgrenze abgeben.

Er ruft bei Rosie an, ihr Anrufbeantworter springt an. Macht er sich Sorgen? Ein bisserl, er sollte sich verdammt noch mal nicht mehr so zieren und nach Wien zurückfahren. Heute noch. Oder morgen. Die Ischler Polizei wird den Unfall, der vermutlich keiner war, schon aufklären. Mike muss ihnen einfach nur reinen Wein einschenken ...

Die SMS, die auf Martins Handy aufpoppt, ist von Agnes Mitterbach, der Forensikerin, der er sein Muster aus Brenners Büro geschickt hat.

Lieber Martin,

ich habe einen Treffer gelandet, zumindest bei den ersten beiden Schriftstücken: Die wurden ja auf einer Olivetti aus den 60ern geschrieben. Die Abgleichung mit dem, was du mir nachgereicht hast, ist eindeutig. Bei den letzten beiden Briefen tippe ich, wie gesagt, auf eine Olivetti aus den 70ern. Schau dich halt weiter um nach dem passenden Gegenstück. Stets zu Diensten ... Aber natürlich schuldest du mir jetzt was. Ein Abendessen im Steirereck *vielleicht?*

Martin hofft, dass sie scherzt. Dr. Agnes Mitterbach ist eine Feinschmeckerin, aber so viel wollte er eigentlich nicht ausgeben. Außerdem hatte er eine richtige Rechnung erwartet, die er an Mike weiterleiten kann. Na, egal. Und jetzt läutet sein Telefon. Es ist Rosie.

10

Rosie ist bester Laune. Sie lacht über Martins Vorschlag, von seinem Polizistengehalt zu leben. »Die Idee, mein Geld zu verschenken, hab ich mir wieder überlegt. Wir werden es nämlich brauchen. Rat einmal, wofür?«

Martin ist kein Fan solcher Fragen, andererseits ist er froh, dass es Rosie gut geht. Er hat sich Sorgen gemacht, als sie sich nicht meldete. »Willst du vielleicht die kommunistische Partei in Österreich unterstützen?«

Rosie lacht fast so wie früher. Dann: »Ich habe, glaub ich jedenfalls, gute Nachrichten, Martin. Rat einmal.«

Schon wieder. Will sie auf dem Mond heiraten? Oder stehen für die Hochzeit die Kaisergemächer in Schönbrunn zur Verfügung? Wobei, das mit den Nebengebäuden der Kaiservilla in Ischl wär gar keine schlechte Idee. Stilvoll, nicht zu protzig und trotzdem kaiserlich genug für die Oligarchin. Vielleicht wird er ihr das sogar vorschlagen. Stattdessen: »Du willst ein Schrebergartenhäusl erwerben – und alles mit Gold überziehen lassen?«

Rosies Stimme klingt ernst. »Da wäre wohl zu wenig Platz für uns – drei.«

Stille.

Er blickt in den Himmel, wo Gewitterwolken aufziehen, über den Fluss auf die Berge und mittendrin das idyllische Ischl, während in ihm die Gefühle Hochschaubahn fahren. Am anderen Ende der Leitung hört er Rosie schlucken. Sie lässt ihm Zeit für seine Reaktion, das schätzt er. »Wie meinst du das?« Blöde Frage, er könnte sich ohrfeigen.

»Na, wie wohl? Einen Hund hab ich jedenfalls nicht angeschafft.« Jetzt schluckt sie wieder.

»Du meinst, du bist schwanger?«

Keine Antwort ist auch eine. Er muss jetzt was sagen: »Das ist ja wunderbar.« Es ist nicht gelogen, aber auch nicht ganz wahr.

Rosies Stimme ist leiser als sonst. »Ganz sicher bin ich aber noch nicht.«

Ist er jetzt erleichtert? Oder enttäuscht? Vermutlich beides.

»Vielleicht ist auch nur mein Zyklus durcheinander, Test hab ich noch keinen gemacht. Da warte ich noch ein paar Tage. Wär doch schön, oder?«

»Ja, es wäre schön«, antwortet Martin. Und meint es beinahe so.

*

Kurz vor Geschäftsschluss fliegt die Tür mit Karacho auf, sodass sie im ersten Moment fürchtet, das Glas zersplittert. Vor Petra, die gerade bei der Tagesabrechnung ist, steht Frajo, der wutentbrannt in die Boutique gestürmt ist. Zuerst – bevor sie sein verzerrtes Gesicht bemerkte – hatte sie ganz kurz die Hoffnung, er sei gekommen, um sich mit ihr zu versöhnen. Sie wäre durchaus dazu bereit gewesen. Noch dazu, weil heute ihr bereits geplanter gemeinsamer Abend wäre. Aber so, wie es aussieht, wird der kaum harmonisch verlaufen. Denn Frajo haut mit der Faust auf das Verkaufspult, und die Quittungskopien fliegen zu Boden. Er sieht Petra fast schon hasserfüllt an. »Weißt du, woher ich gerade komme?«

Petra zuckt mit den Schultern.

»Von der Polizei! Die haben mich zum Unfall von deiner Sisi einvernommen, weil ihnen eine anonyme Anruferin gesteckt hat, ich hätte guten Grund gehabt, sie aus der Welt zu schaffen. Eine anonyme Anruferin!! Hast du vielleicht eine Idee, wer das gewesen sein könnte?«

Er kommt bedrohlich nahe. So zornig sieht er aus, dass Petra sich zum ersten Mal vor ihm fürchtet. Sie geht sicherheitshalber einen Schritt in Richtung Ausgang. Natürlich traut sie ihm in Wahrheit den Mord an Sisi nicht wirklich zu, aber es war ihr einfach ein Bedürfnis, kleine Andeutungen in diese Richtung zu machen. Dem Wiener Polizisten gegenüber, aber auch der Frau des Kontrollinspektors. Immerhin ist sie sehr, sehr verletzt. Aber mit seinem Verdacht liegt Frajo ganz falsch.

»Ich habe nie im Leben irgendwo anonym angerufen, auch nicht bei der Polizei«, sagt sie reinen Gewissens.

Frajos Stimme überschlägt sich. »Ah ja? Und wer war es dann, wenn ich fragen darf? Deine Sisi aus dem Leichenschauhaus?«

Natürlich kann sie sich vorstellen, wie es gelaufen ist. Sie hat gegenüber der Frau von Hansi Fleck den diskreten Verdacht geäußert und ihr das Versprechen abgenommen, ihrem Mann ja nichts davon zu sagen. Womit garantiert war, dass der es sofort erfährt. So weit, so geplant und gelungen. Jetzt tut es ihr beinah leid. Mit weichster Stimme: »Ich war's wirklich nicht. Du konntest den Verdacht doch sicher ausräumen?«

Frajo lächelt böse. »Ja, das konnte ich, meine Liebe. Ich hab schließlich für den gesamten Zeitraum ein Alibi. Und du weißt auch, welches.«

»Richtig, traute eheliche Zweisamkeit am Wolfgangsee.« Sie sieht in seine Augen, in denen sich keine Liebe mehr spiegelt. Kein Begehren. Und dann beginnt sie plötzlich zu weinen.

Frajo hat Petra noch nie weinen sehen. Jähzornig ja, wobei es ihr danach immer leidtut. Aber weinen? Jetzt bereut er seinen Auftritt schon. Der war weder nett noch klug. Und vielleicht hat er sie ja doch zu Unrecht verdächtigt. Könnte auch ein politischer Gegner oder sogenannter Parteifreund gewesen sein, der Bescheid wusste. In Ischl ist es verdammt schwer, Geheimnisse zu bewahren. Oder Mike? Der sicher sauer ist, weil Frajo den blöden Heavy-Metal-Plan nicht unterstützt.

Jedenfalls beschließt Frajo, sie zu besänftigen und Frieden zu schließen. Immerhin könnte sie ihre Drohung wahrmachen und Irene alles erzählen. Er geht auf Petra zu und legt den Arm um sie. »Ich weiß auch nicht, warum ich so reagiert habe. Es hat mich einfach fertiggemacht zu denken, dass du ... So gemein bist du doch gar nicht, Kleines. Du bist eine großartige Frau! Ja, ich weiß, ich bin ein feiges Mannsbild. Entscheidungen kann ich nur im Job treffen. Privat fällt es mir schwer, weil ich niemanden verletzen will. Meine Arbeit ist schwierig genug, das kannst du mir glauben. Komm, wir haben doch wunderbare Stunden miteinander verbracht.«

Er versucht, ihr über die Wange zu streichen, doch Petra weicht zurück. »Ich weiß, Frajo. Aber so kannst du nicht mit mir umgehen. Ich hatte ja beinah Angst vor dir. Schließ bitte die Tür hinter dir, wenn du hinausgehst.« Sie dreht sich um und steigt die Treppe hinauf zu ihrer Privatwohnung, wartet aber, bis sie hört, wie Frajo das Geschäft verlässt. Dann sperrt sie den Laden ab und geht zurück in die Wohnung, zum Barschrank im Wohnzimmer. Schenkt sich einen doppelten Cognac ein und prostet sich selbst zu: »Auf die Liebe, Petra. Du solltest die Boutique verkaufen und woanders hinziehen. Mallorca vielleicht. Dort was Kleines aufmachen und dir einen stolzen Spanier suchen.« Sie muss ihr Leben ändern, und dazu gehört auch – abnehmen! Ein bisserl. So, dass sie wieder locker in Größe 40 passt. Mit dem Fasten ist es schwierig. Aber Petra nimmt sich vor, zweimal die Woche ins Fitnessstudio zu gehen und das wieder aufzunehmen, was ihr früher Spaß gemacht hat: Bergwandern. In der Natur Kalorien verbrennen. An Möglichkeiten fehlt es in Ischl weiß Gott nicht, die Berge sind nah. Die Katrin ist vielleicht zu ambitioniert für den Anfang, sie wird mit dem Siriuskogl und dem Jainzen beginnen. Dem Sisi-Berg. Und dann denkt Petra an ihre tote Freundin. Die ihr immer geholfen hat, wenn sie Geld brauchte. Also ziemlich oft. Geben und Nehmen, das ist unter Freunden was Selbstverständliches. Weshalb Sisi ja auch nie was bezahlte für die Sachen, die sie sich in der Boutique ausgesucht hat. Geben und Nehmen. Manchmal hat sie ihr Geld schon vor sich hergetragen wie eine Monstranz. Aber eigentlich war Sisi unglücklich, zumindest in den letzten Jahren. Sie konnte nicht alt werden. Die Liebe zu Mike hat nachgelassen. Mit dem Sohn gab es öfter mal Probleme, vor allem, wenn Lukas seine Ausraster hatte und zu viel trank. Epsilon-Alkoholiker, so nennt man die. Bleiben wochen- oder monatelang nüchtern, und dann kommt irgendein Auslöser, und sie greifen zur Flasche. Wenn er in dem Zustand war, haben sie gestritten wie die Kesselflicker, Mutter und Sohn. Überhaupt ein schwieriges Verhältnis, aber was tut man nicht alles für sein einziges Kind. Petra schluchzt voller Selbstmitleid. Vielleicht wird sie kinderlos sterben, ohne Mann, ohne Geld. Und niemand, der um sie trauern wird. Weshalb sie nach dem Cognacschwenker greift. Ein billiger Trost. Sie weiß es.

*

Die Hitze des Tages hat sich gegen Abend in Donner, Blitz und Wolkenbruch entladen. Martin, der sich trotz drohender Gewitterwolken zu einer Joggingrunde aufgemacht hatte, ist tropfnass ins Hotel zurückgekehrt.

»Bei dem Wetter waren Sie laufen, Herr Glück? Haben Sie nicht gesehen, was sich da am Himmel zusammenbraut?«, tadelt der Rezeptionist, als Martin seinen Schlüssel holt.

Der nickt, doch es war genau das Wetter, das zu seiner Stimmung passte. Er hinterlässt bei der Fahrt nach oben eine Wasserlache im Lift. Dann nimmt er eine heiße Dusche, hängt seine nasse Kleidung im Bad zum Trocknen auf und setzt sich im Bademantel ans offene Fenster, um den kleinen Weltuntergang zu beobachten. Das Laufen hat ihn beruhigt, er kann jetzt in Ruhe nachdenken. Über Rosie. Über die wahrscheinliche Schwangerschaft. Über seine eigene Kindheit und seinen Vater, der auf einmal verschwunden war. Über seine Feigheit, seine Unreife, seine Angst vor Veränderung. Natürlich, er könnte sich bessern. Verantwortung übernehmen. Der Gedanke an ein Kind ist herzerwärmend. Und furchterregend.

Besser, über Agis Schriftuntersuchung nachzudenken. Es tut gut, sich mit dem Fall zu beschäftigen. Einige der Briefe wurden also auf Brenners Schreibmaschine getippt. Allerdings ist Martin unschlüssig, wie er weiter vorgehen soll. Mike informieren, der ja quasi sein Auftraggeber ist? Hansi Fleck berichten? Selbst weiterermitteln? Eines ist sicher: Konfrontieren kann er Alois Brenner damit nicht. Der würde ihn hochkantig rausschmeißen. Mit Recht. Schließlich ist Martin hier nicht zuständig, sondern auf Urlaub und offiziell Kulturjournalist. Da ist es besser, erst dann etwas zu unternehmen und Fleck einzuweihen, wenn er weiß, woher die anderen Briefe stammen.

Nächstes Ziel: die zweite Olivetti finden! Und die Nachahmerin oder den Nachahmer der ersten Drohbriefe. Abwegiger Gedanke: Ob es Sisi war, die sich für irgendwas an ihrem Mann rächen wollte? Doch selbst wenn sie Brenners Werk fortgesetzt hat, wird sie ja kaum ihren Kater vergiftet haben. Martin traut Frauen vieles zu. Aber nicht, ein geliebtes Haustier zu töten.

Er sieht auf die Uhr, ein Geschenk von Rosie. Nicht protzig, aber trotzdem teuer. Er wollte sie nicht, er will sie nicht – und trägt sie trotzdem, um Rosie nicht zu kränken. Und es ist Zeit, sich fürs Abendessen umzuziehen. Er hat Hunger und freut sich auf ein kaltes Bier. Außerdem wird er sie gleich morgen in der Früh anrufen. Sie soll sich mit dem Test nicht so lange Zeit lassen. Er will möglichst bald wissen, ob er sich freuen kann ... soll ...

Seltsam beschwingt läuft er die Treppen hinunter. Lotte fände es bestimmt umwerfend, Großmutter zu werden. Der Franz wäre sowieso ganz aus dem Häuschen. Und Romana? Sie sähe das Ganze wohl weniger kompliziert als er. Ihr Kommentar zu Rosie war, dass sie ihm eine so kluge Wahl gar nicht zugetraut hätte. Wie immer sie das meinte. *Papperlapapp,* hört er sie sagen. *Schalt endlich dein Hirn aus und deine Gefühle ein!*

»Papperlapapp«, hört er von unten eine laute Stimme. Halluzinationen? Vielleicht wird er langsam verrückt?!

Als Martin im Foyer ankommt, steht sie leibhaftig vor ihm. Ganz und gar Romana Petuschnigg vom Wörthersee. High Heels, ungezähmte rote Locken, ein zu enges Kleid mit tiefem Dekolleté und Spaghettiträgern, was schert sich Romana um faltige Oberarme? Und wie immer ist sie eine Spur zu stark geschminkt.

»Papperlapapp«, fährt sie den Concierge erneut an.

»Probieren Sie's einfach noch einmal. Das interessiert mich doch nicht, dass er nicht gestört werden will. Sie wissen offenbar nicht, wer ich bin.«

»Weiß ich wirklich nicht«, erwidert der Concierge ungerührt.

Romana wendet sich beleidigt ab. Da sieht sie Martin, und ihr Gesicht hellt sich auf. »Wie schön, Bub, lass dich drücken!«, ruft sie und umarmt ihn.

*

Wenig später sitzen sie zu dritt im Wintergarten-Restaurant, weil die Terrasse noch regennass ist, und warten auf ihr Essen. Romana, Mike und Martin. »Weißt, Mike, ich bin ja jetzt grad bei den Festspielen in Salzburg – mein Gott, wie ich da an den Hugo denken muss auf Schritt und Tritt. Erinnerst dich, Martin?«

Natürlich erinnert er sich. Nicht nur für Romana war der Festspielsommer mit Hugo Flocks Ermordung eine Katastrophe, sondern auch für ihn. Aus anderen Gründen.

»Und unsere Verlobung auf der *Stein*-Terrasse ...«, Romanas Stimme ist belegt, und sie tupft mit der Serviette eine Träne weg. Dann räuspert sie sich. »Also jedenfalls, Salzburg sozusagen im Angedenken an meinen Hugo. Und da lese ich von dem Unglück, das dir widerfahren ist, Mike. Deine Sisi, so wie damals mein armer Hugo. Hab mich sofort zusammengepackt und bin hierher. Jetzt brauchst du Freunde um dich. Vor allem solche, die genau wissen, wie es dir geht.«

Mike, ganz Pokerface, nickt. Martin ist nicht so sicher, ob dieser Romanas Auftauchen gutheißt. Er hat schließlich genug am Hals, und sie kann ganz schön anstrengend sein.

Weil Romana der Meinung ist, dass sich eine exaltierte ältere Frau einfach alles erlauben kann.

»Weiß man Näheres? War Sisi zu schnell unterwegs?«

Mike und Martin klären sie darüber auf, was bis jetzt bekannt ist.

»Na, da wird ein Marder die Bremsleitung durchgebissen haben. Die Viecher sind einfach die Pest. Unlängst hat einer mein armes kleines Hundale, den Alex, angefallen. Konnte ihn in letzter Sekunde retten. Oder glaubt's ihr, dass es die Erpresser waren? Die mit den Drohbriefen? Wie weit bist denn mit deinen Ermittlungen, Martin?«

Er legt den Finger auf die Lippen, auch wenn der Nebentisch noch unbesetzt ist. »Ich bin dran, Romana. Eine erste Spur hab ich vielleicht. Aber das mit dem Unfall muss die hiesige Polizei klären. Da bin ich nicht zuständig.«

»Papperlapapp. Diese Landheinis sind doch alle viel zu unbedarft, die brauchen jemanden wie dich. Stell dich zur Verfügung!«

»Na ja, so einfach geht das nicht.«

Doch Romana ist schon beim nächsten Thema: »Was wirst denn jetzt mit dem ganzen Geld von deiner Sisi machen, Mike? Magst nicht am Wörthersee was investieren?«

Martin kann ihre Taktlosigkeit nicht fassen. Auch Mike starrt Romana mit offenem Mund an. Dann antwortet er zurückhaltend: »Ich weiß noch nicht, was auf mich zukommt. Es ist ja noch ein Sohn da. Lukas. Ich hoffe jedenfalls immer noch, dass mir das Hotel bleibt, und eine gewisse Summe, damit ich die Villa in Sisis Sinn weiterführen kann.«

»Das kannst du vergessen, lieber Stiefpapa!« Wie aus dem Nichts steht plötzlich Lukas vor ihrem Tisch. Ziemlich betrunken. »Das ist bald nicht mehr dein Zuhause, darauf kannst du dich schon mal einstellen.«

»Drei Saiblingsfilets auf Szegediner Kraut, bitte sehr«, präsentiert der Kellner ungerührt die Speisen und stellt die Teller auf den Tisch.

Romana scheint die Szene zu genießen, während Martin sich an einen anderen Tisch wünscht – oder besser noch einen anderen Ort. Die beiden Männer funkeln einander an.

»Guten Appetit«, wünscht der Kellner, bevor er sich entfernt. Es gibt was zu erzählen im Personalraum.

»Was haben Sie für ein Problem, junger Mann?!«, mischt sich Romana jetzt ein, während Mike aufsteht und erstaunlich ruhig sagt: »Lass uns morgen darüber reden, Lukas, wenn du wieder nüchtern bist.«

»Morgen? Ich habe heute schon einen Vorvertrag über den Verkauf von der blöden Hütte unterschrieben. Ich, der Erbe. Und du, Erbschleicher, schleich dich.« Seine Faust bewegt sich blitzschnell auf Mike zu, Martin springt auf, um dazwischenzugehen, doch Mike hat Lukas schon am Handgelenk gepackt. Als Fitnesstrainer ist er trotz seines Alters stärker und vor allem schneller als Lukas.

»Ich mach dir einen Vorschlag, Stiefsohn: Jetzt schläfst du erst mal deinen Rausch aus, und morgen unterhalten wir uns. Ich hab mit meinem Anwalt gesprochen und bin sicher, dass wir uns gütlich einigen können.« Als er Lukas' Handgelenk loslässt, schnellt dessen Faust blitzschnell auf Mike zu und streift seine Nase.

Mike stolpert rückwärts und geht zu Boden, Romana schreit auf und will zu Hilfe kommen, verfängt sich aber mit ihrem Absatz am Stuhlbein und stürzt ebenfalls.

Martin weiß nicht, wem von beiden er sich zuerst widmen soll. Da Mike sich schon aufgesetzt hat, hilft er zunächst Romana auf. Der Kellner drückt Mike eine Serviette auf die blutende Nase. Die Gäste starren fasziniert auf die Szene.

Mike steht auf und sagt laut: »Ein Missverständnis, bitte lassen Sie sich beim Abendessen nicht weiter stören. Unser Koch hat sich wieder einmal selbst übertroffen.«

Kann schon sein, denkt Martin. Aber jetzt ist das Essen kalt. Und er hasst kaltes Essen.

11

»Na, der ist vielleicht drauf«, sagt Romana und sieht Lukas nach, der sich erstaunlich geradlinig entfernt. Nur einmal stößt er an einen Tisch, bevor er aus dem Wintergarten verschwindet. Mike sagt leise: »Er trinkt immer wieder zu viel, und Sisi hat sehr darunter gelitten. Seine Frau hat es irgendwann auch nicht mehr mit ihm ausgehalten.« Er drückt ein Taschentuch an seine Nase und bemerkt die Blutstropfen auf seinem Hemd. »Entschuldigt mich, ich muss mich umziehen.« Zum Kellner: »Sie können meinen Teller abräumen, mir ist der Appetit vergangen.«

Romana bedeutet dem Ober, ihr Wein nachzuschenken. Ihr Appetit hat nicht gelitten, und sie lässt nichts zurück, während Martin im lauwarmen Essen stochert und seinen Teller schließlich zur Seite schiebt. Er nimmt sich vor, ans Dessertbüfett zu gehen. Ausnahmsweise. Romana legt ihre Hand auf seine. »Wie geht es dir, Bub? Schon im Hochzeitsfieber?«

Martin lächelt nur. Er will nicht lügen, aber auch keine Grundsatzdiskussion mit Romana führen. Über Liebe, Ehe, Kinder. Denn obwohl sie glaubt, dass sie zu jedem Thema was zu sagen hat, bleibt sie ja doch eine Diva, die sich schwerlich in andere Leute hineinversetzen kann. Und bei allem, was ihn an ihr stört, unter anderem ihre grauenhaften Kochorgien, zählt sie doch zu seinen Lieblingsfrauen. Weil sie immer echt ist und sich nie verbiegt, niemals hinterfotzig ist.

Romana schenkt sich selbst nach, weil gerade kein Kellner in Sicht und sie durstig ist. »Du willst nicht drüber reden, auch gut. Mike sieht mitgenommen aus, findest du nicht? Na ja, kein Wunder, bei allem, was passiert ist. Meinst du wirklich, dass ihn jemand umbringen will?«

Medias in res, wie es so ihre Art ist. Martin sieht in Romanas grüne Augen, stark geschminkt, und auch mit ihren vielen Falten ist sie immer noch schön, seine allererste pubertäre Liebe. »Was Mike betrifft: Ich kann es nicht mit Bestimmtheit sagen, aber einiges spricht dafür. Die Drohbriefe, die vergiftete Katze – und jetzt Sisi, die seinen Wagen fuhr.« Martin steht auf: »Ich hol mir was Süßes. Soll ich dir was mitbringen?«

Romana wehrt ab, sie muss auf ihre Linie achten. Er verkneift sich die Bemerkung, dass Wein auch ganz schön Kalorien hat, und reiht sich am Büfett in eine kleine Schlange, offenbar sind alle Gäste gleichzeitig auf die Idee gekommen, sich Nachtisch zu holen. Mike ist nicht in Sicht, vielleicht, denkt Martin, will der auch mal seine Ruhe haben vor seinen Gästen. Vor Martin Glück. Oder Romana. Er nimmt sich ein Stück Brombeertarte, als er endlich dran ist, und geht zurück zum Tisch, wo Romana mit ihrem Handy spielt. Seit zwei, drei Jahren ihr Lieblingsspielzeug. Nachdem sie geschworen hat, nie mehr ins Spielcasino zu gehen, beteiligt sie sich an Online-Pokerrunden. Es geht natürlich um Geld, anders wäre es nur ein fades Spiel. Martin hofft, dass sie nicht so viel verliert wie früher in den Casinos.

Romana legt ihr Handy zur Seite, als er sich hinsetzt. »Mir ist grad noch was eingefallen. Ein Stammgast von mir, Walter Behrend, Banker aus Linz, ein ganz reizender Mann, Witwer, und er kommt schon seit vielen Jahren an den Wörthersee, ich glaub fast, dass er ein bisserl in mich verliebt ist. Aber du weißt ja, seit Flock tot ist, will ich mit Männern nichts mehr zu tun haben ...«

Komm zum Punkt, Romana! Er schenkt ihr und sich nach, die Flasche ist leer, und prompt taucht der Ober mit einer neuen auf. Riesling wieder. Nicht Martins Lieblingstraube, wenn schon Wein, dann bevorzugt er Grauburgunder oder Sauvignon blanc ...

»Also, dieser Walter – hörst du mir überhaupt zu? – ist wie gesagt Banker, und in Linz kennt man sich, das ist ein Kaff, und er erzählte mir beim letzten Mal, dass das Finkmeier'sche Familienunternehmen ganz schön in der Schieflage sei. Mussten ein paar Immobilien verkaufen und neue Kredite aufnehmen. Haben sich wohl irgendwie verzockt. Und Sisis Sohn soll auch sein Scherflein dazu beigetragen haben. Der hat so Aussetzer, alkoholbedingt, und dann macht er die verrücktesten Sachen. Angeblich hat Sisi ihm letztes Jahr einen Aufpasser vor die Nase gesetzt, und da soll es wohl gehörig zwischen den beiden gekracht haben ...«

Sie ist eine Quelle von Informationen und hat ein Gedächtnis wie ein Elefant. »Was du alles so weißt, Romana ...«

Sie blinzelt ihm verschwörerisch zu. »Na ja, diese alten Männer sind genauso geschwätzig wie Frauen. Und Walter würd ich als Partner schon deshalb nicht in Betracht ziehen, weil er so gerne redet, ohne Punkt und Komma, wie soll man so was aushalten auf die Dauer? Aber die zwei Wochen im Jahr, da geht das schon. Ich pflege meine Stammkundschaft, wie du weißt. Und weil du auch dazugehörst, muss ich dich jetzt rügen, dass du heuer noch nicht am Wörthersee warst. Stattdessen hockst du hier in Ischl rum ...«

»Wo du mich schließlich hingeschickt hast ...«

Einwände ignoriert sie grundsätzlich: »Also, ich erwarte, dass du alsbald mit deiner Frau nach Velden kommst. Ich werde euch fürstlich bekochen und ...«

Nein, schreit eine Stimme in ihm. Bitte nicht kochen! »In diesem Jahr bestimmt noch. Aber um auf Lukas zurückzukommen: Wenn Sisi ihn dermaßen unter Druck gesetzt hat, kommen ihm ihr Tod und das Erbe möglicherweise sehr gelegen, oder?«

Er hat laut gedacht und erwartet keine Antwort. Romana denkt an Miss Marple und dass sie nie so ausschauen will – weißhaarig und uralt. Was zählen schon die Jahre, gefühlt ist sie bei fünfzig stehen geblieben. Und da bleibt sie auch bis zu ihrem Tod. Der macht ihr keine Angst, nur vor Siechtum und Kontrollverlust fürchtet sie sich. Kinderlos und mit unfähiger Verwandtschaft braucht sie einen Plan. Der ursprüngliche, nämlich mit Hugo Flock alt zu werden, der ist nicht aufgegangen. Romana hatte an Martin Glück als ihren Erben gedacht. Haupterben, der Hund muss natürlich auch bedacht werden. Aber wenn Martin jetzt eine Oligarchenwitwe ehelicht, dann braucht er die Villa am See ja gar nicht mehr. So ist das mit den Plänen, sie werden von den Ereignissen überrollt.

»Romana, träumst du? Oder anders gefragt: Traust du diesem Lukas zu, seine Mutter zu töten?«

Sie kehrt innerlich zum Wintergarten und Martin Glück zurück. Zum Riesling, der ihr immer noch schmeckt. Das Essen fand sie ziemlich fad. Die Nullachtfünfzehn-Hotelküche halt. Die gute Sisi war eh keine Feinschmeckerin, wie sie bei den beiden einzigen Begegnungen mit ihr feststellen musste. Und Mike isst ihrer Erinnerung nach alles, was man ihm vorsetzt, solange es nicht zu viele Kalorien hat. »Also grundsätzlich traue ich allen Leuten alles zu. Auch Lukas. Ist grad kein Sympathieträger, oder? Andererseits: Er hätte hier auftauchen und die Bremsen manipulieren müssen – und dann noch sicherstellen, dass Sisi ihr Auto nicht benutzen kann. Das wär schon ganz schön riskant, oder?«

Er stimmt ihr zu, aber: »Andererseits wäre es schon interessant zu wissen, wo er in der Nacht vor Sisis Unfall war!«

Romana sieht ihren Lieblingspolizisten amüsiert an. »Du lässt nicht locker, bis du die Wahrheit kennst. Die ist aber manchmal einfach nur traurig – wie bei Hugos Tod ... Hab ich dir schon von meinem neuesten Projekt erzählt?«

Martin schüttelt den Kopf und nimmt einen Schluck Wein, um sich für das Kommende zu wappnen. Sie schreibt ein Kochbuch oder gibt Kochkurse in der *Villa Romana*, bis am Schluss alle speiben müssen. Romana ist die schlechteste Köchin aller Zeiten.

»Also, als ich in Salzburg war, hab ich eine ältere Festspielbesucherin kennengelernt an der Sektbar. Eine Windisch-Graetz, na, jedenfalls kamen wir so ins Plaudern, und sie erzählte mir von ihrer Verwandten, der roten Erzherzogin.«

Romana holt immer sehr weit aus ...

»Also, eine ganz interessante Person, diese Elisabeth, Tochter von Kronprinz Rudolf, du weißt schon, der Sohn von Sisi und Franz Joseph, der sich in Mayerling mit seiner Geliebten erschoss, eine schreckliche G'schicht. Diese Elisabeth, ihr Spitzname war Erzsi, war ja mindestens so extravagant wie ihre berühmte Großmutter. Die Einzige aus der Linie der Habsburger, die Mitglied bei den österreichischen Sozialdemokraten war. Vulgo die rote Erzherzogin.«

»Sicher eine spannende Frau«, sagt Martin ein wenig lustlos. »Wann ist sie gestorben?«

Romana hat rote Wangen, die von der Begeisterung kommen, vielleicht auch vom Wein. »1963, sie ist auf dem Hütteldorfer Friedhof in Wien begraben. Du weißt schon, dass ich in der Mittelschule immer die Aufsatzwettbewerbe gewonnen hab?«

Martin ahnt langsam, worauf es hinausläuft.

»Also, ich werde ein Buch über sie schreiben, ihre wirklich faszinierende Lebensgeschichte. Zwei Kapitel hab ich schon. Willst du sie lesen?«

Nein, denkt Martin, sagt aber Ja. Und ist auf einmal sehr müde, von diesem Tag und vom Wein und Romanas Geschichten. Während er und Romana gemeinsam zum Lift gehen, sagt sie: »Ich muss dir ein Geständnis machen: Ich bin nicht nur wegen dir und Mike nach Ischl gekommen. Ich will nämlich eine Audienz bei den Habsburgern in der Kaiservilla. Alles Recherche. Die werden sicher begeistert davon sein, dass ich ein Buch über ihre aus der Art gefallene Verwandte schreibe.«

»Bestimmt«, sagt Martin und drückt ihr einen Kuss auf die Wange, als sie in der zweiten Etage aussteigt. Er hält die Lifttür offen, bis sie vor ihrem Zimmer steht. Aus Höflichkeit – und weil ihn fasziniert, dass eine alte, etwas angetrunkene Dame noch auf so hochhackigen Schuhen gehen kann.

*

Nach einem ausgiebigen Frühstück startet Petra später als geplant, um neun Uhr morgens, ihre erste von vielen Wanderungen in einem neuen Leben. Normalerweise hat sie im Sommer sonntags zwar geöffnet, wie alle Läden in Touristenorten, aber diesmal können die Kunden sie gern haben. »Wegen Krankheit geschlossen« hat sie an die Ladentür gehängt. Sollen sich die Leute das Maul darüber zerreißen, was ihr denn fehlen könnte. Petra weiß es genau.

Eine Zukunft, in der sie schlank, hübsch und immer noch jung ihren Prinzen trifft und glücklich ist bis an ihr Lebensende. Wer weiß, vielleicht trifft sie ihn auf dem Berg, dem Jainzen, der Sisis Zauberberg war. Den sie Hunderte Male im Laufschritt bestieg, die Kaiserin. Er war aber auch der Lieblingsberg von Petras Freundin. Einmal waren sie beide gemeinsam auf dem Jainzen und gingen anschließend noch zum Hohenzollern-Wasserfall. Ein wunderschöner Sommertag war das, und sie nahmen den gemütlichen Weg auf der Ostseite bis zum Gipfel in 834 Metern Höhe.

Diesmal parkt Petra bei der Gebirgsbauernschule und wählt den schweißtreibenden Serpentinenweg auf der Westseite. Je mehr Kalorien sie verbrennt, desto besser. Und auf dieser Seite sind auch weniger Touristen unterwegs, erst recht an einem heißen Sommertag. Petra ist gerüstet mit zwei Litern Wasser, Müsliriegel und Sonnencreme im Designerrucksack, einer Porsche-Schirmmütze sowie Prada-Sonnenbrille. Wanderschuhe, dicke Socken, ein weißes T-Shirt und eine grüne Dreiviertelhose aus Baumwolle sind ihr Bergoutfit. Eine Regenjacke hat sie noch in den Rucksack gesteckt, man weiß ja nie in den Bergen. Und dann das Wichtigste: iPhone und Kopfhörer. *Santana* und Musik aus Kuba, während sie Schritt für Schritt zum Gipfel steigt.

Petra ist trittsicher und kennt keine Höhenangst. Schon als Kind musste sie mit ihren Eltern Bergwanderungen machen, was sie als Teenager hasste, aber so ab zwanzig fand sie wieder Gefallen daran. Frajo ist ja nicht sehr sportlich, doch anfangs sind sie trotzdem ab und zu gemeinsam auf den Jainzen. Das hat sich aufgehört, als er dann in den Golfclub eingetreten ist. Dann hatte er für den Jainzen und ihren traditionellen Gipfelkuss keine Zeit mehr. Er hat sogar die Platzreife geschafft, aber ihm geht es dabei nur um Kontakte. Weshalb er auch im Männergesangsverein ist und im Alpenverein und Heimatverein. Fehlt nur der Gebirgstrachtenerhaltungsverein, aber dort sind wohl keine Wähler zu holen. »Ein Gschaftlhuaba ist er«, sagt Petra laut, hört aber nichts, weil sie die Kopfhörer aufhat und gerade *Corazón Espinado* lauscht. Erstochenes Herz. Wie passend, denkt sie. Petra ist noch unentschieden, ob sie Frajos Ehe und Karriere zerstören soll. Frajo hat Freunde, Genossen. Die würden ihren Ehefrauen verbieten, bei Petra einzukaufen. Obwohl, die gehören wahrscheinlich eh nicht zu ihrer Klientel. Nur würden vermutlich auch alle anderen Frauen aus Ischl die Ehebrecherin und ihren Laden meiden. Rache ist schön, aber vielleicht unpraktisch. Es sei denn, sie zieht weg von hier.

Der Weg wird noch steiler, und die Sonne gewinnt an Kraft, also muss sie sich ablenken und ans Ziel denken. Zumal sie den Spruch, dass der Weg das Ziel ist, sowieso nie verstanden hat. Ab und zu bleibt Petra stehen, verschnauft, trinkt einen Schluck aus der Thermosflasche. Auf halber Strecke wird sie von einem alten Mann mit Spazierstock überholt. Der geht im Laufschritt hoch, das ist bitter. Aber vielleicht, wenn sie ins Training kommt, wird ihr das auch gelingen. So muss sie sich die letzten hundert Meter bis zum Gipfel richtig plagen. Sich zwingen. Um dann verschwitzt, erleichtert und stolz ganz oben zu stehen. Ihr erster Aufstieg ist geschafft! Sie legt die Kopfhörer ab und genießt den grandiosen Ausblick auf den Dachstein, den Wolfgangsee und Bad Ischl zu ihren Füßen.

Petra cremt sich nochmals ein, trinkt die Flasche leer und steht dann auf, um ein Foto zu machen. Erst vom Panorama, dann ein Selfievideo von sich vor Panorama. Sie ist so sehr aufs Filmen konzentriert, dass sie die Person erst im letzten Augenblick wahrnimmt.

»Was machst *du* denn hier?«, sagt Petra, bevor sie den Stoß spürt. Und fällt.

12

Das Kind läuft auf Romana und Lotte zu, die auf einer Bank sitzen. »Mitten im Leben«, hört er Rosie aus dem Off sagen. Er sieht sie nicht, erkennt nur ihre Stimme. Martin steht außerhalb des Zauns, der seinen Schrebergarten umgrenzt. Versucht, das Tor zu öffnen, doch es ist verschlossen. »Lasst mich rein«, ruft er seiner Mutter und Romana zu. Aber die hören nicht auf ihn. Vielleicht hören sie ihn auch nicht. Er winkt dem Kind, ruft noch einmal, keine Reaktion. Unhörbar, unsichtbar, das ist er. Da taucht Larissa neben ihm auf und flüstert ihm ins Ohr: »Was willst du, du bist nur Zaungast. Du mochtest kein Sushi und hast nie dazugehört.« Sie kitzelt sein Ohr mit der Zunge. Es wird unangenehm, und er schlägt nach ihr ... und wacht davon auf. Braucht ein paar Sekunden zur Orientierung. Er liegt im Bett seines Dachzimmers im Hotel *Sisi*, und das Kitzeln kommt von einer Fliege.

Martin setzt sich auf und verscheucht sie. Ein Albtraum, von dem er sich erst erholen muss. Die Uhr zeigt elf, wie konnte er nur so lang schlafen? Jetzt erinnert er sich. Nachdem er Romana vom Lift aus in ihrem Zimmer verschwinden sah, ging er noch auf einen letzten Drink in die Bar. Er wollte in Ruhe über alles nachdenken. Die Verdächtigen im Fall Hansen, die verschiedenen Quellen der Drohbriefe. Und nicht zuletzt über Rosie und das Ungeborene. Hier führte ein Gedanke zum anderen, ein Schnaps zum nächsten, und als er mit entsprechender Schwere ins Bett fiel, war es drei Uhr früh.

Er sitzt im Bett und macht Pläne für den Tag: der zweiten Olivetti nachspüren, mehr über Lukas erfahren, aber auch über Mike. Hansi Fleck einen Besuch abstatten und –

Rosie anrufen, um ihr zu sagen, sie soll mit dem Test nicht warten. Okay, der Rosie-Anruf hat Priorität. Er drückt auf dem Handy ihren Kontakt und wartet. *Der Teilnehmer ist vorübergehend nicht erreichbar.* Also kann er auch nichts draufsprechen.

Martin duscht eiskalt und wacht somit endgültig auf, zieht eine Baumwollhose und ein Poloshirt über und geht hinunter auf die Frühstücksterrasse. Frühstück ist vorbei, aber Kaffee wird es wohl noch geben. Wie so oft nimmt er die Treppe und trifft im Foyer auf Romana, die gerade aus dem Lift kommt. Er hätte sie beinah nicht erkannt: Hemdblusenkleid aus grauer Seide, knielang, Perlenkette, halbhohe Pumps, die wilden Locken zu einem Knoten gebändigt.

»Was hast du vor?«

Sie lächelt huldvoll: »Ich schau mir heute den Kaiserpark und die Kaiservilla an. Irgendjemand an der Rezeption wird mir sicher sagen können, wie ich einen Termin beim Erzherzog bekomme.«

»Welchem Erzherzog?«

»Ja, stehst auf der Leitung, Martin? Ich hab dir doch gestern lang und breit von meinem Buchprojekt erzählt, und dass ich bei den kaiserlichen Verwandten in Ischl recherchieren will.« Kopfschüttelnd geht sie weiter zur Rezeption und gibt ihren Schlüssel ab.

Lang und breit, das ist wohl wahr, denkt Martin. Allerdings hat er nur halb hingehört und daher fast alles wieder vergessen. »Aber in Österreich sind Adelstitel abgeschafft.«

Romana dreht sich zu ihm um. »Inoffiziell sind wir ein Land der Titelträger. Schau, der Urenkel vom Kaiser Franz Joseph, der Markus Salvator Habsburg-Lothringen, ist ja der Enkel von der Prinzessin Marie Valerie, der Tochter von Sisi und Franz Joseph ...«

»Gibt es noch einen Kaffee?«, fragt Martin eine Serviererin, die in der Lobby gerade an ihnen vorbeigeht.

»Ja, freilich. Wollen S' noch was dazu? Setzen S' Ihnen nur auf die Terrasse, i kumm glei. Für die gnä Frau auch an Kaffee?«

»Warum eigentlich nit?«, sagt Romana. »Dann bringen S' halt Kaffee für uns olle bade zwa.« Romana, bemüht, außerhalb ihres Wörtherseereviers hochdeutsch zu sprechen, fällt gelegentlich ja doch ins Kärntnerische. Sie geht weiter auf die Terrasse, Martin im Schlepptau.

»Und da der Erzherzog Markus schon 77 ist und seine Großcousine, die Erzsi, erst 1963 gestorben ist, muss er sie ja noch persönlich gekannt haben«, setzt Romana ihren Vortrag fort, während sie auf einen Zweiertisch zusteuert.

Da Martin die Kaiserlichen nur im Zusammenhang mit Sisi Hansen interessieren, versucht er das Thema zu wechseln. »Ich hab heute Nacht von dir geträumt, Romana«, weckt sofort ihr Interesse. Doch ihr Echo auf den Traum ist eher enttäuschend: »Schau, Martin, mit Traumdeuterei kenn ich mich nit aus. Da müsstest schon einen wie Mike fragen.«

»Wieso ausgerechnet den?«

Sie wartet ungeduldig auf den Kaffee und ist gedanklich schon bei den Kaiserlichen. »Ach, der hatte irgendwann so eine esoterische Phase – und abergläubisch ist er außerdem. Glaubt an Glücksbringer und so. Aber eines kann auch *ich* dir sagen: Seit der Trennung von Larissa hab ich ebenfalls das Gefühl, dass du nur Zaungast in deinem Leben bist. Offenbar weiß dein Unterbewusstsein das auch. Du hast dich nie mehr ernsthaft auf was eingelassen. Vor lauter Angst, es könnt wieder was schiefgehen.«

Sie hat nicht ganz unrecht, denkt Martin und erinnert sich an Caro und Salzburg. Aber ja, die Liebe macht ihm seither Angst. Er muss einfach den Mut aufbringen, sich auf Rosie und das Kind zu freuen.

Bevor er ihr antworten kann, steht Mike vor ihnen und stellt zwei Kaffeetassen auf den Tisch. »Ich hab unsere Claudia abgefangen, weil ich mich ohnehin von euch verabschieden wollte. Muss jetzt in den Ort zur Polizei. Es geht um eine genauere Eingrenzung des Zeitraums zwischen meiner letzten Ausfahrt mit dem Range Rover und Sisis Unfall.« Er schluckt kurz.

»Das muss ja alles so schrecklich für dich sein, Mike«, sagt Romana mit einem Hauch von Empathie.

Er sieht sie dankbar an. »Ja, ich vermisse sie so sehr!! Jeden Augenblick. Aber weißt, womit ich mich tröste? Ich brauch jetzt nie mehr ihretwegen Angst haben.«

Romana weiß nicht so recht, was sie darauf sagen soll, und lenkt ab. »Tut die Nase noch weh? Sehen tut man nix mehr.«

Er greift sich unwillkürlich ins Gesicht. »Geht schon. Der Lukas hat sich halt nicht immer unter Kontrolle, wenn er was intus hat.« Mike sieht auf seine Uhr. »Jetzt muss ich aber los. Bis später.«

Martin nimmt einen Schluck Kaffee. Als Mike außer Hörweite ist, fragt er Romana sofort: »Was meint er mit Angst haben?«

Romana stellt ihre Tasse abrupt zurück. »Der is mir viel zu heiß! So was kannst du trinken? Ich weiß auch nicht genau. Die Drohungen haben ja wohl eher ihn betroffen. Vielleicht hat er Angst gehabt, sie zu verlieren.«

Martin horcht auf. »Wieso? Glaubst du, dass sie ihn verlassen wollte? Gab es einen anderen Mann?«

Romana winkt ab. »Glaub i nit. Soweit ich das mitgekriegt hab, war die Sisi eh ganz narrisch auf ihn. Aber Mike hatte immer schon diese irrationalen Verlustängste. Schon damals, als wir noch ... also, beisammen waren. Mir hat der immer zu viel geklammert. Wir waren ja noch jung ... und er war noch jünger. Und ich wollt nix Festes, einfach ein romantisches Abenteuer mit dem Feschak. Aber er wollt nicht mehr loslassen, das war mir echt zu viel ...«

Martin, Ex-Kurzzeit-Psychologiestudent: »War da was in seiner Kindheit?«

Romana seufzt, aber nur, weil sie endlich aufbrechen will. »Ja eh. Er hat halt einen Huscher wegen seiner Familie.« Mit Blick auf Martin: »Wie die meisten von uns. Mikes Mutter ist mit einem Typen nach Neuseeland und hat ihn mit dem Vater zurückgelassen. Der hat ihm kurz darauf erklärt, dass er gar nicht sein leiblicher Vater ist, und hat ihn zu Verwandten gegeben, bei denen er dann aufgewachsen ist. Seither will Mike einfach immer zu jemandem gehören. So, jetzt muss ich aber los, Martin.« Sie bläst auf ihren Kaffee und trinkt ihn dann in einem Zug aus.

Martin sieht ihr nach, Romana hat immer noch diesen gewissen Hüftschwung. Sie weigert sich einfach, alt zu sein. Ob Sisi ihren Sunnyboy vielleicht doch verlassen wollte? Er könnte Petra fragen. Vielleicht sogar Lukas, wenn der wieder nüchtern ist. Aber als Erstes wird er jetzt die Gelegenheit nutzen, sich in Sisis und Mikes Büros umzusehen.

*

Er kommt sich vor wie in einer dieser Detektivserien. Der Schnüffler, der mit Blick zur Tür zwei Räume inspiziert, immer auf Geräusche lauschend, nicht wirklich wissend, wonach er suchen soll. Eine alte Olivetti findet er jedenfalls nicht. Auf Mikes Schreibtisch steht ein silbergerahmtes Foto von Sisi in Jung. Auf ihrem sind keine Bilder, auch nichts Unaufgeräumtes. Sisis Schreibtischschublade ist nicht verschlossen, und darin findet er ein Foto von Lukas. Ein gut aussehender junger Mann mit dichtem Haar, das ihm ins Gesicht fällt. Das vielleicht ein wenig aufgeschwemmt ist. Er lächelt selbstbewusst in die Kamera. Warum hat Sisi das Bild ihres Sohnes vom Schreibtisch in die Schublade gelegt? Oder war es Mike?

Martin schließt sie, als er Geräusche auf dem Gang hört. Er verlässt den Bürotrakt eilig, hat ja nicht wirklich erwartet, etwas Substanzielles zu finden. Er denkt an Lukas. Der will seinen Stiefvater, in den seine Mutter viel Geld hineingebuttert hat, ganz eindeutig loswerden. Wenn es stimmt, was Romana sagt, dann braucht Lukas dringend Geld. Mike aus dem Weg zu räumen, hätte bedeutet, dass Sisi das Hotel eher verkauft hätte. Falls es so war, wäre dieser Plan schrecklich schiefgegangen. Die Frage ist: Wo war Lukas, als der Wagen manipuliert wurde?

Dann wäre da noch der Stadtrat, der laut Petra von Mike erpresst wurde und damit ein Motiv hätte. Und Petra? Sie war mit Sisi befreundet, doch sie und Mike scheinen einander nicht so grün zu sein. Hatte sie womöglich sogar ein Motiv, Mike zu ermorden? Alles ist möglich, das haben ihn seine Berufsjahre gelehrt. Martin beschließt, auf dem Weg zum Polizeirevier in Petras Boutique vorbeizuschauen.

*

»Wegen Krankheit geschlossen« steht an der Geschäftstür. Martin widersteht der Versuchung, in der Privatwohnung im ersten Stock zu klingeln. Er wendet sich nach rechts und geht ein paar Schritte zum Nachbarhaus, vor dem Lukas steht – in Begleitung von Alois Brenner. Beide offensichtlich bester Laune, und Lukas anscheinend nüchtern.

Martin grüßt und fragt Brenner, ob er etwas von Petra weiß. »Krank? Keine Ahnung. Ich hab sie in der Früh in Wandermontur wegfahren sehen. Sehr krank kann die also nicht sein, wird wohl blaumachen. Also, so was hätt's früher nicht geben« moniert er, sieht vorwurfsvoll auf das Schild und geht kopfschüttelnd zurück ins Haus.

Lukas ist stehen geblieben. »Jetzt weiß ich endlich, wie ich Sie einordnen soll, Herr Glück. Liebhaber der molligen Petra, der besten Freundin meiner Mutter. Oder?«

Martin verneint. »Aber Sie sind ausnehmend gut gelaunt, Herr Seidl. Frohe Nachrichten zur Abwechslung?«

Lukas ignoriert die Spitze: »Das kann man so sagen. Gehen wir ein paar Schritte?« Sie schlendern Richtung *Esplanade* und müssen japanischen Touristen ausweichen, denen sie beim Fotografieren im Weg sind.

Lukas ist immer noch bestens drauf. »Wenn Sie's genau wissen wollen, ich habe soeben etwas unter Dach und Fach gebracht, das meine Mutter viel früher hätte tun sollen. Ich habe die alte Hütte auf dem Berg oben fix an die Traditionalisten verkauft, die daraus ein Sisi-Mausoleum oder so was in der Art machen wollen. Für gutes Geld. Das Hotel hat seit Corona ja sowieso nur rote Zahlen geschrieben. Ganz abgesehen davon, dass Mike ein lausiger Geschäftsmann ist. Und meine Mutter gab Geld lieber aus, statt es zu verdienen.«

»Können Sie das Hotel denn verkaufen, bevor die Verlassenschaft abgehandelt ist?«

Martin wird von einem Einheimischen in Tracht angerempelt, keine Entschuldigung folgt. Er schimpft ihm nach.

Lukas lacht: »Eigentlich mögen sie die Touristen nicht, die Ischler, und einige machen da auch keinen Hehl draus.

Der Verkauf – das ist dann nur noch eine Formsache. Kleinigkeit.« Er macht eine wegwerfende Handbewegung.

»Liegt Ihnen denn gar nichts am Haus Ihrer Familie? Wann waren Sie vor dem Tod Ihrer Mutter eigentlich zuletzt dort?« Das war zu sehr auf Ermittler, Martin!

Und Lukas reagiert auch sofort abweisend. »Was geht Sie das an?«

»Natürlich nichts«, gibt Martin zu. »Ich dachte nur, wenn Sie öfter dort waren, könnten Sie mir etwas über die Ehe zwischen Ihrer Mutter und Mike Hansen erzählen. Wie war die so?«

Lukas bleibt stehen und sieht ihn befremdet an. »Warum stellen Sie so indiskrete Fragen? Sind Sie womöglich Privatdetektiv?«

Martin muss jetzt nicht einmal lügen. »Nein, bin ich nicht. Tut mir leid, wenn ich zu direkt war. Aber es interessiert mich, weil ich im Begriff bin, eine reiche Frau zu heiraten, die ebenfalls erwachsene Kinder hat. Ich will einfach wissen, ob so was funktionieren kann und was auf mich zukommt.«

Lukas lacht. »Tja, viel Geld kommt da auf Sie zu, falls Sie nicht so blöd sind, einen Ehevertrag zu unterschreiben. Aber im Ernst: Ich war ja nicht dabei, aber soviel ich weiß, war meine Mutter immer noch vernarrt in diesen Loser. Hat ihm all seine Wünsche finanziert, und er hat ihr Geld genommen und sie wie ein Schatten begleitet. Aber zuletzt ist sie dann doch vernünftiger geworden und hat mich und die Firma finanziell abgesichert. Obwohl sie sicher nicht glaubte, dass sie so früh in die ewigen Jagdgründe wandert.«

Sie war vielleicht eine bessere Ehefrau als Mutter, denkt Martin. Eine, die den Sohn ins Internat abgeschoben hat. Und kurz nach dem Tod seines Vaters nach Mallorca verschwand. Das weiß er von Romana, und die wiederum von Mike. Insofern ist es kein Wunder, dass Lukas ein wenig herzlos klingt, wenn er von ihr spricht.

»Sorry ...« Lukas holt sein piepsendes Handy aus der Hosentasche, winkt Martin kurz zu und geht auf die andere Straßenseite.

Martin biegt in Richtung Polizei ab, um seinem Kollegen Fleck einen Besuch abzustatten. Stößt mit einem Mann zusammen, der ihm bekannt vorkommt. Er entschuldigt sich und weiß in dem Augenblick, dass es sich um Frajo handelt. »Oh, ich glaube, wir kennen uns flüchtig«, hält er den Politiker, der offenbar in Eile ist, auf. Der sieht ihn fragend an.

»Sie sind doch ein Bekannter von Frau Papst? Ihr Geschäft ist geschlossen, und ich müsste dringend mit ihr reden. Wissen Sie zufällig, wie ich sie erreichen kann?«

Frajo schaut sich nervös um und antwortet dann abweisend: »Was heißt ›Bekannter‹? In Ischl kennt man sich halt. Was soll das?«

»Angeblich ist sie wandern gegangen. Wo könnte sie sein?«

»Woher soll ich das wissen?«, murmelt Frajo und geht grußlos davon. Martin schaut ihm nach und denkt: Der Mann hat was zu verbergen. Mindestens eine verflossene außereheliche Beziehung.

Hansi Fleck scheint diesmal ehrlich erfreut über den Besuch des Ex-Kollegen. »Das trifft sich super, Martin. Ich wollt dich eh schon einbestellen.« Er lacht. »Also, ich meine, mit dir reden. Schau, wir wissen jetzt definitiv, dass die Bremsleitung manipuliert wurde. Und was wir noch wissen, ist, dass der Hansen mit seinem Range Rover zuletzt um acht Uhr abends heimgefahren ist. Nach einer Runde auf dem Golfplatz. Es muss sich also jemand zwischen halb neun am Abend und zehn Uhr früh am Wagen zu schaffen gemacht haben.«

Martin lehnt das Kaffeeangebot dankend ab. »Eine ganz schön lange Zeit. Und soviel ich weiß, gibt es keinen Nachtwächter im *Sisi*. Nur den Nachtportier. Und der schaut wahrscheinlich Pornos, wenn alle Gäste auf ihren Zimmern sind.«

Hansi grinst. »Wir fragen ihn trotzdem – und alle anderen im Hotel, ob sie draußen was bemerkt haben. Aber du könntest mir da schon behilflich sein, wo du doch dort wohnst. Damit dir nicht fad wird in deinem Urlaub, haha!«

Flecks Humor war schon in Wien nicht mehrheitsfähig. Martin sagt erst einmal nichts.

»Außerdem kannst du mit den Angestellten und anderen Gästen viel lockerer plaudern als unsereins.«

Na dann! Damit könnte er quasi halboffiziell ermitteln. Und plötzlich hat er nichts dagegen, seine Auszeit etwas zu verlängern. Rosie! Er muss sie anrufen.

Ein junger Inspektor stürmt ins Büro, ohne anzuklopfen. Er flüstert Fleck etwas ins Ohr. Der verzieht das Gesicht. »Jetzt haben wir auch noch einen Bergunfall auf dem Jainzen. Und zwei Kollegen sind im Urlaub. Du, Martin, ich wär dir wirklich sehr dankbar, wenn du ein bissel ...«

*

Als Martin ins Hotel zurückkommt, ist es früher Nachmittag. Er hat Rosie immer noch nicht erreicht, und er ist hungrig. Ein Zustand, in dem er leicht reizbar wird. Zumindest ist sein Kater weg, und er fühlt sich in der Lage, ein Glas

Bier zum Essen zu trinken. Im klimatisierten Restaurant, die Terrasse ist ihm um die Tageszeit zu heiß. Dem Kellner auch, er ignoriert erst einmal die Gäste draußen und schlurft gemächlich heran. »Was darf's sein, Herr Glück?«

Ein Backhendlsalat und ein großes Bier. Der Kellner bringt erst einmal das Getränk, die Bewegungen im Zeitlupentempo. Kaum hat Martin das Glas in der Hand, meldet sich sein Handy. Rosie. Er geht sofort ran. »Du, Rosie, ich muss dir was sagen ...«

»Ich auch«, unterbricht ihn Rosie mit sehr kleiner Stimme. »War ein Fehlalarm. Bist jetzt sehr enttäuscht?«

Ja, das ist er. Er kann es selbst kaum glauben.

»Was wolltest du mir sagen, Martin?«

»Hat sich erledigt. Es tut mir so leid, Rosie. Aber lass uns abends in aller Ruhe reden, ich kann jetzt grad nicht.« Er beendet das Gespräch, als die kaiserlich-elegante Romana an seinem Tisch steht. Sie wedelt sich mit einem Fächer Luft zu.

»Kannst dir nicht vorstellen, wie heiß es in dem Park war«, stöhnt sie. »Vernünftig, hier und nicht auf der Terrasse zu sitzen.«

Martin nickt. Sein Gesicht spricht Bände, doch sie merkt es nicht. Klappt ihren Fächer zusammen und setzt sich zu Martin. »Stell dir vor, was mir in dem Park passiert ist und wen ich dort getroffen hab ...«

Martins Essen kommt gleichzeitig mit einem Anruf von Hansi Fleck. »Du, Martin, die Frau, die da auf dem Jainzen abgestürzt ist, das ist die Besitzerin von der teuren Boutique hier im Ort. Petra Papst. Ich glaub, du kennst sie. Wie es ausschaut, wollte sie ein Selfie machen, ist einen Schritt zurück und rücklings an die dreißig Meter tief gefallen. Die arme Frau hatte keine Chance.«

13

Das Telefonat war seltsam. Facetime, sie saßen beide vor ihren Laptops, Martin in seiner Hoteldachkammer, und Rosie in ihrem Villenarbeitszimmer in Wien. Sie lächelte in die Kamera, aber es fühlte sich für Martin falsch an. Und sie sah traurig aus, wenn auch perfekt geschminkt und kunstvoll unfrisiert wie immer. Das schwarze Kleid machte sie noch blasser ... Warum diese Farbe, die sie noch nie gemocht hat?

Man kann nicht um ein Kind trauern, das es nie gegeben hat, dachte Martin und sprach es natürlich nicht aus. Stattdessen erzählte er ihr von Romanas überraschendem Auftauchen und seinen bislang vergeblichen Bemühungen, Licht ins Dunkel des Ischler Falls zu bringen. Von den diskreten Befragungen im Hotel heute Nachmittag und Abend, die allerdings nichts ergeben haben.

Dann könne er ja genauso gut zurück nach Wien kommen, meinte Rosie, denn ihr Sohn Boris sei zu Besuch, und den wolle Martin doch sicher kennenlernen.

»Bald«, antwortete Martin ausweichend. Und dass sie nun ja Gesellschaft habe, das sei doch tröstlich. Was er ihr damit sagen wollte: Du hast schon drei Kinder, Rosie, so schlimm kann es für dich nicht sein. Gib das Projekt »Spätes Kind« auf und konzentriere dich auf das, was du hast.

Doch so, wie er Rosie kennt, gibt sie sich niemals leicht geschlagen. Bei keinem ihrer Projekte. Martin Glück ist eins davon, und natürlich hat sie es durchgezogen. Rosie, die Starke.

Weil sie beharrlich schwieg und ihn dabei vorwurfsvoll ansah, so kam es ihm jedenfalls vor, fragte Martin sie nach dem Stand der Hochzeitsvorbereitungen. Kein Minenfeld wie die eingebildete Schwangerschaft, aber gut genug für einen Zweikampf der Meinungen.

Rosie war sichtlich erleichtert. Nicht mehr als hundert Gäste, sie habe ihm doch eine kleine Hochzeit versprochen. Und die Netrebko habe abgesagt, dafür würde Lena Belkina einspringen, die sei jünger, billiger – und überdies Ukrainerin. Mezzosopranistin. Man würde damit ein Zeichen setzen, oder etwa nicht? Vielleicht begleitet von einem russischen Pianisten. Hundert Tauben, die aufflattern – ein Symbol für Liebe und Frieden ...

Mir wird gleich schlecht, dachte Martin, erwähnte eine Taubenallergie und sagte, wie sehr er sie liebe und vermisse, bevor er auflegte. Weil jemand ins Bild kam, ein junger Mann, der nicht unbedingt freundlich in die Kamera blickte. Boris. Rotblond wie seine Mutter, das gleiche energische Kinn.

Später, im Halbschlaf, kam Martin der Gedanke, dass Rosies Sohn ihm vielleicht einen Killer auf den Hals schicken würde. Vergiftete Regenschirmspitze. Tatsächlich hatte es zu regnen begonnen, ein lautes Prasseln auf schräge Fenster. Doch er war so müde, dass er trotz des Lärms einschlief ... um am frühen Morgen von einem lauten Knall geweckt zu werden. Ein Oldtimer mit kaputtem Auspuff, so viel konnte er von seinem Fenster aus sehen. Der Parkplatz am Waldrand war schlecht beleuchtet, aber bei Tageslicht gut einsehbar, zumindest von Martins Fenster und dieser Seite des Hotels. Ein Parkwächter wäre Luxus, wie Mike es formulierte. Und der Nachtportier hat das getan, was sie alle tun: Er hat geschlafen oder Pornos am Hotelcomputer geschaut, denkt Martin, dieses Gerücht hat Sisi zu Lebzeiten in die Welt gesetzt, und der Tagportier hat es ihm gesteckt. Und hinzugefügt, dass der Nachtportier die Chefin aus tiefster Seele gehasst hat. Aber natürlich nicht so, dass er sie gleich umbringen würde ...

Martin frühstückt drinnen, weil wegen des nächtlichen Regens die Terrassentische nicht gedeckt wurden. Die Chefin fehlt an allen Ecken und Enden, Mike ist nicht in Sicht, genauso wenig wie Lukas. Aber Romana taucht auf, früh für ihre Verhältnisse, sie spricht von seniler Bettflucht, aber so kokett, dass sie Widerspruch gleichsam herausfordert.

»Du siehst blendend aus«, sagt Martin und fügt hinzu: »für dein Alter.«

Sie setzt sich ihm gegenüber, ein strenger Blick. »Keine blöden Sprüche am frühen Morgen, mein Lieber.« Sie bestellt Kaffee und zwei Eier im Glas mit Schnittlauch und Toast. »Ans Büfett geh ich nit, ich kann diesen Menschenauflauf vor Wurst und Käse und dem ganzen Zeug nicht aushalten. In meiner Pension wird alles auf den Tisch serviert, die Leut müssen nit rumrennen und sich selber bedienen. Das nennt man Stil, und den hat man oder eben nicht.«

Romana trägt ein Sommerkleid in Pink, das sich irgendwie mit ihren roten Haaren beißt. Nach dem ersten Schluck Kaffee muss sie Martin endlich von ihrem Erlebnis in der Kaiservilla erzählen. Als sie am Vortag beim Mittagessen dazu ansetzte, musste Martin nach dem Anruf von Hansi Fleck weg, und am Abend hatte sie weder Gelegenheit noch Lust, weil sie wegen eines Migräneanfalls in ihrem Zimmer geblieben war. »Also, stell dir vor, ich laufe da so durch den Park, der übrigens echt schön ist, musst du dir ansehen, und dann auf dem Weg zur Villa treffe ich einen jungen Mann mit einer Schaufel in der Hand. Gärtner-Outfit, aber ich denke mir, vielleicht ist das der Verwalter oder zumindest Obergärtner, ich grüße also freundlich und stelle mich vor, und er sagt: ›Und ich bin der Valentin.‹ Und dann erzähl ich von meinem Buchprojekt und dass ich dafür die kaiserliche Familie interviewen möchte und wie man am besten an die rankäme, ob er da nicht einen Tipp habe? Und er meinte so, dass ich am Kaisergeburtstag nach der Messe einfach mit zur Villa gehen soll mit all den Schaulustigen und mich dort an Markus ranpirschen und ihn ansprechen. Ich denk noch, dass der den beim Vornamen nennt, ist ganz schön respektlos, aber jedenfalls habe ich ihm ein Exemplar meines Buches versprochen und fragte ihn am Ende unseres Gesprächs nach seinem Nachnamen und der Adresse. Und stell dir vor, was passiert ...«

Martin ist ganz Ohr, während er sein Omelett isst. Von Weitem sieht er Mike, der mit dem Oberkellner redet und die Gäste ignoriert.

»Also, da deutet dieser Valentin doch glatt auf die Villa. Und sagt so ganz nebenbei: ›Valentin Habsburg-Lothringen.‹ Du weißt ja, ich bin selten sprachlos, aber da war ich es, und bevor ich noch was sagen konnte, grüßte er und ging weiter Richtung Rosenbeete. Was sagst du dazu?«

»Interessant«, sagt Martin und steht auf, als sein Handy klingelt. »Entschuldige, Romana, da muss ich ran.«

Sie findet seine Reaktion enttäuschend und entlässt ihn mit einem eher ungnädigen Nicken.

Martin geht ins Freie, als sich Hansi Fleck meldet mit der Frage, ob Martin schon was rausgefunden habe? Der muss verneinen, lediglich eine Amerikanerin, inzwischen abgereist, habe dem Portier erzählt, dass sie von ihrem Balkon aus auf dem Parkplatz das Licht einer Taschenlampe gesehen habe. So zwischen ein und zwei Uhr morgens sei das gewesen, sie habe auf dem Balkon eine Zigarette geraucht. Konnte nicht schlafen, weil es so heiß war. Und beschwerte sich, dass es keine Klimaanlage in den Zimmern gebe. Jedenfalls habe sie leider nicht mehr gesehen, bloß den Lichtschein. War ja stockdunkel auf dem Parkplatz. »Du kannst ihre Anschrift in Florida haben, aber viel bringt ihre Aussage nicht.«

Das findet Hansi Fleck enttäuschend, kann aber seinerseits auch nicht mit dem Durchbruch aufwarten. Die Alibis dieser Nacht seien so, ergänzt Martin, dass die Leute nach dem Essen oder Fernsehen oder Ausgehen ins Bett gegangen sind. Mit oder ohne Begleitung.

Darauf Fleck: »Das bringt nichts. Wir müssen einen neuen angle finden, an die Sache ranzugehen. Die Frage ist doch: Wer hasste Mike Hansen so sehr, dass er an seinem Auto rumfuhrwerkte? Von einer Person weiß ich es ganz genau: Gisela Wurzinger, die Yogatante. Ich werd sie mir vornehmen. Und der Sohn, der alles erbt. Sagt jedenfalls der Ischler Klatsch, keine Idee, wo das herkommt. Na ja, vielleicht hat da meine Frau die Zunge im Spiel ... Du kommst doch heut Nachmittag zum Begräbnis, oder? Halb Ischl wird da sein. Und die Brenner-Truppe wird in ihren alten Uniformen auftreten und Salut schießen. Das wird ein Spektakel, fast so wie beim Kaisergeburtstag.«

*

Romana hasst Beerdigungen, und außerdem hat sie Sisi nur zweimal getroffen. Doch nach kurzer Überlegung entschließt sie sich doch, Martin zu begleiten. Also fahren die beiden gemeinsam nach Reiterndorf zum Friedhof. Martin denkt, dass weder Mike noch Lukas Sisis letzte Wünsche erfüllt haben. Sie wird nicht verbrannt, sondern in der Familiengruft beigesetzt.

Sie müssen weit entfernt parken, tatsächlich hat sich die halbe Stadt aufgemacht, Elisabeth Hansen das letzte Geleit zu geben. Trachten überwiegen im Trauerzug. Martin trägt ein dunkles Hemd zu blauer Hose, ein Jackett wäre bei den Temperaturen nackter Wahnsinn. Romana hat sich für ein blaues Leinenkleid mit grünem Schal entschieden.

Am Eingang lesen sie, wer hier alles begraben liegt: Franz Lehár, Oscar Straus, Leo Perutz, Hilde Spiel, Richard Tauber ...

»Da befindet sie sich ja in guter Gesellschaft«, sagt Romana eine Spur zu laut.

»Psst«, macht Martin.

Mike tippt ihm von hinten auf die Schulter und sagt leise: »Lukas und ich haben uns schließlich doch auf die Familiengruft geeinigt. Ein würdevolles Begräbnis. Der Bischof kommt, die Bürgermeisterin, etliche Stadträte, der k.u.k.-Hofwirt, Monsieur Zauner ... nur die Kaiserfamilie hat abgesagt, aber das war nicht anders zu erwarten. Sie fanden diese Geschichte von der Kaiserin und Sisis Urgroßvater nicht amüsant, denk ich mal. Und sie halten sowieso Distanz zu Massenveranstaltungen – mit Ausnahme des Kaisergeburtstags.«

Irgendwann im September werde auch eine Messe gelesen, das sei wegen der Vorbereitungen auf die Kaisermesse jetzt nicht möglich gewesen. »Wollen wir gehen?«, fordert Mike Martin und Romana auf. »Das Grab ist zehn Minuten Fußweg von hier, man muss nur den Trachten und Uniformen folgen.«

Martin sieht jetzt eine Träne, die hastig weggewischt wird. So als würde er sich dafür schämen. Er wird nicht recht schlau aus Mike Hansen, dazu ist dieser zu widersprüchlich. Aber dass Mike seine Sisi geliebt hat, Geld hin oder her, das glaubt Martin schon. Es muss ja nicht jeder seine Trauer vor sich hertragen.

Sie gehen die Allee entlang, und Martin denkt, dass der Friedhof wunderschön liegt, mit herrlichem Ausblick auf die Berge. Nicht, dass die Toten noch was davon hätten, aber die Lebenden ...

Am Grab stellen Martin und Romana sich hinter Mike in die zweite Reihe. Brenner und seine Kameraden tragen hellblaue k.u.k.-Uniformen mit komischen Hüten und Vorderladern im Gepäck. Sie schwitzen, aber das tun alle. Einige Damen haben Sonnenschirme dabei. Der Bischof, die Bürgermeisterin und die Familie stehen unter dem einzigen schattenspendenden Baum am offenen Grab, in das der Ebenholzsarg jetzt versenkt wird. Der Geistliche spricht den Segen, dann wird kondoliert und Erde oder Blumen auf den Sarg geworfen. Über Mikes Gesicht laufen nun Tränen. Begräbnisse sind einfach schrecklich, denkt Martin. Nur das eigene kann einem wurscht sein, man ist ja nicht mehr dabei.

Jetzt böllern die Uniformierten in die Luft, ein Heidenlärm, und dann stimmt die kaiserliche Kapelle den Trauermarsch von Chopin an und führt die Trauergäste an in Richtung Ausgang. Nicht alle schaffen es trocken bis zu ihren Autos, denn eine dunkle Wolke entlädt sich über dem Friedhof, es blitzt und donnert, und die Kapelle flüchtet sich mit ihren Instrumenten in die Friedhofshalle.

Martin, Romana, Mike und Lukas treffen gleichzeitig auf dem Parkplatz ein. Lukas setzt Mike davon in Kenntnis, dass er auch Alois Brenner und seine Truppe sowie die Musikanten zum Leichenschmaus eingeladen habe. »Wir haben ein Riesenbüfett aufgebaut, da kommt es auf ein paar Gäste mehr oder weniger nicht an.« Mike ist sichtlich wütend, beherrscht sich aber, sagt nur: »*Mein* Küchenchef hat es für fünfzig Gäste konzipiert, aber bitte ... Ich dachte, der Brenner würde keinen Fuß ins Hotel setzen.«

»Jetzt schon.« Lukas steigt in seinen Porsche, Mike in den Tesla, und Martin geht mit Romana, die vorsorglich einen Schirm dabeihat, zu seinem Mietwagen. »Also, eins sag ich dir gleich, Bub: Zum Leichenschmaus geh ich nicht mit. Für heut hab ich vom Tod schon genug«, stellt Romana klar, bevor sie ins Auto steigt.

Martin hätte sich normalerweise den Leichenschmaus ebenfalls gern erspart, doch er will einerseits Mike nicht brüskieren, und andererseits ist das Zusammentreffen mit halb Ischl eine gute Gelegenheit, Beobachtungen zum Fall anzustellen. Obwohl ihn Romana mit unter ihren nicht allzu großen Schirm genommen hat, ist er auf einer Körperseite ganz schön nass geworden.

Als er vor dem Hotel einparkt, ist der Spuk vorbei, und die Sonne bricht wieder hinter den Wolken hervor. Schwül ist es jetzt. Martin zieht sich um und geht hinunter in den Speisesaal. Gerade rechtzeitig, um zu beobachten, wie Alois Brenner eine Sisi-Karikatur abhängen will. Mike schießt aus der Küche, nimmt ihm das Bild aus der Hand und zischt: »Das ist immer noch mein Haus, Alois. Finger weg von den Bildern.«

Brenner ist rot im Gesicht, er nestelt am obersten Knopf seiner Uniform. »*Noch* ist es dein Haus. Aber nimma lang. Und die Finanzierung steht auch schon – Bad Ischler Geschäftsleute werden dafür sorgen, Hansen, und dann bist du raus!«

Martin ist stehen geblieben, neugierig, aber auch bereit, nötigenfalls die Kampfhähne zu trennen. Wie gut, dass Brenner seinen Vorderlader in der Garderobe abgestellt hat. Er sieht so aus, als würde er ihn zu gern benutzen ...

Mike ist ganz cool geblieben, jetzt lächelt er sogar. »Da irrst du, Brenner. Sisi hat das Hotel zwar in die Stiftung eingebracht, aber es ist zu meinen Lebzeiten unverkäuflich. Und ich habe nicht nur Wohnrecht, sondern bin auch als Geschäftsführer unkündbar. Diesen kleinen Passus hat sie erst ganz zuletzt in die Stiftungspapiere eingefügt. Das hat Lukas' Anwalt wohl übersehen. Dein Vorkaufsrecht kannst du dir also sonst wohin stecken. Das Hotel bleibt bestehen, ich bleibe hier, und die Bilder bleiben hängen!«

Alois Brenner stöhnt auf. Greift sich ans Herz, dort, wo die kaiserlichen Orden an der Uniform befestigt sind. Dann dreht er sich um und marschiert in Richtung Garderobe. Gibt seinen Kameraden ein Zeichen zum geordneten Rückzug. Selbst wenn die sich auf das Büfett und kalte Getränke gefreut hatten, so ist allenfalls leises Murren zu hören. Befehl ist Befehl. Sie sammeln ihre Gewehre ein und verlassen das Haus.

»Was zum Teufel ist hier los?«, fragt Lukas, der sich ebenfalls umgezogen hat und nur den Abmarsch mitbekam.

Mike erklärt es ihm, und Lukas wird bleich. Er wird das natürlich von seinem Anwalt prüfen lassen, hier und jetzt verflucht er Sisi. Stumm. Sie war eine schlechte Mutter. Bis übers Grab hinaus, wie sich nun erweist. Er nimmt sich von einer vorbeieilenden Kellnerin ein Glas Sekt vom Tablett. Er könnte es Mike entgegenschleudern, entscheidet sich aber, es zu trinken. In einem Zug. »Na gut«, sagt er schließlich, »dann werde ich ein paar Immobilien in Linz verkaufen müssen, um die Firma zu sanieren. Darum hat sie sich nämlich auch nie gekümmert. Immer nur Geld rausgezogen, die liebe Sisi.«

Blanker Hass, denkt Martin. Gegen Mike gerichtet, aber auch gegen seine Mutter. Lukas hat seinem Stiefvater den

Rücken zugekehrt, nimmt Martins Anwesenheit zur Kenntnis und sagt im Vorbeigehen: »Wenn wirklich *er* das Ziel ist, dann hoffe ich, dass die beim nächsten Mal nicht mehr patzen.«

Starke Worte! Sisis Sohn hat zwar ein Alibi für die Nacht, in der der Range Rover manipuliert wurde, angeblich hat er bis vier Uhr früh mit einem Freund getrunken. Martin erscheint dieses Alibi allerdings auf wackeligen Beinen zu stehen. Ein Betrunkener als Zeuge? Sie werden dem jedenfalls noch genauer nachgehen.

Martin sieht, dass Lukas am Honoratiorentisch Platz nimmt. Der Bischof. Die Bürgermeisterin. Hof-Konditor Zauner. Die Stadträte sitzen je nach Parteizugehörigkeit an zwei Nebentischen. Das Fußvolk ist auf die übrigen verteilt.

Die Kellner servieren die Getränke: Kaffee, Tee, Wasser, Wein und Sekt. Das Büfett ist eröffnet, und die ersten Gäste machen sich darüber her. Kalte Platten und Mehlspeisen. Vom *Zauner*, die Mehlspeisen-Köchin des Hotels laboriert an einem Sonnenstich. Personal ist knapp, und Mike wendet all seinen Charme auf, um seine Mannschaft zu halten. Das Hotelgewerbe ist ein harter Job, deshalb weiß er nicht, ob er ihn wirklich lebenslang ausführen will. Andererseits kann er hier umsonst wohnen, essen und trinken, und er ist der Boss, das hat sich immer gut angefühlt. Er ist ja auch aus dem Alter raus, in dem ein Fitnesstrainer noch einen Stich macht. Also Hotel. Vielleicht könnte er den noch unrenovierten Pferdestall zur Eventlocation ausbauen. Und Bands und Solisten nach Ischl bringen. Ganz unabhängig von Politikern wie Frajo und Konsorten. Wie die schon dasitzen und einander beäugen, als würde gleich die Schlacht losbrechen zwischen Rot und Schwarz. Doch heute höchstens am Büfett ... Mike gibt dem Oberkellner ein Zeichen, die kalten Platten aufzufüllen. Was die Leut alles essen können, wenn es nichts kostet …

Martin beobachtet Frajo, der wenig Trauer um die verunglückte Petra zeigt und mit seiner Tischnachbarin aus New York – erst kürzlich ins Planungsteam des Kulturhauptstadt-Programms berufen – in ein Gespräch vertieft ist. In seinem besten Englisch erzählt er ihr von den Geistern der NS-Vergangenheit, von den Nazis im Tal und den Partisanen in den Bergen, ein Mischmasch immer schon diese Gegend, und Bad Ischl mittendrin als »roter Fleck« wegen der Salinenarbeiter. Und intern alle zerstritten. Wegen der Kulturhauptstadt erst recht. »Du kannst Gift drauf nehmen, dass jedes Projekt, das die Roten im Stadtrat einbringen, von den Schwarzen erst einmal abgelehnt wird.«

»Strange«, sagt die Amerikanerin. Doch sie will jetzt von den Streitereien nichts wissen, sondern lenkt das Gespräch zurück zum Thema Vergangenheit, womit ihr Projekt zu tun hat. Sie erkundigt sich über die Villen berühmter Künstler, die in Ischl zur Sommerfrische waren: Mahler, Wittgenstein, Zweig, Nietzsche, Rilke, Freud, Schnitzler …

»Die meisten wurden von den Nazis enteignet«, sagt Frajo. »Natürlich nicht die von Lehár, der war ein Lieblingskomponist des Führers.«

In das Schweigen hinein wechselt Frajos Frau das Thema: »Man muss ja auch bedenken, dass zum Kulturhauptstadtjahr rund tausend Projektideen eingegangen sind. Bei einem Budget von nur 27 Millionen Euro wurden 900 abgelehnt, das hat schon für böses Blut gesorgt. Elisabeth Schweeger ist bestimmt nicht zu beneiden.«

»Sie balanciert bravourös zwischen Kaiserscheißern und Seekackern«, sagt ein Stadtratskollege, aber auf Deutsch, weil ihm keine englische Übersetzung eingefallen ist. »Kaiserscheißer« und »Seekacker«, so nennen sie sich gegenseitig, die Bad Ausseer und die Bad Ischler.

Die Amerikanerin versteht nicht, sie interessiert sich ohnehin mehr für Geschichte. Die Zeit, in der im Schlepptau der Kaiserfamilie all die berühmten, meist jüdischen Künstler nach Ischl kamen. Sie fragt, ob Kaiserin Sisi eigentlich lesbisch war, zumindest bisexuell oder transgender?

Schweigen am Tisch. Frajos Frau sagt schließlich kühl: »Sie war eine sehr unglückliche Person, so viel steht fest.«

Die Amerikanerin fühlt sich in ihrem Vorurteil bestätigt, dass Bergvölker prüde sind. Sie blickt in die Runde. Viele sind in Tracht. Und die passt irgendwie zu der Gegend, mit Seen und Bergen und so. Sie hat sich auch schon ein Dirndl gekauft, für die Aufführung des *Vogelhändlers*. Sie wünscht sich, man hätte sie in diesem Hotel einquartiert, der Blick ist atemberaubend. Und der Besitzer, seit Kurzem Witwer, sieht auch nicht schlecht aus ... Schließlich ist sie für ein Jahr in der Kaiserstadt engagiert.

Martin Glück sitzt neben einer Lokaljournalistin, die mit jedem Glas Sekt gesprächiger wird. Die Stadtratintrigen hat sie durch, den Skandal ums Lehartheater auch, und jetzt informiert sie ihn darüber, dass in den 60er-Jahren Jörg Haider, gebürtig aus Bad Goisern, das Gymnasium in Bad Ischl besucht hatte. In der siebten Klasse gemeinsam mit Astrid Proll, die später zur Gründergeneration der Rote-Armee-Fraktion zählte. Das seien halt die typischen Gegensätze hier, die Welt im Kleinen, wo es an allen Ecken und Enden knirscht.

»Vielleicht ist das so, weil die Gegend so schön ist«, sagt Martin. »Da müssen die Leute eins draufsetzen, weil sie es nicht aushalten.«

Sie schweigt. Nimmt sich vor, diese Idee irgendwie journalistisch umzusetzen.

Martin denkt, dass sein Gegenüber sehr hübsch aussieht im Dirndl. Keinen Flirt anfangen! Er ist in festen Händen. Und irgendwie sehnt er sich jetzt nach Wien. Urbane Aussichten anstelle von Dirndln und Lederhosen und Bergen und Seen.

14

Es war nicht seine Idee gewesen, sondern die des Clubpräsidenten: »Sisi war doch eine unserer besten Golferinnen und hat den Club finanziell gefördert, wo sie nur konnte.« Einerseits hatte Mike es schräg gefunden, am Tag nach ihrem Begräbnis ein Golfturnier zu veranstalten – ein Sisi-Gedenkturnier. Andererseits wollte er es sich mit Präsident und Vorstand nicht verderben. Weil er eines Tages sein Auto auf dem Präsidenten-Parkplatz sehen will. Ihr hätte die Idee gefallen, argumentierte der Präsident, weil sie doch wenige Turniere ausgelassen habe. Mike dachte, dass Sisi eher aus dem Grab heraus »Fore!« rufen würde.

Aber er stimmte zu, und da steht er nun vor dem Starthäuschen und bereitet sich als erster Spieler auf den Abschlag vor. Der zum Poster vergrößerte Partezettel klebt an der Holzhütte. Ein schönes Foto von Sisi Hansen unter dem geschmackvoll stilisierten Kreuz. »Möge sie im Himmel einen noch schöneren Golfplatz finden, falls das überhaupt möglich ist«, sagte der Präsident in seiner Begrüßungsrede. Dezenter Applaus. Der erste Preis steht auf dem Startertisch: Eine kleine Statue der Kaiserin Sisi in Bronze. Ohne Golfschläger, sie war eine passionierte Reiterin.

Das erste Loch ist ein Par 5, nicht übermäßig schwierig, gerade richtig zum Aufwärmen für das weitaus anspruchsvollere zweite, bei dem seine Sisi oft vor Wut ihren Schläger weggeworfen hat. Mike holt weit aus – und bringt den Ball nicht in die Luft, er holpert kläglich übers Rough.

Keiner sagt was, alle denken das Gleiche, dass Mike mit den Gedanken bei seiner verstorbenen Frau sein muss. Was nicht stimmt, vielmehr hat er während des Schlages gemeint, ein leises Surren zu hören. Das hat ihn abgelenkt. Seine Mitspieler erreichen mit ihren Abschlägen bis zu zweihundert Meter, alle liegen auf dem Fairway. Man wünscht einander »Schönes Spiel«.

Hat er sich das Surren eingebildet? Beim Golfen ist Mike extrem lärmempfindlich. Niemand darf reden, ja nicht einmal laut atmen, während er schlägt. Sisi war ähnlich. Es musste absolute Stille herrschen, sonst war ihre Konzentration dahin. Das hat sie aber nie davon abgehalten, seine Schläge zu kommentieren, die schlechten natürlich. *Follow through!! Du musst durchziehen, Mike!* Mordgedanken hatte er jedes Mal, wenn sie ihn am Platz und vor den anderen belehrte. Und den nächsten Schlag konnte er dann sowieso vergessen. Dennoch war sie es, die ihn zum Golfspielen gebracht hat, und er hat viel von ihr gelernt. Würde aber nie ihre Klasse erreichen, wie beide wussten. Angeblich hat Sisi beim Meister selbst Stunden genommen. Phil Mickelson. Vielleicht war das auch wieder nur eine ihrer irren Geschichten. Sie konnten amüsant sein, waren auf die Dauer aber auch anstrengend.

Jetzt ist das Surren vorbei, er schiebt alle Erinnerungen weg, und sein zweiter Schlag gelingt, sodass er mit dem dritten wie immer auf dem Grün landet. Doch beim Putten wieder dieses verdammte Geräusch. Diesmal versucht er es auszublenden, trotzdem rollt der Ball über das Loch hinaus. Er braucht noch zwei weitere Putts, bis er endlich einlocht.

»Hört ihr das Surren auch?«, fragt er seine Mitspieler, als sie mit ihren E-Trolleys zum zweiten Abschlag gehen. »Irgendwas haben wir g'hört, aber wir dachten, das ist dein Trolley?« Es herrscht Stille, während die anderen abschlagen. Als Letzter ist Mike dran. Er nimmt seinen Driver; als er aufschwingt, wird das Surren lauter, und er sieht nach oben und über sich ein graues Ding. Schaut aus wie ein Miniatur-Hubschrauber.

»Das ist eine Drohne«, ruft einer seiner Mitspieler. Jetzt erkennt Mike es auch, und er wirft wütend seinen Schläger weg. »So kann man doch nicht spielen! Was soll das? Wer kommt mit so einem blöden Spielzeug auf den Platz?« Auch die anderen aus seinem Flight sind verärgert. »Das sollte auf einem Golfplatz nicht erlaubt sein. Wie soll man sich da konzentrieren?« Sie schauen alle nach oben.

Die Drohne schwenkt jetzt leicht nach links und scheint sich zu entfernen. Mike hebt seinen Schläger auf, macht ein paar Probeschwünge und schlägt ab. Aber seine Konzentration ist dahin. Der Ball fliegt nach rechts und landet im Gebüsch. Die anderen sehen sich an. So schlecht hat er schon lang nicht mehr gespielt. Wieder denken sie an Sisi.

Und wenn sie als Drohne wiedergeboren wurde? Sie hat sich doch auch immer in Mikes Spiel eingemischt ... Kopfschüttelnd verwirft Mikes Flightpartner diesen abstrusen Gedanken sofort wieder und konzentriert sich auf seinen Abschlag.

Wenigstens entkomme ich so diesem blöden Ding, denkt Mike und geht in Richtung seines Balls, zuversichtlich, ihn zu finden. Er muss ihn halt mit Strafschlag droppen. Doch plötzlich ist das Surren wieder da, und als er in den Himmel schaut, sieht er über sich erneut das graue Flugobjekt. Blinkend, surrend, beinahe schon bedrohlich.

»Die verfolgt dich«, rufen die anderen, die versuchen, der Situation eine gewisse Komik abzugewinnen. »Vielleicht zeigt dir die Drohne, wo dein Ball ist?« »Ein Paparazzo für die *Golf Revue*?« – »Womöglich hat dir die Sisi das Gerät geschickt, um dich zu kontrollieren.« Der Zahnarzt, der an Wiedergeburt glaubt, setzt noch eins drauf: »Sie will dich wie immer daran erinnern, dass du durchziehen sollst, Mike!«

Doch der ist inzwischen fuchsteufelswild und stoppt das Gelächter mit seinem Brüllen: »Spinnt ihr? Geht's vielleicht noch geschmackloser?« Mike beschließt, das Spiel abzubrechen. Turnier hin oder her. Ihm doch egal.

Wütend und ohne seinen Ball geht er zurück auf die Spielbahn. Doch die Drohne folgt ihm. Ein kindischer Spaß? Irgendwo in der Nähe muss der Besitzer dieses blöden Dings sein und es steuern. Einer, der Golfer hasst? In Ischl ist alles möglich. Oder hat es jemand auf ihn abgesehen? Die ersten Drohbriefe fallen ihm ein. Um auszutesten, ob tatsächlich er die Zielperson ist, geht er im Zickzack das Fairway entlang. Die Drohne folgt surrend. Nun senkt sie sich auf ihn herab. Will sie ihn etwa attackieren? Das Geräusch wird lauter, sie fliegt bedrohlich nah über seinen Kopf hinweg. Als sie über ihm schwebend immer tiefer geht, immer tiefer –, hebt Mike seinen Schläger und versucht, den Angreifer abzuwehren. Volltreffer! Er hätte gejubelt, wenn die Drohne nicht beim Absturz auf seinem Kopf gelandet wäre ...

*

Martin Glück traut seinen Augen nicht. Seine Mutter hat ihm ein Muster der Hochzeitseinladungen geschickt, Rosie sei zu beschäftigt, daher habe sie das in die Hand genommen. Tauben, Rosen, Herzerln, unerträgliches Pink, Kitsch in Reinkultur. Ja, sind die beiden Frauen denn wahnsinnig geworden? Diese Karten gehen sicher an niemanden von Martins Seite!! Auf keinen Fall an seine Kollegen, nicht an die paar Wiener Freunde und auch nicht an Fassl. Er muss das sofort stoppen!

»Was ist euch denn da eingefallen?«, schnauzt er Rosie am Telefon an. »Und warum hast du das meiner Mutter überlassen und dich nicht selbst gekümmert?«

»Weil du es warst, der die Einladungen organisieren wollte«, antwortet Rosie kühl. »Und da du nicht verfügbar warst, hab ich eben deine Mutter damit betraut. Wenn du das Ganze anders haben möchtest, musst du dich schon selbst herbemühen. Sorry, ich hab jetzt zu tun.« Und schon ist sie weg.

Er nimmt schnell zwei Gummibären aus der Schale auf dem Couchtisch und steckt sie in den Mund. Seine Wut ebbt ein wenig ab. Er überlegt aber tatsächlich, nach Wien zu fahren und hier alles dem Kollegen Fleck zu überlassen. Ist ohnehin nicht seine Aufgabe, den Mörder von Sisi Hansen zu finden, er sollte jetzt lieber zurück in sein eigenes Leben, um Schlimmeres zu verhindern.

Vorher muss er den Kollegen aber noch über den gestrigen Streit zwischen Brenner und Hansen informieren. Und auch über die Sache mit den Drohbriefen, die zum Teil auf der Schreibmaschine des Traditionsvereins getippt wurden. Das wollte er zwar allein weiter recherchieren, aber wenn er jetzt nach Wien fährt ...

Gerade als er sein Telefon in die Hand nimmt, summt es. Hansi Fleck. »So ein Zufall, ich hab gerade deine Nummer gewählt«, sagt Martin. »Ich wollte dir nämlich was sagen.«

»Das mit Mike Hansen?«, fragt Fleck.

»Wieso? Was meinst du?«

»Ein Anschlag auf ihn, auf dem Golfplatz, während des Gedenkturniers. Die Rettung hat ihn ins Klinikum gebracht.«

Martin starrt sein Telefon an. Mike hätte die Drohbriefe doch ernster nehmen sollen, ist sein erster Gedanke. »Was ist passiert?«

»Jemand hat ihn beim Golfspielen von oben attackiert – mit einer Drohne. Soviel ich weiß, hat er Schnittwunden im Gesicht, es floss Blut, aber er wurde nicht ernsthaft verletzt. Könnt unter Umständen ein dummer Streich sein. Wir sind grad dabei, zu checken, auf wen die Drohne registriert ist. Was wolltest du mir sagen?«

»Nimm den Brenner genauer unter die Lupe«, sagt Martin und erzählt von den Drohbriefen und dem gestrigen Streit. Fleck klingt ein bisserl eingeschnappt, weil Martin ihn nicht früher eingeweiht hat, andererseits will er sich's mit dem Wiener Kollegen nicht verderben. Also bedankt er sich, man wird einander auf dem Laufenden halten.

Martin versucht Mikes Handynummer, und der hebt tatsächlich ab. Es gehe ihm den Umständen entsprechend gut, er habe großes Glück gehabt, weil seine Augen durch eine Sonnenbrille geschützt waren und er eine Golfkappe trug. Sonst wäre die Sache wohl übler ausgegangen. Als Mike ihm sagt, dass er nach der ambulanten Verarztung heute noch das Spital verlassen darf, verspricht Martin, ihn abzuholen. Und das war's schon mit dem Wien-Plan.

Bevor er losfährt, gibt er Romana Bescheid. »Ich tippe auf Lukas«, sagt sie unterwegs. Als Mikes enge Freundin hat sie darauf bestanden mitzufahren. »Brenner und Konsorten sind zu alt für so was. Die wissen wahrscheinlich nicht einmal, was eine Drohne ist. Die würden ihn eher mit einem Vorderlader erschießen. Andererseits hat der Alte sicher eine Mordswut auf Mike. Vielleicht haben die einen Auftragskiller engagiert?«

»Danke für den Tipp, Miss Marple«, sagt Martin und bringt sie damit zum Schweigen. In tausend Jahren würde sie sich nicht mit dieser alten Jungfer vergleichen wollen.

Traurige Erinnerungen werden wach, als Martin mit Romana im Schlepptau das Klinikum betritt. Es ist erst Tage her, dass er mit Mike hier war und die Todesnachricht erfuhr. Martin zeigt beim Empfang seinen Polizeiausweis und fragt nach Herrn Hansen, doch da springt schon ein Mann mit bandagiertem Kopf von einem der Plastiksessel im Empfangsbereich auf und kommt auf Martin und Romana zu. Sie stößt bei seinem Anblick einen spitzen Schrei aus und umarmt ihn, was dieser steif über sich ergehen lässt. Großes Kino, denkt Martin, und dass sie mit dem Alter nicht besser geworden ist. Eher noch schräger und schriller.

»Du Armer! Wie schrecklich du ausschaust!«, ruft sie mehrmals, lässt ihn los und kramt in ihrer Handtasche. »Willst einen Spiegel?«

Mike lehnt ab. »Hier gibt's auch welche, stell dir vor. Sieht im Moment auch schlimmer aus, als es ist. Ich hab zwar ein paar Schnittwunden im Gesicht, aber die werden abheilen. Es hätte viel mehr passieren können bei den scharfen Kanten des Propellers. Mein harter Kopf hat ihn besiegt.«

Während sie zu dritt das Spital verlassen und Richtung Parkplatz gehen, erzählt Mike, wie das Ganze passiert ist. Als Martin ihn fragt, ob er einen Verdacht habe, zuckt er mit den Schultern. »Ein verrückter Teenager vielleicht. Oder der Lukas? Der Brenner hat zwar einen Wahnsinnszorn auf mich, aber einen Drohnenangriff traue ich ihm dann doch nicht zu.«

Romana wiederholt beim Einsteigen, was sie schon zu Martin gesagt hat: »Also, wenn ihr mich fragt, war es dieser Lukas. Das spür ich. Ich hab da so ein Bauchgefühl ...«

»Du schaust zu viele Krimis«, sagt Martin. »Die Polizei wird schnell herausfinden, auf wen die Drohne registriert ist. Dann wissen wir's.«

*

»Wir haben ihn!« Die triumphierende Stimme Hansi Flecks. »Die Drohne ist tatsächlich auf den Brenner registriert. Ich hab ihn schon einbestellt. Magst in zwei Stunden herkommen, Martin?«

Als Martin pünktlich das Büro von Hansi Fleck betritt, trifft er dort zu seiner Überraschung nicht nur auf Alois Brenner, sondern auch auf eine weinende Gisela Wurzinger. Ersterer ist eher aufgebracht als zerknirscht: »Was will dieser Journalist hier?«, fragt er den Kontrollinspektor. »Ich verbitte mir, dass über diese Sache in der Zeitung berichtet wird. Hat er mich verstanden?«, wendet er sich jetzt an Martin. Fleck starrt Martin verständnislos an.

Dieser vertröstet ihn: »Das ist ein Missverständnis, Kollege. Erklär ich dir nachher.«

»Kollege?« Jetzt versteht Brenner nur noch Bahnhof.

»Das ist kein Journalist, sondern mein Kollege, Chefinspektor Glück von der Abteilung Leib und Leben in Wien«, erklärt Fleck. »Er unterstützt mich bei meinen Ermittlungen. Und er war es, der herausgefunden hat, dass Sie mehrere Drohbriefe geschrieben haben. Sie können jetzt gehen, Herr Brenner. Aber natürlich wird es zur Anzeige kommen.« Der sieht wütend auf die weinende Gisela. »Dummes Weib«, sagt er, »erst richtet ihr Schaden an, und dann heult ihr.« Zu Martin: »Ich mag keine Wiener. Ich mag keine Polizisten. Und Wiener Polizisten mag ich schon gar nicht!« Dann knallt er die Tür hinter sich zu.

*

»Brenner hat das mit den Drohbriefen zugegeben«, erzählt Martin abends beim Essen mit Romana und Mike. Sie haben einen Tisch in einer stillen Ecke gewählt, damit der Hausherr, doch irgendwie mumienhaft in seiner Erscheinung, nicht von den Gästen angestarrt wird. »Aber die Drohne hat er schon vor ein paar Monaten an Gisela Wurzinger weiterverkauft, weil die Mutter seines Neffen dieses Spielzeug für ihren Sohn nicht haben wollte. Unsere Yogalehrerin hat sich dann schlau gemacht und mit der Drohne geübt. Angeblich wollte sie Sie nur erschrecken, Mike, weil Sie sich geweigert haben, eine finanzielle Vereinbarung einzuhalten.«

»Die Gisi?« Mike kann nicht fassen, dass seine frühere Partnerin hinter diesem Anschlag steckt. »Ja, sie war bei mir und wollte mal wieder Geld. Sie hat angeblich eine riesige Steuernachzahlung, bekommt keinen Kredit mehr und hat auch sonst irgendwelche Schulden. Sie wollte nebenbei noch hier im Hotel arbeiten, aber wir brauchen keine Yogatrainerin, daher konnte ich ihr den Gefallen nicht tun.« Mike versucht umständlich, sich mit der Gabel einen Bissen in den Mund zu schieben.

Martin lässt ihm Zeit, dann fragt er nach: »Aber was ist mit der Vereinbarung?«

»Sie hat mir gegenüber behauptet, Sisi habe ihr ein Darlehen versprochen. Und dieses Geld wollte sie jetzt von mir. Ich weiß aber, dass meine Frau damals die Bitte um ein Darlehen abgelehnt hat. Elisabeth war keine, die leichtsinnig Geld verlieh. Außer an ihre Freundin Petra natürlich, auf diesem Auge war sie blind.«

»Jedenfalls wird es eine Anzeige wegen Körperverletzung geben.« Martin fragt sich, ob Gisela Wurzinger tatsächlich nur vorhatte, Mike zu erschrecken. Die Alternative wäre, dass sie ihn endgültig erledigen wollte. Aber auf dem Golfplatz? Mit einer Drohne?

»Also, ich bewundere diese Gisela«, wirft Romana jetzt ein. »Dass sie sich als Frau mit so was Technischem auskennt – Respekt!« Sie hebt ihr Weinglas.

Mike: »Gisi war immer schon technisch begabt. Hat früher einmal eine Lehre als Elektrikerin gemacht, sie aber abgebrochen. Auf Mallorca hat sie alles selbst repariert, da konnte ich nicht mithalten.«

Da schau her, denkt Martin.

15

Mike entschuldigt sich mit Arbeit, er muss noch Bestände prüfen und lässt Romana und Martin allein zurück. »Wie tapfer er ist«, sagt Romana, »hätt ich ihm gar nicht zugetraut. Erst die Drohbriefe, dann die Sabotage am Auto, Sisis Tod und jetzt die G'schicht mit der Drohne ... Hätt ich nicht gedacht, dass er alles so gelassen nimmt.«

»Warum nicht?«, fragt Martin.

»Ich fand ja nie, dass Hackeln zu seinen Stärken gehört. Aber der Mensch wächst mit seinen Aufgaben – er hält doch alles gut am Laufen hier im Hotel in dieser schwierigen Situation. Trotzdem bleib ich dabei: Mike liebt vor allem sich selbst.«

Mit Egomanie und Egozentrik kennst dich ja aus, denkt Martin. Romana ist der einzige Mensch, bei dem er das eher amüsant als ärgerlich findet. Vielleicht, weil sie schon so alt ist. Bei Mike stört es ihn nicht, weil da sehr viel Charme und Freundlichkeit das große Ich gefälliger machen. Lukas ist da schon eine andere Nummer, den findet er arrogant und unsympathisch. Obwohl der umgekehrt ja recht freundlich zu ihm ist. Und nach wie vor streicht er ihn nicht von der Liste der Verdächtigen. Er fragt Romana, warum ihr Bauchgefühl Lukas ausgesucht hat?

Die prompte Antwort: »Na, weil er das stärkste Motiv hat. Einerseits wollte er Mike loswerden, eh klar. Aber auch ein indirekter Anschlag auf seine Mutter über Mikes Auto ist nicht ganz unwahrscheinlich. Schließlich erbt er fast alles. Und jetzt kann er schalten und walten, wie er will. Häuser verkaufen zum Beispiel. Und seinen Aufpasser rausschmeißen. Mike hat mir erzählt, dass die Mutter-Sohn-Beziehung eine mittlere Katastrophe war und dass Sisi immer so tat, als gäb es nix Innigeres. Schau: Er könnte doch von Linz hierhergefahren sein, an Mikes Auto die Bremsen manipuliert haben und Sisis Wagen von der Elektrosäule abgehängt, wenn sie es nicht sowieso vergessen hatte ... und Lukas wusste ja, dass sie am nächsten Tag nach Linz fahren wollte.«

So weit hat Martin auch schon gedacht. Doch jetzt ist auf einmal Gisela Wurzinger im Visier. Die Frau, die Mike hasst, seit er sie verlassen hat und sie auf ihren Schulden sitzen geblieben ist. Geld und verschmähte Liebe ergeben zusammen ein starkes Motiv. Aber warum hat sie dann so lange gewartet?

Romana hat längst das Thema gewechselt. Die rote Erzherzogin langweilt sie schon ein bisserl, und sie ist bei ihren Recherchen auf Ludwig Viktor, den jüngsten Bruder des Kaisers gestoßen. »Sie nannten ihn alle Luziwuzi, ist doch witzig, oder? Und er war schwul und verbarg es nicht einmal. Ich meine, alle wussten es und schwiegen es halt tot. Stand ja fünf Jahre Gefängnis drauf. Seine Mutter vergötterte ihn, und der Kaiser hielt die Hand über ihn, nur Sisi hasste ihren Schwager, weil Luziwuzi eine ebenso geistreiche wie boshafte Tratschn war. Ein wirklich interessanter Typ ...«

»Vielleicht solltest du dein Buch erweitern auf ›exzentrische Habsburger‹.« War nicht so ganz ernst gemeint, aber Romana scheint darüber nachzudenken. »Gute Idee, Martin, vielleicht von der Vergangenheit bis heute ... obwohl mir dieser Valentin schrecklich normal vorkam.«

»Vielleicht ist das die wahre Exzentrik: Normalität.«

Romana sieht ihn irritiert an, dann gähnt sie und mustert ihr leeres Weinglas. »Ob ich noch einen Absacker trinken soll, wie Mike das immer nennt? Ich muss übrigens bald zurück an den Wörthersee, wenn die Familie Schuster abreist.«

Martin sieht sie fragend an.

»Das sind Stammgäste aus Stuttgart. Muttervaterkind. Beide Lehrer, das Balg zehn Jahre alt und eine Pest. Altklug, liest schon die Zeitung, das Gfrast. Und die Eltern reden mit ihm, als ob er bereits Nobelpreisträger wär. Nit zum Aushalten, wo sie sich noch dauernd über alles Mögliche beschweren. Die Wespen beim Frühstück. Ich mein, was soll ich dagegen tun? Eine Fliegenklatsche hab ich ihnen in der Früh serviert, sollen sie die halt erschlagen, die Viecher. Aber der Sohn hält dann einen Vortrag über die ökologische Sinnhaftigkeit der Wespen, also lassen sie sie leben, beschweren sich aber trotzdem bei mir und .... also, um es kurz zu machen: Immer, wenn die Schusters kommen, mach ich mich aus dem Staub. Nach Salzburg – und heuer halt auch Ischl. Nur deinetwegen, Martin, das weißt du schon.«

»Ich dachte, wegen Mike?«

»Papperlapapp.« Romana schaut sich um und sagt: »Die meisten sind schon ins Bett, ich glaub, ich leg mich jetzt auch aufs Ohr. Gute Nacht, Bub, und grüß mir deine Russin, wenn du mit ihr telefonierst.«

Sie stakst auf hohen Absätzen davon, doch sie wankt nicht. Eine halbe Flasche Wein steckt Romana folgenlos weg.

»Rosie ist Wienerin«, ruft Martin ihr nach, doch sie hört nicht oder will es nicht hören. Von hinten sieht sie aus wie ein junges Mädchen. Nur der Gang, der verrät sie.

Die Terrasse ist leer bis auf ein amerikanisches Paar, das sich am Lichtermeer zu seinen Füßen nicht sattsehen kann.

Martin überlegt kurz, ob er Rosie anrufen soll, dann legt er das Handy wieder weg. Alles wär leiwand, wenn sie sich nicht dieses riesige Tamtam für die Hochzeit in den Kopf gesetzt hätte.

*

»Ich wollt ihm doch nur einen Schrecken einjagen.« Gisela schluchzt und sieht die beiden Polizisten flehend an. Martin und Fleck wundern sich, dass Gisela freiwillig noch einmal hier aufgetaucht ist, um – wie sie sagt – alles besser zu erklären. »Woher sollte ich denn wissen, dass dieser Depp mit dem Golfschläger auf die Drohne eindrischt. Nur deswegen hat er sich verletzt.«

»Und Sie haben ihm das Turnier versaut«, sagt Hansi Fleck. »Immerhin ein Gedenk-Event für seine Frau. Und jetzt würd mich noch interessieren, wo Sie in der Nacht waren, bevor Sisi Hansen ums Leben kam.«

Sie schaut von Fleck auf Glück und wieder zurück. »Na, wo soll ich schon gewesen sein: zu Hause, bei meiner Mutter. Sie ist schon ein bisserl gaga, aber Sie können sie gern fragen.« Wieder schluchzend: »Weswegen sollte ich die Sisi umbringen wollen? Sie hat doch versprochen, mir Geld zu leihen. Sie war ein guter Mensch. Großzügig. Petra hat die arme Sisi ausgenommen wie eine Weihnachtsgans.«

»Vielleicht wollten Sie nicht die Elisabeth, sondern den Mike Hansen umbringen? Immerhin hat der Sie für die reiche Sisi mit einem Berg Schulden sitzen gelassen. Sie müssen doch eine Wut auf beide gehabt haben?«, fragt Martin und starrt dabei auf den Kaktus. Sein altes Problem mit weinenden Frauen. Hansi scheint es weniger auszumachen. Er schiebt Gisela einen Taschentuchspender hin. Umhäkelt. Ein Geschenk seiner Frau, die vorübergehend eine

Leidenschaft fürs Häkeln entwickelt hatte. Diese Periode ist vorbei, jetzt strickt sie. Die Strickgruppe von Bad Ischl ist das absolute Tratschzentrum der Stadt. Nichts, was die Weiber nicht wissen. Zu Gisela: »Wollen Sie dem Chefinspektor nicht antworten?«

Gisela schlägt die Beine übereinander, wohlgeformt und yogagestählt. Sie trägt Radlerhosen und ein enges T-Shirt. Hansi denkt, dass seine kurvenreiche Gattin in diesem Outfit verboten aussähe. »Wir warten ...«

»Na klar hatte ich einen Zorn auf die beiden. Die waren ein glückliches Paar, und ich stand vor dem Nichts – persönlich wie beruflich. Aber wie heißt es so schön: Die Zeit heilt Wunden. Als ich zurückkam nach Ischl, habe ich gar nicht mehr dran gedacht, und wenn wir uns über den Weg liefen, haben wir einander freundlich gegrüßt. Sisi kam sogar zum Yoga zu mir. Und hat mir außerdem ein Darlehen angeboten, um mir ein eigenes großes Yogastudio zu finanzieren – mit allem Drumherum. Doch dann hab ich nichts mehr von ihr gehört, und als ich dann auch noch diese riesige Steuernachzahlung bekam, hab ich meinen Stolz runtergeschluckt und bin zu Mike. Hab ihn gefragt, ob er mir was leihen könnte – oder zumindest einen Job im Hotel gibt. Er war sehr nett, wie immer halt, aber in der Sache beinhart. Der Typ hat mich schon einmal ins Unglück gestürzt. Und da ist bei mir wieder der alte Zorn hochgekommen. Wie er mich abserviert hat in Palma. Wie unser Studio pleiteging und mein ganzes Geld weg war ...«

Gisela schluchzt schon wieder, und Martin sieht aus dem Fenster auf den Fluss.

»Und da hatten Sie die Idee mit der Drohne«, ergänzt Hansi Fleck ihre Ausführungen.

»Es tut mir so wahnsinnig leid!«

Jetzt weint sie hemmungslos, und Martin fragt sich, ob sie ein armes Wesen ist, dem übel mitgespielt wurde, oder eine recht begabte Schauspielerin. Er weiß, dass es Frauen gibt, die aus dem Stand weinen können. Männer vermutlich auch, aber bei denen würde es ihm nichts ausmachen. Frauentränen hingegen ...

Martins sanfte Tonlage: »Mike hat nur ein paar oberflächliche Schnittwunden davongetragen. Die verheilen. Also, ich glaub nicht, dass Sie dafür ins Gefängnis gehen.«

Nun heult sie erst recht los. Martin sieht Fleck an, der hebt die Schultern, sagt dann aber: »Bestimmt nicht, Frau Wurzinger. Letztlich wär ja nichts passiert, wenn er nicht mit dem Schläger auf die Drohne eingeschlagen hätte. Also ist er auch irgendwie selber schuld. So wird es der Richter bestimmt sehen.«

»Oder die Richterin«, ergänzt Martin.

»Euer Wort in Gottes Ohr«, sagt Gisela und steht auf.

Hansi Fleck nickt aufmunternd, fügt aber hinzu, dass sie Ischl in nächster Zeit nicht verlassen sollte.

»Wohin soll ich schon gehen«, sind ihre letzten Worte, bevor sie die Tür hinter sich zuzieht.

Fleck seufzt. »Weiber!«

Martin: »Hast du ihr denn geglaubt?«

Noch ein Seufzer, dann die Antwort. »Ich glaube Weibern grundsätzlich nichts.« Danach öffnet er die Post auf seinem Schreibtisch, während Martin am Fenster steht und Gisela Wurzinger nachsieht. Ein sehr beschwingter Gang, der so gar nicht zu ihrer vorherigen Verzweiflung passt.

Hansi pfeift durch die Zähne: »Na, da legst di nieder. Des wird ja zum serial murder quasi sozusagen.«

»Wovon redest du?«

Fleck schiebt ihm wortlos einen Bericht hin, den Martin liest. Mit immer größerem Erstaunen. Es ist die Auswertung des Handys, das Petra Papst in Händen hielt, als sie in die Tiefe fiel. Das Telefon landete in einem Busch, der den Aufprall minderte, weshalb es den Polizeitechnikern gelungen ist, es zumindest teilweise wiederherzustellen. Telefonnummern, WhatsApp-Nachrichten, Fotos. Das letzte Foto beziehungsweise Video hatte Petra von sich selbst vor grandioser Kulisse aufgenommen. Verschwitzt und glücklich lächelnd schaut sie in die Kamera. Ein verzerrtes Bild für ein paar Sekunden. Dann sagt sie: »Was machst *du* denn hier?«

Ein Schrei, danach bricht das Video ab.

Martin lässt den Bericht sinken. Die Polizisten sehen einander an und sagen fast gleichzeitig: »Es war kein Unfall. Es war Mord.«

Hansi schaut auf seine Uhr. »Das hat mir grad noch gefehlt – ein zweiter Mord. Du, ich muss jetzt weg, meine Holde und ich haben heute Hochzeitstag. Weshalb ich mir am Nachmittag ein paar Stunden freigenommen hab. Bleib einfach hier im Büro sitzen und lies dir in Ruhe die Auswertung durch. Und wir reden morgen darüber.«

Martin ist einverstanden, beim Wort »Hochzeitstag« zuckte er zusammen. Als Hansi weg ist, öffnet er den Bericht, liest konzentriert und macht sich ab und an Notizen. Der Chatverlauf beweist, was er schon wusste: Frajo Niederlehner war Petras Liebhaber. Ehemann und Vater – und offenbar nicht willens, seine Familie für die Geliebte zu verlassen. Der Klassiker: Sie macht Druck, er weicht zurück, möchte aber am liebsten den Status quo beibehalten. Dann wird ihr Ton schärfer, am Schluss sogar drohend. Sie würde ihren guten Ruf verlieren, so schreibt sie. Er aber Familie und Amt, erwidert er. Grund genug, sie in den Tod zu stoßen? Martin denkt das schon. Man wird sich mit Franz Joseph Niederlehner unterhalten müssen. In jedem Fall hat das Opfer seinen Täter gekannt und geduzt. Sie war überrascht, ihn oder sie zu sehen. Aber sie rechnete nicht damit, ermordet zu werden.

Umfangreich sind die Aufzeichnungen der Nachrichten zwischen Petra und Sisi. Frauensachen. Er blättert relativ gelangweilt durch, bis er zu den Chatnachrichten im Juni und Juli kommt. Darin beschwert sich Sisi über ihren einzigen Sohn, der Alkoholiker und ein Versager sei und die Firma in den Ruin treiben würde. Selbst seine Frau, das geldgierige Luder, habe es nicht mehr mit Lukas ausgehalten und sei zurück nach Frankreich gegangen. Weshalb Sisi schon einen Scheidungsanwalt konsultiert habe, ob man dem Miststück bei der Scheidung überhaupt Geld zahlen müsse.

Sisi schreibt über einen Streit mit Lukas, den schlimmsten bisher. Und dass sie einen Anwalt – nicht den Familienanwalt – aufsuchen werde, um Lukas die Prokura zu entziehen. Sie schreibt Petra von ihrer Idee, Lukas mit der Leitung einer Stiftung zu betrauen, da könne er nur ein Gehalt rausziehen und sei doch beschäftigt.

Die Firma wolle sie künftig selbst übernehmen und zwischen Linz und Ischl pendeln. Das Hotel vielleicht doch verkaufen, es bringe sowieso nicht viel Geld, und Mike sei als Hoteldirektor offensichtlich überfordert. Große Pläne ... Petras Antworten sind meist kurz und warnend gehalten. Nur nichts überstürzen. Alles in Ruhe abwägen. Bussi. Bussi von Petra an Sisi.

Die beiden hatten so gut wie keine Geheimnisse voreinander, denkt Martin, der langsam Hunger bekommt, weil er wenig gefrühstückt hat. Beschließt, die Lesestunde zu unterbrechen und auf ein Mittagessen zum *k.u.k. Hofwirt* zu gehen. Auf ein Schnitzel und ein Bier. Das Beisl brummt wie immer, und was er so von den Nebentischen mitbekommt, wird über Sisis Begräbnis gelästert und über das Golfturnier nur einen Tag danach. Topthema ist Mikes Kampf gegen die Drohne. Hoffentlich nicht fürs Leben entstellt? Aber welcher Depp haut denn mit dem Golfschläger auf ein Flugobjekt ein? Und die Yogatante, von der weiß man doch, dass die einen Schuss hat. War zu lang in der Sonne. Und die Mutter ist eine Kräuterhexe, also ...

Aber das Schnitzel ist gut, und das Ischler *Drei-Prinzen-*Bier schmeckt auch. Martin sieht auf seinem Handy eine Nachricht von Romana. *Komm bitte dringend ins Hotel.*

Noch ein Mord? Doch hoffentlich nicht Mike! Martin zahlt und radelt, so schnell er kann, den Berg hinauf. Schwitzend, mit letzter Kraft auf den Parkplatz rollend. Die Kondition lässt nach. Überhaupt alles. Er sperrt das Fahrrad ab und geht in die Hotelhalle. Keine Klimaanlage, aber dicke Mauern halten sie kühl. Er sieht Romana in einem der Clubsessel. Im anderen eine Frau mit rotblonden Locken. Sie springt auf, als sie ihn sieht. Fast möchte er umdrehen, aber dann schilt er sich einen Deppen und breitet die Arme weit aus.

16

Die erste Umarmung fühlt sich gut an, doch dann schiebt sie ihn weg. Sagt etwas auf Russisch, das er nicht versteht, und mustert ihn dann prüfend. »Dir scheint es in Ischl ja gut zu gefallen. Ist auch ein putziger Ort irgendwie. Sollen wir uns hier ein Ferienhaus kaufen?«

Das »wir« ist nett, verfehlt aber seine Wirkung. »Auf keinen Fall«, sagt Martin. »Die Leute hier sind fast alle untereinander zerstritten, und das hat sich mit der Kulturhauptstadt im nächsten Jahr noch bös gesteigert. Glaub mir, da ist es in Wien oder Kitz gemütlicher.«

Rosie hat sich untergehakt und führt ihn in Richtung Parkplatz. »Auch gut. Dafür habe ich dir ein Elektroauto gekauft – mein Hochzeitsgeschenk an dich.«

Sie stehen vor einem Tesla Model S Plaid in Silbergrau. Der Wagen glitzert in der Sonne. »Du spinnst doch«, sagt Martin.

Sie strahlt. »Gefällt er dir? Igor hat ihn hergefahren und nimmt die Bahn zurück nach Wien. Eigentlich wollte ich dir das teuerste Elektroauto der Welt kaufen. Den Aspark Owl. Aber drei Millionen waren mir dann doch zu viel. Und er sieht auch wirklich angeberisch aus. Während dieser hier doch ganz dezent ist.«

Martins Stimme klingt beinahe flehend: »Ich kann das nicht annehmen, Rosie. Es ist einfach zu viel, verstehst du. Alles ist zu viel. Ich fühle mich inzwischen wie der letzte Schnorrer. Was soll ich dir zur Hochzeit schenken? Einen Ring aus dem Automaten vielleicht?«

Sie lacht, aber als sie sein Gesicht sieht, wird sie ernst. »Wenn er von dir ist, würde ich ihn sogar tragen. Okay, du willst den Tesla nicht. Dann sag ich Igor, dass er ihn zurück nach Wien fahren soll. Nehm ich ihn halt, und wenn du Lust hast, kannst du ihn ja benutzen. Wär das für dich in Ordnung?«

Sie stellt sich auf die Zehenspitzen und küsst ihn auf den Mund. Zärtlich erst, dann leidenschaftlicher. »Ich hab dich so vermisst«, flüstert Rosie. »Wir sollten jetzt sofort aufs Zimmer gehen und ...«

Sie ist alles, was ein Mann sich wünschen kann, denkt Martin, als er neben ihr auf dem Bett liegt. Nach dem Sex. Nicht in seinem Zimmer, sondern in der Kaiser-Suite, die zufällig frei war. Sagt Rosie Sokolow, und es ist eine lässliche Lüge. Sie hat dem Concierge einen Tausender versprochen, wenn er die Reservierung der Münchner für die Suite storniert und sie ihr gibt. Was dann auch geschah. Geld öffnet Türen, das weiß doch jeder. Sie hat sich so daran gewöhnt, dass sie sich ein Leben in Armut nicht mehr vorstellen kann. Von einem Gehalt zu leben, wie Martin es tut. Und natürlich wird sie ihn dazu bringen, dass er seinen Job aufgibt. Später, nach der Hochzeit. Sie werden reisen. Kinder adoptieren und sie gemeinsam großziehen. Die Geschäfte wird sie überwiegend auf Boris übertragen. Mit einem Vetorecht für alle Fälle. Und wenn sie großes Glück hat, wird sie ja vielleicht doch noch schwanger. Das Ischler Wunderwasser. Wenn es die drei Salzprinzen bewirkt hat, wird es ja wohl für eine Rosie reichen. Ein Mädchen, sie wünscht sich noch ein Mädchen.

Während sie auf Martin wartete und bevor sie auf Romana traf, checkte Rosie den Ischler Immobilienmarkt und fand einen alten Bauernhof ein wenig außerhalb und ziemlich einsam, der sich top renovieren ließe. Da schaut man auf die Stadt der Streithähne hinab, auf Berge und Wasser und die Kaiservilla ...

Sie wird die Immobilie kaufen und Martin nachträglich informieren. Ihn in die Umbaupläne einbinden. Alles erst nach der Hochzeit. Die ihn eh schon ganz verrückt macht. Und nach der Hochzeitsreise. Die er auch nicht haben will, dieser störrische Esel. Rosie küsst ihn auf den Nacken und springt aus dem Himmelbett. »Lass uns duschen und dann runtergehen. Ich habe Romana versprochen, dass wir mit ihr Kaffee trinken. Hat sie immer schon so viel geredet?«

Martin dreht sich zu ihr. »Nona, aber es wird schlimmer mit dem Alter. Sie wird auch immer exzentrischer.«

Doch Rosie ist schon in der Dusche verschwunden. Er schaut auf sein Handy, auf dem Nachrichten von Romana (*Wo bleibt ihr denn?*) und von Hansi Fleck (*Ich habe den Niederlehner für 17 Uhr einbestellt, nach der Stadtratssitzung*) sind. Martin schaut auf die Uhr: Es ist halb drei. Er will es irgendwie schaffen, bei dem Verhör mit dem Stadtrat dabei zu sein.

Doch vorerst stehen Kaffee und Desserts auf dem Plan. Im Schatten der Sonnenschirme sitzen die Gäste und nehmen mit, was in der Halbpension inkludiert ist. Nur nichts verschenken, und die Mehlspeisenköchin, wieder genesen, hat sich selbst übertroffen. Die Eistorte sei ein Hochgenuss, sagt Romana. Sie trägt einen Kaftan in verschiedenen Orange- und Rottönen und hat sich (Böse-Haare-Tag) einen Turban um den Kopf gewickelt.

Rosie, im weißen Minikleid, nimmt sich einen geeisten Marillenknödel, Martin probiert von beidem. Er wundert sich, wie gut die beiden Frauen miteinander auskommen, sie scheinen ein Herz und eine Seele, und Rosie interessiert sich sogar für das Buchprojekt der nicht so konformen

Habsburger von Ludwig Salvator über Johann Nepomuk Salvator, Erzherzog Leopold Ferdinand und Luziwuzi bis hin zu Luise aus der toskanischen Habsburg-Linie und der roten Erzherzogin. Ganz zu schweigen von Kaiserin Sisi. Frauen- und Männergeschichten, Verschwendung, Scheidung, Skandale. Romana ist hundertprozentig sicher, dass sie an einem Bestseller dran ist. Die Verlage werden sich um das Manuskript reißen. »Und dann«, sagt sie, »werde ich die Pension schließen und nur noch gute Freunde in der *Villa Romana* beherbergen. Weil ich nämlich langsam zu alt werd, um zu jedem depperten und sudernden Gast freundlich zu sein. Davon krieg ich Gallensteine. Ich bewundere Mike, der ja auch nit der geborene Gastgeber ist. Aber Charme hat er schon immer versprüht ... und wenn man von der Sonne spricht, dann scheint sie.«

Mike Hansen wirkt nervös, doch er überspielt es mit einem breiten Lächeln. Erkundigt sich bei Rosie, ob ihr die Kaiser-Suite zusage, man habe natürlich den anderen Gästen abgesagt, wenn so illustrer Besuch komme. Rosie lächelt huldvoll und sagt, dass sie die Suite ja auch für eine Woche gebucht habe. Und zusätzlich die Sisi-Suite für Romana, insofern sei es kein schlechtes Geschäft.

Martin möchte sich unterm Tisch verkriechen. Eine Woche?! Und warum wirst du anders behandelt, nur weil du einen Sack voll Geld hast? Rosie scheint es nicht einmal zu bemerken, wie klein sich Mike vor ihr macht. Martin schaut Romana an, die ihm zublinzelt. Du wirst dich daran gewöhnen, will sie damit wohl sagen. Wird er nicht!

Mike Hansen geht zum nächsten Tisch, und Rosie fragt leise: »Das ist also der Typ mit den Mordanschlägen. Wenn ich dich nicht sooo lieben würde, den würde ich auch nicht von der Bettkante stoßen. Kleiner Scherz, Martin.«

Ein schlechter, denkt der.

Romana flüstert: »Mike war einmal am Wörthersee Fitnesstrainer. Und wir hatten eine nette Affäre. Ist schon ewig her.«

Wenn Rosie sich wundert, zeigt sie es nicht. Sagt aber: »Ich habe seine verstorbene Frau kennengelernt. Elisabeth. Sie hatte einen Winter lang ein Chalet in Kitz. Ein kleines. Sie stammt aus dem Linzer Finkmeier-Clan, und sie war, das kann ich euch sagen, ein böser Finger.«

»Wie meinst du das?« Martin denkt, dass die Welt der Reichen doch ziemlich klein ist.

»Wie ich es sage, Martin, Liebster. Elisabeth war damals noch mit ihrem Ersten verheiratet, und sie hat ihn hinten und vorn betrogen. Mit Frauen und Männern, was ihr gerade so über den Weg lief. Und gelogen hat sie, dass sich die Balken bogen. Ich meine, die Frau hat Geschichten erzählt, die waren einfach außerirdisch. Also, dass sie nicht schon zum Mond geflogen ist, hat in der Sammlung gerade noch gefehlt. Wir fanden sie anfangs ja durchaus amüsant, aber irgendwann nur noch ... ich weiß nicht ... krank? Jedenfalls hat sie keiner vermisst, als sie im nächsten Winter ihr Häuschen verkaufte und nach Mallorca ging. Da war wohl ihr erster Mann gestorben. Wahrscheinlich ist er an ihren Lügengeschichten erstickt.«

Rosie kann also auch boshaft, denkt Martin. Ein neuer Zug an ihr, und er weiß nicht, ob er ihn gut finden soll. Romana lächelt beglückt, sie liebt gemeinen Klatsch und verbreitet ihn selber gern. Und während er zwischen den beiden Frauen hin- und herblickt, fragt er sich zum ersten Mal, ob Mike seine Sisi wirklich so vergötterte. Romana behauptet das zwar, aber sie erzählt ja wirklich alles im Brustton der Überzeugung. »Hast du auch ihren Sohn kennengelernt?«, fragt er Rosie, die kurz nachdenkt. »Ich glaub schon, der war ein paarmal zum Skifahren in Kitz. So ein gegelter Jüngling mit hochgestelltem Kragen, wie sie damals scharenweise herumliefen.«

»Daran hat sich nichts geändert«, sagt Martin. »Kitzbühel ist kein Ort für jemanden, der weder Geld hat noch sonst wie dazugehört.« So wie Martin Glück.

Rosie lächelt. »Sag nichts gegen diese Stadt. Immerhin haben wir uns dort wieder getroffen.«

Romana steht auf. »Kinder, es ist Zeit für meinen Schönheitsschlaf...«

Rosie sagt, dass sie noch ein paar geschäftliche Telefonate führen müsse. Das passt Martin gut, weil er bei der Vernehmung von Niederlehner gern dabei wäre. Man trennt sich auf der Terrasse, und Martin geht zu seinem Leihwagen. Vorbei an dem Tesla, den er wirklich nicht haben will. Zum einen ist er kein Fan von Elon Musk, zum anderen kosten solche Autos im Unterhalt mehr, als er sich leisten mag. Und er liebt seinen alten VW und wird ihn so lange fahren, bis sie die Benziner verbieten. So viel zum ökologischen Fußabdruck des Martin Glück.

Doch heute rollt er mit dem Mietauto klimagerecht und lautlos zu Tal. Er winkt Mike, der gerade mit drei Hunden aus dem Tierheim kommt. Denkt, dass er das in Wien eigentlich auch tun könnte. Die gute Tat. Außerdem mag er Hunde. Einmal liebte Martin eine Frau, die einen Dackel namens Blau hatte. Oder zumindest war er verliebt in sie. Und Rosies Villa hat einen parkähnlichen Garten. Sie könnten sich doch einen Hund anschaffen. Oder zwei.

Hansi Fleck hat immer noch Hochzeitstag und schaut dauernd auf die Uhr. »Ich hab von der Gattin eine Stunde

Auszeit bekommen. Anschließend wollen wir zum Dinner in die *Villa Seilern*. Hat sich mein Sweetheart gewünscht. Wenn der Stadtrat zu spät kommt, werd ich ihn verhaften.«

Martin lacht pflichtschuldig und kurz, dann klopft es, und Franz Joseph Niederlehner tritt vorsichtig ein. Fünf Minuten zu spät, das lässt Fleck durchgehen, er weist auf einen unbequemen Stuhl, den er extra dorthin gestellt hat, wo die Sonne durch die Fensterscheiben brennt. Hat er schon oft in Krimis gesehen, nur halt mit einer hellen Lampe, die dem Täter direkt ins Gesicht leuchtet. Nach dem, was der Glück ihm erzählt hat, steht für Hansi Fleck Petras Mörder fest: der Liebhaber. Und jetzt will er von ihm wissen, wo er war an dem Tag, an dem Petra Papst eben nicht tödlich verunglückte, sondern gestoßen wurde. Er liest ihm ihre letzten Worte aus den Aufzeichnungen vor: »Was machst *du* denn hier?«

Martin steht neben der Tür, die Arme verschränkt, eventuell drohend. Niederlehner schwitzt und wischt sich mit einem Stofftaschentuch die Stirn. »Ich war mit unserem Hund spazieren – auf dem Siriuskogel. Das ist verdammt weit weg vom Jainzen, Hansi. Und ich wäre dir sehr verbunden, wenn du die Vorhänge zuziehst, die Sonne scheint mir direkt ins Gesicht.«

Der Sheriff von Bad Ischl steht gemächlich auf und zieht sie langsam zu. Blöd nur, dass man einander duzt nach einem Stadtfest, das nimmt dem Verhör doch etwas von seiner Schärfe.

»Danke. Und darf ich fragen, was dieser Mann hier macht?«

»Martin Glück ist ein Chefinspektor aus Wien, der mich unterstützt.«

»Aha«, sagt Frajo. »Hier geht's ja immer wüster zu. Gestern haben sich im Stadtrat ein paar Mitglieder erst angeschrien und dann geprügelt. Aber das ist eine andere Geschichte. Ich kann nur betonen, dass ich mit Petras Tod absolut nichts zu tun habe. Wir haben uns am Tag vor ihrem Tod einvernehmlich getrennt. Sie konnte nicht akzeptieren, dass ich meine Familie nicht verlassen wollte, und ich wollte so was wie reinen Tisch machen. Obwohl es mir schwerfiel, ich mein, sie ist ... sie war eine tolle Frau, die Petra.«

»Das kann man easy ihren WhatsApp-Nachrichten entnehmen. Etwa so: *Ich werde deinem blöden Zwergi die Augen öffnen, damit sie weiß, mit welchem Schwein sie verheiratet ist!*« Hansi liest ein paar weitere, besonders böse Nachrichten genussvoll vor.

Martin beobachtet Niederlehner, dessen Körpersprache ganz eindeutig Angst verrät.

»Das war halt ihr Temperament, sie hat es nie so bös gemeint, und wenn wir uns dann sahen, hat sie sich auch immer dafür entschuldigt. Wir haben uns geliebt, wirklich, aber ich konnte es mir einfach nicht leisten, mich zu ihr zu bekennen. In vielerlei Hinsicht.«

Hansi denkt an seine Frau, und dass diese in ihrer Strickgruppe ganz bestimmt schon hinausposaunt hat, dass Frajo und Petra eine Affäre hatten. Fast könnte ihm der Mann leidtun. »Hast du denn irgendeine Ahnung, wer – außer dir natürlich – ein Motiv gehabt hätte, Petra Papst umzubringen?«

Meine Frau, will Frajo sagen. Lässt es aber. Immerhin hat sie ihm jetzt offenbart, dass sie das mit ihm und Petra schon von irgendwelchen Tratschn erfahren hatte, was sie für die Polizei ganz schön verdächtig macht. Und ihm hat sie die

Hölle heiß gemacht. Sie drohte damit, ihn mit den Kindern zu verlassen, und erst als er vor ihr niederkniete und sie anflehte zu bleiben, wollte sie es sich nochmals überlegen. Aber auch nur, weil die Petra tot sei, was ihr recht geschehe, der Ehebrecherin! Zwergi wird ihn büßen lassen, was er ihr angetan hat. Für lange, lange Zeit. Er schüttelt den Kopf: »Mir fällt wirklich niemand ein. Irgendein durchgeknallter Tourist?« Er sieht von einem zum anderen, die beiden scheinen nicht begeistert von seiner Idee.

»Hat Sie denn irgendjemand gesehen bei Ihrem Hundespaziergang?«, fragt Martin Glück.

Frajo denkt nach. »Ich weiß nicht, ich hab viele Leute getroffen, aber mir fällt grad keiner ein. Ach ja, die alte Frau Schubert ist mir unten begegnet, wir haben uns gegrüßt.«

»Die alte Frau Schubert ist halb blind und schon ein bisserl crazy, die wär grad keine gute Zeugin«, sagt Hansi und schaut auf die Uhr. »Vielleicht fällt dir ja noch jemand ein, dann ruf mich an, aber nicht mehr heute, da bin ich mit meiner Frau unterwegs. Hochzeitstag.«

»Glückwunsch«, sagt Frajo und denkt, dass er die Alte vom Fleck gerne eigenhändig erwürgen tät, er ist überzeugt davon, dass sie den Tratsch über Petra und ihn in die Welt gesetzt hat. »Kann ich dann jetzt gehen?«

Hansi schaut Martin an, der nicht reagiert. »Kannst du, aber schön in town bleiben, gell?«

Franz Joseph Niederlehner steht auf, nickt den beiden zu und verlässt das Amtszimmer. Noch einmal davongekommen!

17

Der Niederlehner hat kurz gezögert, als Hansi Fleck ihn nach Verdächtigen fragte. Ob dem Kollegen das aufgefallen ist? Allerdings war Hansi immer noch im Hochzeitstagsmodus und wollte schnellstmöglich wieder weg. Martin steht am Fenster und beobachtet die vorbeispazierenden Menschen. Hochzeitstage, denkt Martin, sind ein Anlass zum Feiern oder Bereuen. Wie wird er das wohl sehen in ein paar Jahren?

Zurück zum Stadtrat: Warum war dem Flecks Frage nach einem anderen Verdächtigen sichtlich unangenehm? Vielleicht, weil dieser andere seine Frau sein könnte? Denn nach jetzigem Stand der Dinge gibt es nur zwei Menschen, die ein Motiv hatten, Petra Papst ins Jenseits zu befördern: Niederlehner aus Angst vor einem Skandal, und seine Frau, die ihrer Wut auf die Nebenbuhlerin freien Lauf ließ. Er nennt sie »Zwergi« in seinen Nachrichten, was für ein alberner Kosename!

Aber wer weiß, vielleicht stößt Martin noch auf weitere Kandidaten beim Lesen der Handy-Auswertung. Er wirft einen letzten Blick aus dem Fenster und sieht wieder einmal ein Gewitter aufziehen. Bevor er mit der Lektüre von Petras Chatnachrichten weitermacht, wird er sich einen Kaffee holen. Aus dem Automaten. Denn im öffentlichen Dienst in Österreich wird eisern gespart. Die meisten Amtsstuben sind mit mehr oder weniger abgenutzten Möbeln aus billigem Buchenholz ausgestattet. Und für Kaffeemaschinen fehlt ebenfalls das Geld. Martin hat sich in seinem Wiener Büro gemeinsam mit einem Kollegen eine Siebdruckmaschine geleistet. Eine Kaffeegemeinschaft sozusagen. Aber hier muss es halt das Gebrüh aus dem Automaten tun. Mit dem Pappbecher Cappuccino, der diesen Namen nicht verdient, kehrt er in Flecks Büro zurück und setzt sich in dessen bequemen Drehstuhl. Ehe er den Bericht zur Hand nimmt, will er aber noch Rosie anrufen, um ihr zu sagen, dass er spätestens vor dem Abendessen im Hotel sein wird. Doch sie ist nicht erreichbar, und er spricht seine Nachricht auf die Mobilbox.

Nach einem Schluck Kaffee öffnet er den Ordner mit den Chat-Protokollen und beginnt noch einmal von Anfang an zu lesen. Petras Drohungen, Frajos »Zwergi« reinen Wein einzuschenken, wiederholen sich. Seine Antworten sind abwiegelnd, flehend, versprechend, aber zuletzt auch schon beinah drohend in dem Sinne, dass Petra auf ihren guten Ruf zu achten habe als Geschäftsfrau. Wer würde wohl noch bei einer Ehebrecherin einkaufen?

Was jedoch, wenn »Zwergi« eh schon Bescheid wusste? Zum Beispiel durch die strickende Tratschgruppe von Flecks Ehefrau? Brutstätte von Ischler Gerüchten und übler Nachrede. Ob Irene Niederlehner ebenfalls hin und wieder auf den Jainzen wanderte? Wie an jenem Sonntagvormittag, als Petra zum letzten Mal dort war? Es bedarf keiner übermenschlichen Kraft, jemandem, der vor einem Abgrund steht, den tödlichen Schubs zu geben.

Als inoffizieller Ermittler von Flecks Gnaden kann Martin der Stadtratsgattin keinen amtlichen Besuch abstatten, aber Frajos Alibi nachprüfen und sich bei Petras morgigem Begräbnis ein bisserl umhören, was die Ischler Gerüchteküche so bewegt, das geht schon. Gerade, als er noch eine interessante Drohung in den Aufzeichnungen entdeckt, wird er durch ein Klopfen an der Tür gestört. Martin weiß, dass im Moment nur ein Polizist die Stellung hält, alle anderen sind im Rahmen der Kaiserwoche im Einsatz. Auf sein »Nur herein, Kollege« erscheint eine ältere, grimmig dreinschauende Frau. Ihre Frage, ob er Inspektor Fleck sei, verneint er, bietet jedoch an, dem Kontrollinspektor etwas auszurichten. Darauf folgt ein Feuerwerk an Beschwerden über die Polizei, die nie was unternehme, Tiraden über einen gewissen Schoko und das Leiden eines Katers namens Toby. Martin versteht irgendwann: Ein Nachbarhund namens Schoko sei wieder einmal über den Zaun gesprungen, habe im Garten der Beschwerdeführerin deren Kater Toby gejagt, es kam zum Kampf, und bei ihrem Versuch, die Kampfhähne zu trennen, wurde sie von dem Köter gebissen. Sie zeigt vorwurfsvoll auf ein winziges Pflaster am Unterarm. Nun wolle sie Anzeige erstatten. Besitzstörung und Körperverletzung. Aber ja, bei Politikern drücke die Polizei ja immer ein Auge zu. Oder zwei.

Martin versucht, sie zu beruhigen, und nimmt die Daten auf. Beim Namen des Nachbarn und Hundebesitzers blickt er auf. »Niederlehner – der Stadtrat?«

Sie nickt. »Dieses Viech ist einfach schlecht erzogen, und der Zaun ist nicht hoch genug, das hab ich ihm schon hundertmal gesagt!«

»Wann war der Vorfall genau?«

»Na, Sonntagvormittag, kurz nach zehn. Sag ich doch. Ich weiß das genau, weil ich wegen dem Schock ein Treffen mit meiner Freundin abgesagt hab. Und jetzt muss ich los. Und hoffe doch, dass Sie in der Sache was unternehmen, junger Mann.«

Sie ist schon an der Tür, als Martin fragt, ob sie die Besitzer verständigt habe?

Sie bleibt stehen. »Ich bin gleich nach dem Vorfall rübergegangen und hab geläutet, aber da war niemand daheim.

Töchter und Frau nicht, und den Niederlehner hab ich eh schon gegen neun aus dem Haus gehen sehen.«

»Ohne Hund?«, fragt Martin, um hundertprozentig sicher zu sein.

»Nona!«, antwortet sie und sieht ihn an, als hätte er einen Huscher. »Wie wär denn der Hund sonst zu uns rübergekommen ...« Kopfschüttelnd öffnet sie die Tür, überzeugt davon, dass dieser Polizist wegen offensichtlicher Blödheit in die Provinz versetzt wurde. Den heimischen Dialekt spricht er auch nicht.

Ihre Verachtung lässt Martin kalt, weil er jetzt – und das ganz zufällig – weiß, dass Frajo bei seinem Alibi gelogen hat. Mit dem Hund war er jedenfalls nicht auf dem Siriuskogel.

*

Sie ist tatsächlich klein und zierlich. »Zwergi« passt schon irgendwie zu ihr. Aber sie ist eher einer der hantigen Zwerge. »Und wegen so einer blöden Anzeige bemüht sich die Polizei zu uns ins Haus?«, fragt sie Martin ungläubig. *Ins Haus* ist übertrieben. Sie hat auf sein Läuten das Haustor geöffnet und ihn unter dem Vordach stehen gelassen. Halb im Regen. Doch Gewitter hin oder her, für Martin war es eine willkommene Möglichkeit, dem Alibi beider Niederlehners nachzuspüren. »Der Kollege Fleck ist halt sehr genau. Und da es eine Anzeige gibt, wollten wir natürlich Ihre Sicht der Dinge hören.«

Sie kennt diesen Polizisten nicht und fragt nach seinem Ausweis, den er ihr bereitwillig hinhält. Chefinspektor? Vielleicht, denkt sie, hat der was Gröberes verpatzt und wurde deshalb versetzt. »Da gibt es keine Sicht der Dinge«, antwortet sie. »Keiner von uns war zu Hause, also haben wir das Ganze auch nicht mitbekommen. Falls sie oder ihre grausliche Katze wirklich verletzt sind«, dabei deutet sie verächtlich auf das Nachbarhaus, »soll sie eine ärztliche Bestätigung schicken, und unsere Versicherung wird das erledigen. Sonst noch was?«

»Darf ich fragen, wo Sie zu der Zeit waren?«, fragt Martin und bereut es sofort.

»Nein, dürfen Sie nicht«, zischt sie. »Das geht Sie gar nichts an. Oder bin ich vielleicht angeklagt, weil sich unser Hund mit dem depperten Kater nicht versteht – gegen den er im Übrigen eh keine Chance hätte!?« Mit diesen Worten schlägt sie Martin die Tür vor der Nase zu.

Er widersteht der Versuchung, nochmals zu klingeln und ihr mit Mordermittlungen in Sachen Petra Papst einen Schreck einzujagen. Also läuft er zurück zum Auto, flucht, weil er keinen Schirm hat, und fährt Richtung Hotel. Eins weiß er jetzt: Niederlehners Alibi war falsch. Und seine Frau ist eine Bissgurn erster Güte.

*

Es ist inzwischen später geworden, als er es Rosie angekündigt hat, kurz nach acht. Die Hotelgäste sitzen beim Abendessen im Wintergarten und schauen hinaus in den Sturzregen. Er wirft einen Blick in den Saal und sieht weder Rosie noch Romana, also macht er sich auf den Weg in die Kaiser-Suite. Rosie hat ihm einen Zweitschlüssel besorgt.

»Sorry, bin ein bissel spät«, sagt er in die Stille. Das Wohnzimmer ist groß und elegant, wenn auch für seinen Geschmack ein bisschen zu kaiserlich. Obwohl er Antiquitäten mag. Aber eher vereinzelt und im modernen Umfeld. Da Rosie nicht im »Salon« ist, geht er weiter ins Schlafzimmer mit dem romantischen Himmelbett. Auch dort gähnende Leere. Das Bad? Niemand da.

Alles klar, denkt Martin. Die beiden Frauen haben sich vor dem Abendessen noch in die Bar gesetzt. Er nimmt sein Handy aus der Hosentasche und ruft Rosie an. Mobilbox. Dann ein Versuch bei Romana. Auch keine Antwort. Kann gut sein, dass die zwei wegen seines Zuspätkommens schmollen. Er trocknet mit dem Fön nur kurz seine nassen Haare und zieht sich zum Abendessen um. Dann geht er hinunter in die Bar.

»Nein, die beiden Damen waren nicht hier«, erklärt ihm der Barkeeper. Jetzt wird es mysteriös, denkt Martin. Letzter Versuch: Er kehrt in den ersten Stock zurück und klopft an die Tür der Sisi-Suite. Er hört Schritte, dann ein leises: »Wer ist da?«

»Ich bin's, Martin! Romana, lass mich bitte rein.«

Sie öffnet die Tür, und Martin schaut sie erschrocken an. So hat er Romana noch nie gesehen: unfrisiert, ungeschminkt, irgendwie aufgelöst. Auf einmal sieht man ihr ihr Alter deutlich an. Er fragt sie, was denn los sei und ob sie wisse, wo Rosie ist?

Sie zögert und zieht ihn ins Zimmer, und er denkt, oh Gott, Rosie ist was passiert. »Nun red schon!«

»Setz dich.« Sie zeigt auf einen unbequemen Biedermeiersessel und lässt sich seufzend auf dem Sofa nieder. »Willst einen Cognac?« Dabei deutet sie auf eine Flasche Hennessy und zwei Schwenker, die auf dem Couchtisch bereitstehen.

Martin schüttelt den Kopf und fordert ungeduldig eine Erklärung.

Romana schenkt sich ein und nimmt einen großen Schluck, bevor sie endlich redet: »Also, Folgendes. Passiert ist ihr nix. Aber sie ist weg, nach Wien, und ich bin schuld.

Das wirst du mir nie verzeihen, Bub.« Ihr Schluchzen klingt nur ansatzweise echt. Aber sie weiß, dass es Martin rührt. Tränen wären noch besser, doch das kriegt sie nicht hin.

Martin ist erleichtert. Nach Wien? Von Romana in die Flucht gejagt? Irgendwie kann er sich's vorstellen, dazu kennt er die Rothaarige lang genug. »Und? Willst mir den Rest erzählen?«

Noch ein Schluck. »Na gut, ich bin nicht allein schuld. Sie genauso.« Romana richtet sich auf. Der demütige Gesichtsausdruck weicht mit jedem Schluck mehr einem trotzigen Schmollen. »Wir hatten einen winzigen Streit, und sie hat total überreagiert.«

»Worüber habt ihr gestritten?«

Romanas Stimme ist fest geworden. »Also, ich hab sie ganz harmlos gefragt, ob sie nicht am Wörthersee investieren will, vielleicht sogar in die *Villa Romana*. Wo sie doch Geld wie Heu hat. Da hat sie gleich abgewunken und gemeint, die Wörthersee-Gegend interessiere sie nicht. Da würden doch inzwischen immer mehr Proleten urlauben, und die elegante Atmosphäre sei Vergangenheit.«

»Und deswegen ist sie abgereist? Sei ehrlich, Romana. Ich werde sowieso auch ihre Version der Geschichte hören.«

Je länger sie darüber nachdenkt, desto mehr ist Romana davon überzeugt: Eigentlich war es Rosies Schuld, dass die Unterhaltung eskalierte. »Na, geärgert hat mich diese Bemerkung natürlich. Von einer Kommunistin, die durch Heirat zu Geld gekommen ist! Gerade *sie* sollte nicht so abschätzig über Proleten reden. Und auch den Hugo hat sie als neureich tituliert und dann noch erwähnt, dass sie diese Tussi, diese ... Witwe kennt. Muss ich mir so was bieten lassen, bitte schön? Von einer dahergelaufenen Putin-Oligarchin!«

Martin kennt Rosie. Das kann nicht alles gewesen sein. »Was noch?«, fordert er streng.

Romana zögert, wohl wissend, dass die Wahrheit nicht immer das Mittel der Wahl ist. Aber Martin wird nicht lockerlassen, das ist ihr auch klar. »Ja, ich hab dann halt gemeint, dass du und die Lily, dass ihr zwei echt glücklich wart an eurem Wörthersee und ich gehört hätte, dass Lily wieder zurück ist aus Italien.«

Lily ist wieder da, denkt Martin voller Freude und ruft sich dann zur Ordnung. »Das war echt überflüssig, Romana, diese alte G'schicht aufzuwärmen. Manchmal bist du wirklich ein boshaftes altes Weib.«

Das hat gesessen, besonders das Prädikat »alt«. Romana schluckt und entscheidet sich für Demut. »Ja eh. Aber ich war halt zornig, weil über meinen See, da lass ich nix kommen. Und über den Hugo schon gar nicht, während diese Krankenschwester, die sich Witwe nennt ...«

Doch da ist Martin schon nicht mehr bei der Sache. Denn auf einem barocken Nähtischchen in Romanas Wohnzimmer hat er eine alte Olivetti Schreibmaschine entdeckt. Er untersucht sie und wendet sich der Freundin zu. »Ich muss jetzt schnell noch was klären. Wir treffen uns in einer halben Stunde zum Abendessen. Schaffst du das?«

Knapp, denkt Romana und nickt. Als er raus ist, springt sie auf und läuft ins Badezimmer. Noch einmal die Kurve gekriegt! Aber langsam denkt sie doch, dass Lily die bessere Frau für ihren Buben wäre. Geld ist ja nicht alles. Oder?

*

»Sagen Sie, Mike, wem gehört denn die alte Olivetti in der Sisi-Suite? Und wer hat dort gewohnt während der Zeit, als

Sie diese Drohbriefe bekamen?« Martin hat Mike in dessen Wohnung aufgesucht, und der versteht nicht, was die Frage soll. »Ach, das ist ein Relikt aus der alten Villa, noch vor dem Umbau. Ein Dekorationsobjekt. Warum fragen Sie? Ich denke, die Drohbriefe sind von Brenner, der hat das doch zugegeben.«

»Schon«, sagt Martin. »Aber es wäre trotzdem wichtig.«

Mike verlässt seine Wohnung und geht mit Martin nach unten zur Rezeption, wo er die Belegungslisten prüft. »Ach ja, jetzt weiß ich's wieder. Petra Papst hat dort ein paar Tage logiert, weil sie in ihrer Wohnung einen Wasserschaden hatte. Da hat ihr Sisi die Suite angeboten – umsonst natürlich. Wie immer alles ...«

»Wusste Petra von den ersten Drohbriefen?«

»Klar«, sagt Mike. »Es gab wohl kaum etwas in unserem Leben, von dem Petra nichts wusste.«

»Würden Sie ihr zutrauen, dass sie weitere Drohbriefe verfasst hat?«

Mike sieht Martin erstaunt an. »Petra war eine böse, berechnende Person. Der traue ich alles zu. Stimmt das, was in Ischl so umgeht? Dass sie gar nicht gefallen ist, sondern geschubst wurde?«

»Sagt man das?«

»Ja, und der Tratsch zeigt mit dem Finger auf unseren Stadtrat, Petras Geliebten.« Mike verlässt die Rezeption und geht zurück in seine Wohnung, ohne Martins Antwort abzuwarten. »Wir sehen uns dann später.«

Doch Martin sieht ihn nicht mehr während des Abendessens, das er mit Romana recht schweigsam verbringt. Sie stochert nur auf ihrem Teller herum, trinkt dafür viel Wein, und als sie zum Lift gehen, hält er sie diskret am Arm fest, damit sie nicht hinfliegt, so wie sie schwankt. Beim

Aussteigen sagt sie noch, dass es ihr leidtut und sie sich auch bei Rosie entschuldigen würde. Martin wünscht ihr nur eine gute Nacht und fährt danach zu seinem Zimmer.

Im Bett ruft er Rosie an, die sich sehr munter meldet. Er sagt ihr, dass Romana ganz wundersam demütig sei, weil sie Rosie zur Abreise getrieben habe. Doch Rosie lacht darüber. »Ach was, ich bin gar nicht wegen ihr gefahren, aber lass sie ruhig in dem Glauben. Weil sie ganz schön gemein sein kann, die alte Schachtel mit ihrem Wörthersee-Tick. Nein, es war Boris' Anruf, angeblich wollen die unsere Wiener Vertretung durchsuchen wegen Geschäftsverbindungen mit Russland. So ein Blödsinn, aber ich musste mit den Anwälten reden, deshalb bin ich so schnell weg. Und in dem ganzen Trubel hab ich vergessen, dich anzurufen oder dir eine Nachricht zu hinterlassen ... Übrigens, wer ist Lily?«

Sie klingt zu beiläufig, ihre Stimme. Gefährliches Terrain. »Liebste, ich bin müde, und es ist nicht wichtig. Ich erzähl es dir, wenn ich wieder in Wien bin. Umarme dich ...«, sagt er und beendet das Gespräch, bevor sie was erwidern kann.

*

Wie traurig, denkt Martin, der mit einer kleinen Gruppe von Trauergästen vor Petras Grab steht. Ihre Kundinnen, wie er vermutet, Alois Brenner, der Nachbar sozusagen, und ein Paar in den Vierzigern. Kein Ehemann, kein Liebhaber, keine Kinder. Spielt keine Rolle mehr, denkt Martin. Wenn er an sein eigenes Begräbnis denkt, wär es ihm auch wurscht.

»Der Niederlehner ist gar nicht erst gekommen«, hört er eine Frau in Schwarz einer anderen zuflüstern.

»A Schwein halt«, flüstert diese zurück. Sie trägt Tracht,

das passt für jede Gelegenheit, von der Hochzeit über die Taufe bis zum Begräbnis.

»Womöglich auch a Mörder.« Die Dritte. Sie hält eine verwelkte gelbe Rose in der Hand.

Der Priester spricht nur kurz, dann wird der Sarg in die Erde gelassen. Das Ehepaar wirft als Erstes weiße Rosen hinterher.

»Es tut mir sehr leid«, sagt Martin zu den beiden, als die kleine Schar an ihnen vorbeigeht und ihr Beileid ausspricht.

»Kannten Sie sie gut?«, fragt die Frau, die eine gewisse Ähnlichkeit mit Petra hat. Die Augen vor allem.

»Nein, ich habe nur ein paarmal mit ihr gesprochen. Ich bin im Hotel von Petras verstorbener Freundin zu Gast.«

»Meine Schwester war so lebenslustig. Es ist eine Tragödie.« Sie wendet sich von Martin ab und nimmt die Trauerfloskeln der wenigen entgegen, die Petra das letzte Geleit gaben. Sie dankt mechanisch, während sie darüber nachdenkt, das Erbe abzulehnen. Petra war pleite und hatte Schulden. Besonders prekär wurde ihre Lage, als diese sogenannte Freundin starb. Mit Geld umgehen konnte ihre Schwester ja nie, aber es musste immer Haute Couture für sie sein, darunter machte sie es nicht. Sie standen sich nicht besonders nahe, Petra und sie, aber einmal, als sie zu Besuch war, hat sie sich bitter über diese Sisi Hansen beklagt. Die würde sie behandeln wie ihre Sklavin. Oder hat Petra »Sex-Sklavin« gesagt? Sie hat dieses Gespräch verdrängt. Und jetzt ist es auch egal. Petra ist tot. Die reiche Sisi ist tot. Und dieser Lokalpolizist stellte komische Fragen, für die sie vor dem Begräbnis wirklich keinen Nerv hatte. Der dunkelhaarige Mann, der sie angeblich nur flüchtig kannte: Ob das Petras Liebhaber war?

18

Alles Kaiser, oder was? Er ist froh, dass Romana sich nicht in original k.u.k.-Garderobe geschmissen hat, doch ein Ischler Festtrachtdirndl musste es schon sein, mit einem komischen Hut dazu. Sie sieht aus wie die perfekt lächerliche Touristin im Salzkammergut. Martin hat sich geweigert, was Trachtiges zu kaufen, also läuft er in Jeans und weißem Hemd neben ihr her. Nicht standesgemäß, wie Romana meint. Seit ihrem Habsburger Buchprojekt entwickelt sie einen Adelsdünkel, der ihn abwechselnd amüsiert und anzipft.

Heerscharen von Sommergästen sind unterwegs, mit Kameras oder Handys bewaffnet und somit leicht zu identifizieren, auch wenn sie Dirndl oder Lederhosen tragen. Die Einheimischen sind überwiegend in Tracht – oder in k.u.k.-Uniformen sowie langen Kleidern mit Reifröcken, Spitzen und Volants, dazu Handschuhe und zierliche Sonnenschirmchen. Solcherart gewandet sind vor allem die älteren Damen, und auch die Traditionsregimenter aus den ehemaligen Kronländern sind nicht mehr ganz so frisch, dafür aber mit Elan und Ernst bei der Sache. Die Militärkapelle bläst Marschmusik. Vorderlader werden präsentiert. Salut geschossen. Hoch lebe unser Kaiser Franz Joseph!

Martin schaut und staunt. Die Straßen sind voll, alles strömt zur Stadtpfarrkirche mit dem gotischen Turm, die zur k.u.k.-Hofpfarrkirche wurde, weil der Kaiser in seinen Sommerfrischen jeden Sonntag die 7-Uhr-Messe besucht hat. Meistens ohne Sisi, die ist lieber den Jainzen hochgerannt.

Der 18. August ist Kaisers Geburtstag, den Ischl eine Woche lang feiert. Das gehört zur Tradition und wird so bleiben, auch wenn die Modernisten dagegen wettern. Der »falsche Kaiser« ist mit der Dampflok schon zwei Tage vorher von Salzburg über Bad Aussee nach Bad Ischl gefahren, zum ersten Mal auf dieser Strecke. Dort ist er von Blaskapellen und kostümierten Soldaten sowie Schaulustigen am Bahnhof empfangen worden.

Doch heute ist der Höhepunkt der Geburtstagsfeiern: Erst wird eine Messe für den Kaiser gelesen und die Kaiserhymne gespielt, danach geht es durch Ischls Straßen zur Kaiservilla, wo der »richtige Monarch« mit seiner Familie den Festzug begrüßen wird. Alle Jahre wieder.

Magister Markus, wie er von den Bad Ischlern genannt wird, und seine Frau Hildegard haben drei erwachsene Kinder und Enkel. Die toskanische Linie der Habsburger, die die Ischler Villa erbte, als Österreich nach dem Ersten Weltkrieg den Großteil der Habsburger Besitztümer enteignete. Informationen aus erster Hand von Romana, der Adelsexpertin vom Wörthersee.

Martin war schon lange nicht mehr in der Kirche. Es ist angenehm kühl, obwohl sie bis auf den letzten Platz besetzt ist. Auch hier: Männer in Uniformen oder Trachten. Frauen in prächtigen Dirndlkleidern, viele mit den berühmten Ischler Goldhauben. Im Gesamtbild schon ein schöner Anblick, auch wenn Martin als Wiener keinen Bezug zu traditioneller Kleidung hat. Die Stimmung ist erhaben, hoheitsvoll, einschüchternd. Martin denkt an die zwei Morde. Natürlich müssen sie zusammenhängen. Frajo stößt seine lästige Geliebte in den Abgrund. Aber welchen Grund hätte er gehabt, Mike umbringen zu wollen? Und Gisela hatte vielleicht einen Grund, sich an Mike zu rächen, doch weshalb hätte sie Petra töten sollen? Er kann weder bei ihr noch bei ihm ein Motiv für beide Morde sehen, und im Umkehrschluss heißt das, dass es auch zwei Mörder geben könnte. Mörderinnen.

Romana stupst ihn an: »Es ist vorbei, bist vielleicht eingeschlafen? Lass uns schnell rausgehen, ich will ganz vorne sein, damit ich den Urenkel erwisch. Du weißt ja, wie die Leute sich vordrängen.«

Sie schlängelt sich mit Martin durch, bis sie tatsächlich an der Spitze der Prozession mitlaufen, die sich in Richtung Kaiservilla bewegt. Die Regimentskapelle spielt alte Märsche, und die Traditionsregimenter schwitzen in ihren nicht grade kommoden Uniformen. Touristen fotografieren eifrig. Die Protagonisten posieren. Das »Kaiserwetter« fordert erste Opfer: Der ein oder andere betagte »Soldat« fällt in Ohnmacht und muss versorgt werden.

Romana boxt sich weiter durch, während Martin zurückfällt. Er hat große Lust auf ein kaltes Bier, und als sie im Kaiserpark ankommen und die Abordnungen an dem Kaiserurenkel vorbeidefilieren, gibt Martin seinem Verlangen nach. Er schleicht sich davon in Richtung *Hofwirt*.

Weshalb er versäumt, was Romana später als einen der peinlichsten Momente ihres Lebens beschreiben wird. Sie pirscht sich an den Erzherzog heran, als alle traditionellen Schauläufe vorbei sind und die Geburtstagsparty im Park beginnt. Schließlich steht sie vor dem Urenkel, seine Frau ist im Gespräch mit dem Pfarrer. Romana startet mit »Eure Kaiserliche Hoheit« und versucht gleichzeitig den Hofknicks, den sie am Morgen noch vor dem Spiegel geübt hat. Ob es die Hitze ist? Oder sind die Stöckelschuhe schuld? Schon halb gebeugt, knickt Romana um, der Hut fliegt weg, sie schreit ein kurzes »Aua« und sinkt zu Boden. Eine Sekunden-Ohnmacht folgt, weshalb sie nicht hört, wie Magister Markus sagt: »Um Gottes willen, ist Ihnen nicht wohl?«

Als Romana die Augen aufschlägt, ist er über sie gebeugt, sie lächelt schmerzerfüllt und sagt: »Alles okay.« Ist es aber nicht, sie kann nicht aufstehen, und der rechte Knöchel tut sauweh.

Und da kommen auch schon zwei Sanitäter mit einer Trage. Sie protestiert. Doch nach einer Beruhigungsspritze wird sie trotzdem draufgelegt. Der Kaiserurenkel sagt noch: »Ich wünsche gute Besserung.« Romana lächelt dankbar. Dann setzt die Wirkung der Beruhigungsspritze ein, sie schließt die Augen. Murmelt: »Na, immerhin hab ich ihn schon kennengelernt. Er wird sich an mich erinnern ...«

»Wo warst *du* überhaupt?«, fragt sie Martin drei Stunden später im Hotel. Man hat ihren Knöchel geröntgt, einen Bänderanriss diagnostiziert und ihren rechten Fuß in eine Art orthopädischen Schuh gesteckt. Sie hat Krücken bekommen, auf denen sie sich theatralisch langsam durch die Hotelhalle auf Martin zubewegt hat.

»Ich habe beim Ischler Kollegen weiter Handyprotokolle gelesen. Und mir Fotos angeschaut. Was Frauen so alles festhalten ... Und was ist mit dir passiert?«

Sie lässt sich ächzend in einen Sessel sinken, die angelehnten Krücken fallen zu Boden, das muss sie noch trainieren. »Ich bin gestürzt. Grade als ich mit Markus geplaudert hab. Ist das nit blöd? Aber er war wirklich reizend und hat die Rettung gerufen und ... na ja, das Ergebnis siehst du ja.«

»Vielleicht solltest du einmal dein Schuhwerk überdenken«, sagt Martin mitleidlos. Den Lily-Satz zu Rosie wird er ihr nicht so schnell verzeihen.

»Meinst, ich soll Gesundheitsschuhe tragen wie die meisten Weiber in meinem Alter? Na! Des heilt schon wieder. Sei so lieb und hol mir einen Spritzer. Die haben mir im Krankenhaus lauwarmen Tee gegeben, pfui Teufel.«

Eine fußkranke Romana hat mir gerade noch gefehlt, denkt Martin, während er zur Hotelbar geht.

Es ist ruhig im Haus, alle Gäste sind unterwegs in Sachen Kaisergeburtstag. Mike eilt durch das Foyer, bleibt kurz bei Romana stehen und grüßt Martin, als dieser mit dem Spritzer zurückkommt. »Lukas hat sich angekündigt, angeblich will er was Wichtiges mit mir besprechen. Er wollte seinen Anwalt mitbringen, aber das habe ich abgelehnt. Schließlich sind wir immer noch Familie. Außerdem ist mein Anwalt im Urlaub. Zwei gegen einen, das wär doch unfair, oder?«

»First thing we do: lets kill all the lawyers.«

Mike und Martin sehen Romana entgeistert an. »Shakespeare«, sagt sie. »Der hat damals schon gewusst, dass Anwälte die Vampire der Neuzeit sind.«

»Ist was dran.« Mike verabschiedet sich. Martin entschuldigt sich mit einem dringenden Telefonat. Romana entlässt ihn huldvoll. Sie konsultiert ihr Handy, vom Wörthersee kommt die Nachricht von Alex, dass Alex Durchfall hat. Romanas Hund, die wilde Mischung, der heißt auch so. Alex eins ist das Faktotum der *Villa Romana*, er passt auf Haus, Gäste und Tier auf, wenn sie verreist. Weil sie ihrem Lebensgefährten, dem Hund, lange Zugfahrten nicht zumuten möchte. Und Autofahren hat sie aufgegeben. Ganz freiwillig, oder zumindest fast, weil sie einen Unfall baute. Nur Blechschaden, doch die Reparaturkosten für den alten Pick-up hätten sich nicht mehr gerechnet, also hat sie den Wagen verkauft. Verminderte Weitsicht und beginnende

Schwerhörigkeit attestierte ihre Hausärztin, das sei ganz normal in Romanas Alter, sagte sie.

Auf Normalität hat sie immer schon gepfiffen, die Romana, aber irgendwie eingesehen, dass alles seine Zeit hat. Nur bei den Stöckelschuhen hört der Spaß auf! Sie schreibt Alex, dass er dem Hund nur Reis und gekochtes Huhn servieren soll, kleine Portionen über den Tag verteilt. Er antwortet, das Haus sei voll und die Hilfskraft krank, weshalb er völlig überarbeitet sei. Wann sie endlich zurückkomme? *Übermorgen*, tippt sie ins Handy. Und sie schreibt ihm ihre Ankunftszeit, damit er sie vom Bahnhof Velden abholt. Mit Hund. Und den morgigen Tag wird sie nutzen, den Erzherzog in der Villa zu überfallen. Auf Krücken. Der Mann ist zu gut erzogen, um einer alten, behinderten Frau den Eintritt zu verwehren. Irgendwie muss er sich ja auch schuldig fühlen an ihrem Sturz.

*

Lukas ist tatsächlich ohne seinen Anwalt gekommen, was Mike als gutes Zeichen wertet. Er empfängt ihn am Eingang, und sie gehen in Mikes Büro, er bietet seinem Stiefsohn Wasser oder Kaffee an. Lukas, in seiner abstinenten Phase, entscheidet sich für das gute Ischler Wasser. Registriert das Foto seiner Mutter auf Mikes Schreibtisch. Sie lacht in die Kamera. Sisi hatte ihre guten Tage, denkt Mike, aber auch viele schlechte. Ein bisserl manisch war sie schon, und im Alter wurde es nicht besser.

»Kommst du denn mit dem Hotelmanagement zurecht, seit sie ... nicht mehr ist?«

Mike schenkt Wasser ein, schaut auf das Foto. »Sie fehlt. Aber irgendwie geht es halt weiter, du weißt schon. Wie läuft das Geschäft in Linz?«

Lukas schlägt die Beine übereinander. Er trägt Bermudas und Slipper, ein weißes Leinenhemd, und seine Sonnenbrille hat er in die gegelten Haare geschoben. Er war immer nur Erbe, denkt Mike, und dass Sisi ihrem Sohn nie zugetraut hat, in die Fußstapfen seines Vaters zu treten.

»Ach, weißt du, mit ihrer Schnapsidee hat Sisi uns einen Bärendienst erwiesen. Die Firma braucht Kapital, das sie in die Stiftung abgezweigt hat. Wir haben ein paar Miethäuser verkauft, aber das stopft die Löcher nicht. Neue Kredite sind a) teuer und b) schwer zu bekommen. Also haben die Firmenanwälte und ich ein paar Ideen ausgebrütet, wie wir zu Cash kommen könnten. Und dabei, lieber Stiefvater, kommst du ins Spiel.«

Die familiäre Freundlichkeit hat also einen finanziellen Grund. Mike lächelt. Es ist ihm nie leichtgefallen, Lukas' Arroganz und Verachtung hinzunehmen. Er hat es Sisi zuliebe getan. Aber jetzt hat er auf einmal Oberwasser, das ist ein gutes Gefühl. »Es geht um das Hotel, nehme ich an.«

Lukas trinkt einen Schluck. Er hasst Wasser. »Könnte ich auch eine Cola bekommen?«

Kann er. Danach schlägt Lukas vor, auf die Terrasse zu gehen. Er möchte rauchen und weiß, dass Mike das in seinem Büro nicht duldet. Also gehen sie nach draußen und setzen sich an einen Tisch, an dem sie ungestört reden können.

»Du hast völlig recht, Mike, es geht um das Hotel. Die Anwälte haben einen Dreh gefunden, wie man es trotz Sisis Verfügung verkaufen kann.«

»Lass mich raten: Und genau an dieser Stelle komme ich ins Spiel.«

»Exakt. Wir könnten das Hotel für einen guten Preis an Brenner verkaufen, der das dazugehörige Land aber gar nicht braucht. Und dafür hätten wir eben auch Interessenten. Hotelpläne. Chinesische Investoren. Beide Verkäufe würden die Firma sanieren. Das ist unsere große Chance, Mike.«

Sieht er ihn beinahe flehend an? Mike Hansen lächelt breit. »Das ist ja gut und schön. Aber die Firma geht mich nichts mehr an seit Sisis Tod. Warum sollte ich zu ihrer Rettung beitragen?«

Lukas kann förmlich spüren, wie sein Stiefvater die Situation genießt. Und er muss sich zusammenreißen, ihm nicht die Meinung zu sagen, nämlich dass er ein widerlicher Schnorrer und Loser ist. So ein Pech, dass Mike nur ein paar Schnittwunden von dem Drohnenangriff davongetragen hat. Die billigste Lösung wäre immer noch sein Tod. »Warum schaust du dauernd auf die Uhr?«

»Morgen ist das Golfturnier zum Kaisergeburtstag. Ich werde nicht mitspielen, du weißt, warum, wurde aber ins Organisationskomitee berufen. In einer Stunde beginnt die Sitzung.«

»Bis dahin sind wir durch«, sagt Lukas. »Es ist so, dass wir das Hotel und das Land aus dem Stiftungsvermögen rausholen können. Frag mich nicht, wie, irgendwelche Anwaltstricks. Bedingung ist allerdings, dass du auf dein lebenslanges Wohnrecht verzichtest – und natürlich darauf, den Hoteldirektor zu spielen.«

Die beiden sehen sich in die Augen. Flehender Blick auf der einen Seite, triumphierender auf der anderen. Mike beugt sich über den Schreibtisch. »Und warum sollte ich das tun? Nachdem deine Mutter mich quasi enterbt hat?«

Aber eben nicht ganz, du verdammter Fitnesstrottel! Lukas lächelt gewinnend. »Nun, ich könnte mir vorstellen, dass du andere Lebensziele hast, als hier zu leben und zu arbeiten. Die Anwälte und ich, wir haben eine Verzichtserklärung ausgearbeitet, die du nur unterschreiben musst, dann werden siebenhundertfünfzigtausend Euro auf ein Konto deiner Wahl überwiesen. Noch heute.«

Er holt die Papiere aus seinem Aktenkoffer und legt sie auf den Schreibtisch. Mike setzt seine Lesebrille auf. Liest. Dann sagt er mit Blick auf Sisis Bild. »Es ist nicht leicht, hierzubleiben, mit all den Erinnerungen. Und die Winter in Ischl sind ganz schön einsam.«

»Und das Gehalt des Geschäftsführers nicht so üppig, dass du in südlichen Sphären überwintern könntest.« Lukas fühlt das wohlige Prickeln des nahenden Sieges. Er legt einen goldenen Füller neben den Vertrag und holt ein weiteres Blatt hervor. »Und zusätzlich würde ich dir die Finca auf Mallorca überschreiben, sozusagen als Zuckerl.«

Mike schließt die Augen. Er mochte das Haus mit Meerblick, auch wenn es nicht groß war. Für ein oder zwei Leute geradezu perfekt. »Ich will 1,5 Millionen und die Finca.«

Lukas springt auf. »Du bist ja verrückt, das ist das Doppelte.«

»Genau. Und setz dich wieder hin. Ich weiß, dass du mich für einen Deppen hältst, aber Rechnen kann ich auch, mein Lieber. Für das Hotel und vor allem für das Land kriegst du mehr als zwanzig Millionen, schätz ich mal. Wenn ich mich weigere, kriegst du gar nichts. Das ist die Lage, oder sehe ich das falsch?«

Ein breites Lächeln, und Lukas könnte ihm in die ohnehin lädierte Fresse hauen. Aber er beherrscht sich. Leider hat der Schnorrer recht. Und er hat einfach die besseren Karten. »Jetzt sei nicht unverschämt. 1,2 Millionen und die Finca.«

Mike schiebt ihm den Vertrag zu. »1,5 und die Finca. Das

ist mein letztes Wort. Zahlbar sofort. Ich unterschreibe, sobald ich sehe, dass das Geld überwiesen ist!«

Lukas schluckt. Seine Wut kocht hoch. Dann zieht er den Vertrag an sich und verbessert die Summe. Er muss die Anwälte nicht konsultieren, sie haben ihm gleich gesagt, dass siebenhundertfünfzigtausend zu wenig seien. Schiebt die Papiere zurück. »Gib mir vier Stunden, ich muss in Linz zur Bank. Und danach, Mike, will ich dich nicht wiedersehen. Ich organisiere bis spätestens übermorgen einen Interimsmanager fürs Hotel, und du bist raus.«

Mike steht auf und sagt: »Dann wollen wir mal hoffen, dass alles klappt und du und ich uns nicht mehr sehen in diesem Leben. Ich verachte dich, und deine Mutter hat auch nicht viel von dir gehalten.«

Lukas denkt schon wieder, dass ein Auftragskiller besser gewesen wäre. Aber nein, er musste ja auf seine Anwälte hören, die für diesen Deal auch noch fette Honorare kassieren werden. Und so unterdrückt er jegliche Beleidigung, die er Mike entgegenschleudern könnte, und wendet sich zur Tür. Öffnet sie mit Karacho und schlägt sie hinter sich zu, dass es knallt. Seinen Zorn lässt er an dem Porsche aus, den er mit Affengeschwindigkeit über die kurvige Straße jagt, die Polizisten mit Kamera ignorierend. Darauf kommt es jetzt auch nicht mehr an.

19

Der Concierge hat ihr den hoteleigenen Fahrer besorgt, der sie nach dem Frühstück zur Kaiservilla brachte. Natürlich nicht direkt vor die Villa, sondern nur zum Eingang des Parks. Hat sie ein ordentliches Trinkgeld gekostet – was für eine Verschwendung für diese kurze Fahrt hinunter zum Fuße des Jainzen! Aber Martin war verschollen, sie hat ihn weder beim Frühstück gesehen, noch konnte sie ihn auf seinem Zimmer erreichen. Und Mike hat gemurmelt, er könne sie nicht fahren, er warte auf den Anwalt von Lukas.

Nun steht sie mit ihren Krücken vor der Kassa am Eingang und löst eine Karte für die Führung durch die Villa. Die nächste beginnt in zwanzig Minuten. Das müsste sich selbst mit Krücken bis zum Eingang der Villa ausgehen. Ist sie erst einmal im Haus, wird sie sich schon was einfallen lassen, um den Erzherzog zu treffen. Entweder kann sie ihm ihre Fragen, die sie auf einem Zettel aufgeschrieben hat, gleich stellen oder einen Termin für eine Audienz vereinbaren.

Es ist gar nicht so leicht, mit zwei Krücken, einem klumpigen orthopädischen Schuh und einem eleganten Pumps am anderen Fuß über die geschotterten Wege zu humpeln. Überdies ist ihr die Handtasche im Weg – blöderweise eine Kelly Bag mit kurzem Henkel, die sie nur genommen hat, weil sie farblich so gut zu ihrem Kleid passt. Die Tasche baumelt an ihrem Unterarm und rutscht ständig vor zur Krücke. Daher hat Romana wenig Interesse an dem prächtigen englischen Landschaftsgarten mit alten Bäumen, und als sie endlich beim Brunnen vor der Villa angelangt ist, ist sie ganz schön fertig. Macht kurz halt, lehnt eine Krücke gegen den Brunnen und wischt sich mit der freien Hand den

Schweiß von der Stirn. Eine Japanerin, die gerade dabei ist, eine Münze über die Schulter in den Brunnen zu werfen, um sich was zu wünschen, stößt gegen die Krücke, die daraufhin halb bei den Goldfischen im Becken landet. Romana schreit auf, und in letzter Minute reißt ein junger Mann die Gehhilfe an sich und reicht sie Romana mit einem kleinen Diener. Es muss das Ambiente sein, denkt Romana, dass sich alle so gut benehmen, und bedankt sich mit einem huldvollen Lächeln und einem gemurmelten »Sportunfall«, dabei auf die Krücken deutend.

Mit den anderen darf sie endlich ins Innere der Villa und hatscht hinter den Touristen her durch Sisis Schreibzimmer, wo diese ihr antimonarchistisches Gedankengut in Versform niedergeschrieben hat, durch das spartanische Schlafzimmer des Kaisers und weiter zu dessen Arbeitszimmer, in dem er – wie der Guide erzählt – »An seine Völker« geschrieben und Serbien den Krieg erklärt hat. Der Beginn des Ersten Weltkriegs. Dabei schaut alles so harmlos aus ...

Als sie im Roten Salon ankommen, wo Franz Joseph seine Gäste empfangen hat, ist Romana sehr versucht, sich auf einem der roten Fauteuils niederzulassen. Doch natürlich ist das verboten. Der Fremdenführer drängt weiter, Romana mit ihren Krücken ist das Schlusslicht. Als die Gruppe den Salon verlassen hat, sieht sie, dass eine Seitentür einen Spalt offen steht. Neugierig geht sie darauf zu, gibt der Tür mit einer Krücke noch einen dezenten Schubs, und durch ist sie. Auf der anderen Seite angekommen blickt sie direkt in die Augen eines schwarzen Adlers und unterdrückt einen Schrei. Erst nach Zehntelsekunden registriert sie, dass der Adlerkopf an der Wand hängt. Mausetot. Sie schaut sich um und sieht, dass sie in einem Gang gelandet ist, der offenbar zu einer privaten Treppe führt. Die Wände dicht behangen mit Trophäen von Gämsen, Hirschen, Greifvögeln und sonstiger Beute, die wahrscheinlich Franz Joseph erlegt hat. Er war ein passionierter Jäger, der Kaiser. Sie findet die Ansammlung von ausgestopften Viechern eher grauslich und schüttelt sich.

»Keine Sorge, ich bin kein Schlossgespenst«, sagt jemand neben ihr.

Sie zuckt zusammen.

»Kann ich Ihnen helfen?«, fragt ihr Gegenüber. Ein freundlicher älterer Herr mit weißen Haaren und dunkler Hornbrille. Der Urenkel Markus. Der Erzherzog. Sie starrt ihn an, sprachlos.

Mit einem Blick auf ihre Krücken: »Sind Sie nicht die Dame, die sich gestern draußen verletzt hat?«

»Ja.« Mehr bringt sie nicht heraus.

»Noch schlimm?«, fragt er mitfühlend.

Sie schüttelt den Kopf, nickt gleichzeitig und sagt: »Einen Moment bitte.« Klemmt sich die Krücke unter den Arm, um eine Hand frei zu haben, und nestelt in ihrer Handtasche. Wo ist der verdammte Zettel mit den Fragen? Sie spürt eine leichte Berührung an der Schulter, Markus Habsburg wünscht »gute Besserung«, hält ihr die Tür zum Roten Salon auf und ist verschwunden.

Zurück in ihrer Sisi-Suite – sie hat von der Kaiservilla ein Taxi zum Hotel genommen – muss sie sich erst einmal erholen. Sie legt sich auf die Chaiselongue und lagert den verletzten Fuß auf einem Polster. Sie ist dem kaiserlichen Nachfahren tatsächlich erneut begegnet, und er hat sich sogar an sie erinnert! Wenn sie das Martin erzählt!! Na gut, das mit dem Interview ist nichts geworden. Das hat sie tatsächlich verhaut, aber er schien ja auch in Eile gewesen zu sein. Doch jetzt, wo Majestät außer Diensten sie kennt, ist praktisch alles möglich.

Nach dezentem Klopfen und ihrem »Nur hereinspazieren« erscheint ein Kellner mit ihrem Mittagessen: Sandwiches und ein Viertel Weißwein. Sie war zu erschöpft, ins Restaurant zu gehen, und auch ein bisserl bös auf Martin, weil der so unentschuldigt verschwunden ist.

»Hier, die heutige Zeitung, da ist der Bericht über den gestrigen Kaisergeburtstag drin«, sagt der Kellner, reicht Romana das Blatt und wartet mit gesenktem Blick auf Trinkgeld. Sie deutet auf ihre Handtasche, die er ihr reicht, und gibt ihm drei Euro. Er bedankt sich für das angemessene, aber aus seiner Sicht nicht übertriebene Entgelt und zieht die Tür mit einem »Guten Appetit, Madame« zu. Mittlere Lautstärke. Wenn der Tip zu gering ausfällt, knallt er sie zu.

Nach dem Essen ist die Zeitung dran: Romana blättert sie durch bis zur Doppelseite mit dem Bericht über den Kaisergeburtstag. Viele Fotos, auf einem ist sie sogar selber drauf, als sie auf der Bahre liegt. So halb und protestierend. Ein sehr ungünstiges Foto! Die Bildunterschrift *Besucherin verknackst sich beim Kaiser-Knicks* findet auch nicht ihre Zustimmung. So ein blödes Wortspiel! Romana trinkt ihr Glas leer, schon aus Ärger. Auf dem Foto sieht sie aus wie siebzig, mindestens. Hätt man das nicht retuschieren können?

Schnell weiterblättern. *Mein schönstes Urlaubsfoto* heißt die Rubrik auf der nächsten Seite. Das Bild zeigt die Aussicht vom Jainzen, steht jedenfalls dabei. Sie will die Zeitung schon weglegen, als ihr auf dem Foto etwas auffällt. Das kann doch nicht wahr sein!

*

»Also, der Niederlehner ist raus«, sagt Hansi Fleck zum Wiener Kollegen, als der ins Büro kommt.

»Warum?« Martin setzt sich auf den Besucherstuhl, auf dem der Stadtrat noch vor Kurzem befragt wurde.

»Er hat ein handfestes Alibi. Willst einen Kaffee? Cappuccino ist ganz gut.«

Martin schüttelt den Kopf. »Warum hat er dann mit dem Hundespaziergang gelogen?«

Fleck hebt die Schultern in Unwissenheit. »Zufällig hat ein Kollege mit einem Zeugen geredet, der den Niederlehner zur fraglichen Zeit gesehen hat. Aber eben nicht am Siriuskogel, sondern beim Eingang der Kurapotheke, die an dem Sonntag Dienst hatte.«

»Aber warum hat der Stadtrat das nicht einfach gesagt?«, fragt Martin.

Hansi Fleck gluckst fast vor Vergnügen. »Na ja, nach Aussage des Herrn ...«, er schaut kurz in den Bericht. »... Grubhofer, der dort war, um ein Fiebermittel für seine kranke Frau und Katertropfen für sich zu holen, hat der Stadtrat mit etwas eher Pikantem die Apotheke verlassen ... nämlich Viagra. Der Zeuge konnte die Packung genau erkennen.« Kurze Kunstpause, Fleck sieht Martin grinsend an.

»Ja und? Entschuldige, Hansi, aber Viagra ist inzwischen mitten in der Gesellschaft angekommen. So wie ein Blutdruckmedikament. Wieso sollte ihm das peinlich sein?«

»Na, weil der Herr Stadtrat doch auf unwiderstehlicher Frauentraum tut, und ein Macho ist der außerdem. So ein Full-Power-Mann lässt sich wahrscheinlich nicht so gern mit einem Hilfsmittel wie der blauen Pille erwischen.«

Schön blöd, aber gut möglich, denkt Martin. »Und war er an dem Vormittag wirklich in der Apotheke? Habt ihr das nachgeprüft?«

Was glaubst du denn, schließlich sind wir auch keine Landdeppen, ärgert sich der Kontrollinspektor über den Wiener Kollegen, lässt es sich aber nicht anmerken. »Ja, der diensthabende Apotheker hat uns bestätigt, dass er dort war und ein Rezept eingelöst hat. Was, hat er natürlich nicht gesagt.«

»Ist ja auch unwesentlich«, sagt Martin. »Und was ist mit seiner Frau? Könnte die auf den Jainzen ...«

»Aber geh«, winkt Fleck ab. »Die ist bekannt als total unsportlich. Wellness, Massagen, alles, wobei man sich nicht anstrengen muss, ja. Aber Bergwandern auf den Jainzen? Nein, das glaub ich nicht.«

So ganz überzeugt ist Martin nicht. Wut befähigt Leute zu übermenschlichen Leistungen. Doch er wechselt das Thema: »Und wirken diese Katertropfen?«

Fleck öffnet eine Schublade und hält Martin ein Flascherl hin. »Eigenkreation der Kurapotheke, so eine Mischung aus Kreislauf- und Übelkeitstropfen. Wirkt todsicher.«

Martin bedankt sich und steckt das angebliche Wundermittel ein. Man weiß ja nie, wann man's gebrauchen kann.

Sie sprechen noch kurz über Gisela Wurzinger, die nach wie vor zu den Verdächtigen im Mordfall Hansen gehört. »Vor Gericht muss sie auf jeden Fall wegen der Drohnenattacke. Zudem hat sie kein Alibi für die Nacht, als die Bremsen manipuliert wurden. Die demente Mutter zählt ja nicht«, meint Fleck.

Hansi Fleck denkt manchmal, dass er gern Kriminaler im Mittelalter gewesen wäre. Da konnte man Leute noch foltern, um ein Geständnis zu erpressen. Im Hier und Jetzt triumphieren political correctness und die Unschuldsvermutung. Das ist für law and order ganz schön anstrengend, oft auch frustrierend. Als er diese Gedanken mit Glück teilen will, verabschiedet sich der ganz schnell.

Martin fährt in Richtung Hotel und bleibt am Fuße des Jainzen stehen, wo er seine Laufschuhe anzieht. Dann macht er sich auf den Weg zum Gipfel. Ein plötzlicher Entschluss, für den er keine wirkliche Begründung hat. Aber auf jeden Fall Freude daran, sich zu bewegen und ein bisserl anzustrengen.

Als er oben ankommt, atmet er tief durch und sieht sich dann um. Die Spurensucher haben außer Petras Handy und ein paar nicht verwertbaren Gegenständen wie Plastikflaschen oder Zigarettenstummeln nichts gefunden. Er ist auch nicht hier, um weiterzusuchen, sondern will sich vor Ort genau vergegenwärtigen, wie es passiert sein könnte.

Petra wandert auf den Berg. Laut Alois Brenner ist sie gegen neun mit entsprechender Kleidung von ihrer Wohnung aufgebrochen. Man hat ihr Auto dort, wo sie losgegangen ist, gefunden. Sie war allein unterwegs – oder doch mit jemandem am oder auf dem Berg verabredet? Kein Zeuge hat sich gemeldet, der Petra gesehen hat. Und dann erreichte sie den Gipfel und wollte ein Selfievideo machen. Etwas in Martins Augen richtig Idiotisches: sich zu filmen und das Ganze in den sozialen Medien zu posten. *ICH und die Berge* in ihrem Fall. Es war ihre letzte Aufnahme. Am Ende sagte sie noch: »Was machst *du* denn hier?« Und dann fiel sie respektive wurde gestoßen.

Petra Papst war nicht der Typ, der fremde Menschen einfach ungefragt duzte. Also kannte sie ihn oder sie. Den Mörder oder die Mörderin.

Er holt sein Handy aus der Hosentasche, als es läutet, dabei fällt ihm sein Autoschlüssel heraus. Martin setzt sich auf einen toten Baumstamm, um zu telefonieren. Romana mit leicht hysterischer Stimme: »Martin, wo bist du? Du kannst dir nicht vorstellen, was ich erlebt hab. Ich war beim Erzherzog und hab mit ihm gesprochen. Also, wie der mit mir g'redet hat, sind mir die Knie weich worden.«

»Interessant«, sagt Martin.

»Kannst du mich vielleicht ernst nehmen?«, kommt es spitz von Romana. »Ich erzähl dir alles, wenn du wieder da bist. Auch sonst muss ich dir was Wichtiges zeigen. Für deinen Fall. Wann kommst du?«

»Bald«, sagt Martin und legt auf. Für Romana ist alles wichtig, was sie dafür hält. Auch die Konsistenz ihres Frühstückseis. Als er das Handy zurück in die Hosentasche stecken will und sich bückt, um den Schlüssel aufzuheben, sieht er einen vierblättrigen Klee. Na, wenn das kein Zeichen ist: Glück findet Glück! Er pflückt den Klee und entdeckt darunter etwas Kleines, Rundes, Metallisches. Eine Münze, und sie hat ein Loch in der Mitte. Aus Kupfer, schätzt er und meint sich zu erinnern, dass es diese Münzen früher in China als Zahlungsmittel gab. Münzen mit Löchern drin. Oder Südkorea. Die gute alte Halbbildung. Wahrscheinlich von einem Touristen verloren, denkt Martin. Trotzdem hebt er sie auf und steckt sie ein. Man kann ja nie wissen.

20

Er erwischt Romana auf dem Parkplatz. Auf dem Rücksitz des Hotelautos, ihren lädierten Fuß hat sie hochgelegt, und der Fahrer will gerade den Wagen starten, als Martin an die Scheibe klopft. Sie fährt sie herunter und schaut ihn beinah böse an. »Wo treibst du dich herum die ganze Zeit? Ich wollt dir was zeigen, aber jetzt kann ich nicht, bin auf dem Weg zu Toni.«

Martin holt die kupferne Münze aus seiner Hosentasche. »Wer ist Toni? Und kannst du damit was anfangen? Du hast doch einmal alte Münzen gesammelt.«

Sie greift danach und gibt sie ihm gleich wieder zurück. »Die ist nix wert, das ist eine Glücksmünze aus der Qing-Dynastie. Soll negative Energien neutralisieren und böse Geister abwehren. Wer's glaubt, wird selig ... und ich fahre jetzt zu meinem Wunderheiler. Ein Tipp vom Concierge. Und danke der Nachfrage, mir geht's gut ... bis auf den geschwollenen Knöchel natürlich.« Sagt es und lässt die Scheibe hochfahren. »Wir können los«, weist sie den Fahrer an, der aufs Gaspedal tritt.

Martin macht einen schnellen Schritt zurück, dann sieht er nur noch die Rücklichter. Sie grollt also. Das dauert bei Romana nie lange, sie wird schnell fuchtig, ist aber nicht nachtragend. Er geht zurück zum Hotel und nimmt sich vor, sie beim Abendessen zu versöhnen. Weil es ja schließlich sein letzter Tag in Ischl ist. Sein Urlaub geht zu Ende, und Rosie verliert die Geduld. Er muss heim nach Wien. Morgen. Auch wenn der Fall ungelöst ist und Mike ihn ganz umsonst beherbergt hat. In der Dachkammer, Martin hätte auch in die Kaiser-Suite umziehen können, die Rosie für eine Woche bezahlt hat. Aber irgendwie hat er sich an das Kammerl gewöhnt, und ein Riesenraum mit barocken Möbeln ist sowieso nicht nach seinem Gusto.

Er hat Mike über seine Abreise informiert und will den Kollegen Fleck später noch anrufen. Mike war freundlich wie immer, wirkte aber irgendwie abwesend. Hatte wenig Zeit, wie er sagte, tausend Dinge zu tun. Und den schmerzlichen Verlust von Sisi könne auch ein gefundener Täter nicht wettmachen. Oder eine Täterin. Er sprach den Namen Gisela nicht aus, doch sie war es, an die er dachte. Folgerte Martin, der dann auch rasch aus dem Büro verschwand.

Natürlich fuchst es ihn, dass er nicht weitergekommen ist. Ungelöste Fälle schmerzen immer. Vielleicht hat er sich zu sehr auf die offensichtlichen Verdächtigen konzentriert und darüber etwas Wichtiges übersehen. Er ruft Rosie an, um sich von seinen Selbstzweifeln abzulenken, und sagt ihr, dass er am nächsten Morgen Richtung Wien fahren wird. Ob sie was kochen solle, fragt Rosie. Kaiserschmarrn vielleicht? Die Köchin sei krank, aber sie könnten natürlich auch essen gehen. Da gebe es ein tolles neues Restaurant im ersten Bezirk ...

»Lass mich erst einmal ankommen, Rosie. Dann schauen wir weiter ... Und ich muss auch noch auf den Küniglberg, ein paar frische Sachen holen.«

Worauf sie antwortet, dass sie sich erlaubt habe, Unterwäsche, Hosen, Hemden, T-Shirts und Anzüge für ihn zu kaufen. Nichts Besonderes, nur damit er auch Garderobe in der Villa habe.

Martin würgt ein »Danke« heraus und legt dann auf, bevor er etwas Falsches sagen kann. Wie zum Beispiel, dass sie ausgemacht haben, dass Rosie ihm nichts mehr kauft. Weil er das nicht will, er fühlt sich dann wie ein Schnorrer. Was sie einerseits angeblich versteht und andererseits immer wieder vergisst. Noch sechs Wochen bis zum Countdown!

Weil es nach dem Gewitter schon wieder so schwül-heiß ist, entscheidet er sich für einen Ausflug an den Hallstätter See. Irgendeinen Badeplatz wird er schon finden, der nicht überlaufen ist. Einmal ins Wasser springen, schwimmen, irgendwo ein Bier trinken und wieder zurück ins Hotel. Vielleicht schaut er noch bei Hansi Fleck vorbei, um sich persönlich zu verabschieden. Und darum zu bitten, ihn über den Stand der Ermittlungen auf dem Laufenden zu halten.

Er holt seine Badesachen aus dem Zimmer, wechselt ein paar Worte mit dem Concierge und geht zu seinem Wagen. Er muss ihn über Nacht aufladen für die Wienfahrt. Und denkt jetzt mit Grausen an einen Junggesellenabschied, den die Kollegen sicher für ihn organisieren werden. Maßloses Gesaufe, und dann werden sie auch noch mit einer Stripperin auffahren, so wie er sie kennt. Fassl als Trauzeuge, der zwei Wochen vor ihm heiratet, wird da sicher mitmachen. Auf die Hochzeitsreise verzichten sie wegen Valeries Schwangerschaft ohnehin. Damit dem Baby ja nichts passiert ... Irgendwie beneidet er den Freund um sein offenbar ungetrübtes Glück. Während er selbst immer ein Haar in der Suppe finden muss, oder mehrere, und sich einfach nicht in was hineinschmeißen kann ohne Wenn und Aber.

Hat er wahrscheinlich von seinem Vater geerbt, der auch ein ewig Suchender war. Sicher nicht glücklich mit Lotte, jedenfalls nicht in den letzten Jahren vor seinem Tod. Er fehlt ihm, der immer ein wenig abwesende Vater, der frustrierte Beamte und verhinderte Maler, der ausgerechnet am Wörthersee sterben musste. Vielleicht liegt ein Fluch auf dem Namen Glück? Ach was, Martin glaubt nicht an so was, genauso wenig wie an Glücksmünzen, Globuli oder schwarze Katzen, die von links nach rechts laufen – oder war es umgekehrt?

Er ist schon weit hinter Bad Goisern, als ihm einfällt, dass er heute noch den Fassl anrufen wollte. Er parkt den Wagen an einer Panoramastelle der Romantikstraße und schaut auf den Dachstein und den glitzernden See zu seinen Füßen. Tastet nach seinem Handy in der Hosentasche und findet es nicht. Dann sucht er das Telefon im Auto – vergeblich. Er hat es im Hotelzimmer vergessen! Blöd, aber jetzt nicht mehr zu ändern, die Welt wird nicht untergehen, wenn er zwei, drei Stunden unerreichbar ist. Und er muss auch kein Foto machen von dem herrlichen Ausblick. Sondern einfach dastehen und ihn genießen. Sich freuen, dass es so was Schönes gibt. Das ist ein Glücksmoment. Der schon wieder weg ist, als er ins Auto steigt.

*

Toni hat ihren Fuß recht grob aus dem orthopädischen Schuh befreit, Romanas Schmerzensschrei ignoriert, ihn eine Weile festgehalten und betrachtet und was gemurmelt, das sie nicht verstand. Dann drehte er sich zu einem Schemel, auf dem ein paar Fläschchen und Tuben standen, wählte eines aus und rieb sich die Hände damit ein, um danach ihren Fuß zu massieren. Wieder murmelnd und ihr leises Stöhnen ignorierend.

»Muass a bisserle wehtuan«, meinte er schließlich. »Damit's nocha besser wiad.«

Sie sind auf einer Hütte irgendwo oberhalb von Ischl, und Toni ist kein alter Waldschrat, sondern ein alpenländischer Adonis. Sie kann kaum fassen, dass der Typ kein Model ist, sondern Hirte und Wunderheiler. Und kein Wunder, dass Frauen daran glauben, dass er sie gesund machen kann. Männer vielleicht auch. Doch hier und jetzt bedauert Romana nur, dass sie nicht dreißig Jahre jünger ist. »Ist es schlimm?«, fragt sie.

Er schüttelt den Kopf mit den dunklen Locken. »Naa, des wird scho wida.« Er hat die Flüssigkeit eingerieben, sie hat weitere Schmerzensschreie unterdrückt, stattdessen immer nur gelächelt, und jetzt lässt er ihren Fuß los und befestigt den Klumpschuh wieder. »Zwoa, drei Tog, dann kannst wida laufn ohne des.«

Ein Wunderheiler! Romana fragt, was sie schuldig sei.

Toni hilft ihr beim Aufstehen, meint, dass sie die Krücken auch nicht mehr brauche und dass sie ihm einfach geben soll, was sie für richtig hält.

Das findet sie einerseits tückisch, kann ihm andererseits aber nicht böse sein. Ein so schöner Mensch, der auf einer Alm versauert. Sie legt einen Hunderter auf den Tisch, nimmt die Krücken trotzdem mit für alle Fälle, verabschiedet sich mit einem »Grüß Gott« und legt beim Hinausgehen ihre Visitenkarte auf die Kommode. »Nur für den Fall, dass du irgendwann an den Wörthersee kommst. Ich revanchiere mich mit Kost und Logis.« Und danach, denkt sie, sag ich ihm, er soll mir dafür geben, was er für richtig hält.

Noch ein strahlendes Lächeln, das er nicht erwidert, vielleicht war es doch zu wenig, überlegt sie. Andererseits hat die ganze Behandlung keine zehn Minuten gedauert, über so einen Stundenlohn gibt's nichts zu sudern. Außerdem stinkt das Zeug an ihrem Fuß. Aber vielleicht muss das so sein bei Wundern.

Romana humpelt, die Krücken in der Hand, graziös aus der Hütte ins Freie. Hinter dem Zaun glotzen Kühe. Sie hat

Angst vor den Viechern, weshalb sie dem Chauffeur winkt, den Wagen bis vor die Tür zu fahren. Die Sonne brennt vom Himmel, im Auto ist es heiß, und die Kühe glotzen immer noch. »Fahren Sie los«, befiehlt Romana vom Rücksitz aus.

Später, in ihrer Suite, nimmt sie sich einen schönen Abend mit Martin vor. Den letzten, sie kann zurück an den Wörthersee, weil ihre deutschen Monstergäste abgereist sind, außerdem hat sie ja Alex versprochen, nach Hause zu kommen. Und für Martin ist es ebenfalls Zeit, wieder nach Wien zurückzukehren. Sie wird ihn nicht fragen, ob er den Umweg über Kärnten fährt, das wär ein bisserl zu viel verlangt. Sie wird den Zug nehmen, auch wenn sie mit der ÖBB in letzter Zeit keine guten Erfahrungen gemacht hat. Zu spät, zu voll, und wer heutzutag schon alles erster Klasse fährt, möcht man nicht glauben.

Während sie am Balkon sitzt und die Nachmittagssonne genießt, fällt ihr ein, dass sie Martin unbedingt das Foto aus der Zeitung zeigen muss. Sie wählt seine Nummer, doch da ist nur der Anrufbeantworter. Was er nur mit dieser chinesischen Münze wollte? Genauso eine hat Mike früher immer in der Hosentasche gehabt, deshalb wusste sie es gleich. Abergläubisch war der Bursche damals. Und ist es vielleicht immer noch, weil es im Hotel die Zimmer eins bis einundzwanzig gibt, aber keins mit der Nummer dreizehn.

Ob Mike seinen Glücksbringer von damals noch hat? Sie beschließt, ihn zu fragen, und nimmt auch gleich die Zeitungsseite mit dem Bild mit. Sprüht sich ordentlich mit Chanel ein, weil ihr geölter Fuß immer noch riecht wie ein Knoblauchfeld, und macht sich auf den Weg zu seinem Büro.

Das leer ist, der Concierge meint, der Chef sei vielleicht in seiner Wohnung im Seitentrakt. Und sie soll ihm doch ausrichten, dass der Küchenchef mit ihm sprechen muss. Herr Hansen gehe nicht an sein Telefon.

Noch einer, der keine Anrufe annimmt! Romana lässt sich den Weg zeigen und humpelt krückenlos weiter. Macht unterwegs eine Pause, um zu verschnaufen, und versucht nochmals, Martin zu erreichen. Vergebliches Läuten, was sie schon wieder ärgert. Der Bub ist schließlich Polizist und muss als solcher immer erreichbar sein. Sie geht weiter und denkt, dass sie zwar stinkt, aber definitiv leichter und schmerzloser schreitet, Toni sei Dank. Vielleicht sollte sie am Morgen ihrer Abreise noch einmal hinauffahren und ihn fragen, ob er was gegen ihre Arthrose hat? Die Gebrechen des Alters, sie hätte nie gedacht, dass sie sich mit so was einmal herumplagen muss.

Nach wiederholtem Klopfen hört sie Schritte, dann öffnet Mike die Tür. Er scheint nicht gerade erfreut, sie zu sehen, bittet sie jedoch nach kurzem Zögern herein. »Aber mach es kurz, Romana, ich habe noch jede Menge zu erledigen.«

Sie setzt sich ungefragt auf einen Designerstuhl, in dem man nicht zu versinken droht. Schwenkt die Zeitungsseite. »Keine Angst, ich halt dich nicht lange auf. Dieses Foto in der Zeitung, schau her, bist du das? Ist zwar von hinten, aber ich erkenne deine Haare und das weiße Hemd ...«

Er nimmt ihr das Blatt aus der Hand. »Weißt du, wie viele Männer weiße Hemden tragen? Und meine Haarfarbe haben?«

Höflicherweise hätte er ihr was anbieten müssen, tut er aber nicht. »Keine Ahnung«, sagt Romana, »aber das Urlaubsfoto ist auf dem Jainzen gemacht. Und da steht ein Mann auf dem Felsen und schaut hinunter, und auch wenn's von hinten ist, er sieht dir verdammt ähnlich. Und ist das nicht die Stelle, an der die arme Petra in den Tod stürzte?«

»*Mein schönstes Urlaubsfoto* – so ein Schwachsinn!« Mike legt das Blatt auf den Tisch. »Was hab ich denn damit zu tun?«

»Ich mein nur, wenn es an dem Tag aufgenommen wurde, als diese Petra ...«

»Da ist kein Datum drauf, meine Liebe«, unterbricht er sie. »Und selbst wenn ich es wäre, könnte es an jedem Tag gewesen sein. Ich war nämlich öfter auf dem Jainzen. Teil meines Fitnesstrainings. Sisi hat sich ja gern über meinen Bauchansatz mokiert.«

Ich mag dicke Männer, denkt Romana, während er auf seine Rolex sieht. Er fragt ungeduldig: »Sonst noch was?«

Romana reitet der Teufel: »Das mit dem Datum könnte man bei der Zeitung sicher abklären lassen. Aber was ganz anderes: Du hast doch früher immer diese chinesische Münze bei dir getragen, in der Hosentasche, wenn ich mich richtig erinnere. Hast du die noch?«

Er wirft ihr einen Blick zu, als wäre sie eine arme Irre. »Was ist das denn für eine Frage?! Geht dich zwar nichts an, aber tatsächlich habe ich sie irgendwann verloren und nicht mehr ersetzt. Mein Aberglaube hat mit dem Alter etwas nachgelassen. War's das, Romana? Ich will nicht unhöflich sein, aber ich habe wirklich viel zu tun.«

Durch die geöffnete Tür erkennt Romana einen Koffer. Sie sieht darüber hinweg und Mike an. »Vielleicht hast du sie auf dem Jainzen verloren, diese Münze. Der Chefinspektor hat sie nämlich gefunden. Und du wirst nicht glauben, wo: an der Stelle, an der Petra Papst zu Tode kam. Ist sie dir vielleicht aus der Hosentasche gerutscht, als du sie geschubst hast? Oder als du geschaut hast, ob sie auch tief genug gefallen ist? Genauso wie der Mann auf dem Zeitungsfoto!«

Diese Sätze waren nicht überlegt, sie sind ihr rausgerutscht. Was sie sofort bereut, als sie Mikes Gesicht sieht. Aus dem jeder Charme gewichen ist. Das, was alle an ihm mochten, nicht nur die Frauen. Er steht jetzt vor ihr und blickt auf sie herunter. »Du denkst also, ich habe Petra geschubst ... Warum sollte ich?«

Romana, immer noch furchtlos: »Vielleicht wollte sie Geld von dir, weil sie was von dir wusste. Und du hattest keine Lust, sie zu finanzieren, so wie deine verstorbene Frau es getan hat. Sie war wohl eine echte Schnorrerin, diese Petra.«

»Das kannst du laut sagen.« Mike lächelt, aber es erreicht seine Augen nicht. »Die gute Sisi war ihr irgendwie verfallen, diesem Miststück. Und Petra und dieser Alkoholiker von Sohn haben ihr wahrscheinlich die Idee mit der Stiftung eingeredet. Damit sie mich quasi enterben kann. Das war wirklich eine böse Verschwörung.«

»Aber ihr habt euch doch geliebt, die Sisi und du.« Romana würde sich wünschen, dass er ein paar Schritte weggeht, noch besser: sich hinsetzt, aber diesen Gefallen tut er ihr nicht. Stattdessen kommt er näher. Sein linker Schuh ist direkt neben ihrem Klumpfuß. Deeskalation, denkt Romana. »Ich kenne wenige Paare, die so gut zusammenpassten wie ihr zwei.« Stark übertrieben, denn sie hat die beiden ja nur zweimal gemeinsam erlebt. Aber darüber scheint er nicht nachzudenken.

»Du hast recht. Ich war der perfekte Mann für sie. Ich habe ihre Launen ertragen, ihre Lügengeschichten, den Versager Lukas – und Petra, die praktisch auf Sisis Kosten gelebt hat. Ich hätte alles für meine Frau getan. Aber sie hat sich verändert im letzten Jahr. Ich meine, sie hat meine Geschäftsideen immer unterstützt, und auf einmal wurde sie ... ja, beinahe geizig. Eine Pfennigfuchserin. Und sie wollte sich scheiden lassen, jedenfalls habe ich zufällig gesehen, dass Sisi aus dem Haus eines Scheidungsanwalts herauskam. Ich war mit den Hunden unterwegs. Und da sah ich sie. Meine Frau, die ich immer auf Händen getragen habe.«

»Aber«, sagt Romana, »sie war doch wegen Lukas dort. Weil der von seiner Französin verlassen wurde. Das hat Martin Glück im Zuge der Ermittlungen erfahren.«

»Wegen Lukas?« Mike schaut Romana entgeistert an. Dann endlich geht er zur Seite, zur Bar, und schenkt sich einen Cognac ein. Dreht sich um: »Willst du auch einen?« Bevor sie antworten kann, schenkt er ein und kommt mit einem vollen Glas zu ihr. »Prost, Romana. Auf das, was wir lieben. Das hab ich wirklich getan, weißt du. Sie geliebt. Und das mit dem Anwalt, du meinst, da habe ich mich vielleicht getäuscht? Egal, jetzt ist es zu spät. Ich kann Sisi nicht mehr zurückholen. Dabei wollte ich ihr nur eine Lektion erteilen ...«

Romana erstarrt innerlich. Sie hebt mit zitternden Händen ihr Glas und nimmt einen tiefen Schluck. Der Cognac wärmt. Es ist kalt im Wohnzimmer, die Klimaanlage läuft auf Hochtouren, und sie spürt es bis in die Zehenspitzen. »Wie meinst du das jetzt? Ich verstehe nicht.«

Er sieht sie an wie eine Schülerin, die zu blöd ist, das Einfachste zu kapieren. »Na, was glaubst du denn? Auf die Idee mit der Lektion hat mich unfreiwillig der alte Idiot Brenner gebracht. Seine lächerlichen Drohbriefe. Ich dachte ja, sie will weg. Und dann war da noch ihr blöder Kater, den Sisi immer mehr geliebt hat als mich, sie hat ihn geradezu vergöttert. Der Kater, der mich hasste, ich durfte ihn nicht einmal anfassen, da hat er schon geknurrt. Der musste im Zuge meiner Inszenierung leider daran glauben. Er war ohnehin ein bösartiges altes Vieh.«

Du bist ja noch kränker, als ich annahm, denkt Romana. Sagt: »Ganz schön genial.«

Das egomanische Lächeln, das sie wie viele andere immer mit Charme und Freundlichkeit verwechselte. »Ja, nicht wahr? Ich war anfangs ohnehin das potenzielle Opfer einer tödlichen Bedrohung. Und so tapfer, dass alle mich bewunderten. Als ich Sisi dann bei diesem Anwalt herauskommen sah, war mir klar, dass ich sie unter keinen Umständen verlieren wollte. Da kam mir die Idee mit dem Unfall, wo ich meine Opferrolle nutzen konnte. Und der Unfall sollte sie wieder zu mir zurückbringen. Ich wollte sie nicht töten, das musst du mir glauben. Ich habe sie doch geliebt! Sie hat doch mir gehört! Aber das mit dem Auto ... Ich wusste, dass sie nach Linz musste und wie so oft vergessen hatte, ihren Tesla aufzuladen. Also hab ich ein wenig an den Bremsen des Range Rovers herumgespielt. Den hat sie sich immer ausgeliehen, ohne mich zu fragen, weil sie ihn ja bezahlt hatte. Auch an diesem Morgen. Ich stellte mir einen kleinen Unfall vor, verstehst du? Sisi im Krankenhaus, vielleicht mit gebrochenem Bein oder so, und ich würde sie pflegen und ... Warum musste sie denn auch fahren wie eine Verrückte?! Wie konnte sie mir das antun?«

Der hat einen schweren Huscher, ist Romana überzeugt. Wie konnte sein Opfer ihm das antun zu sterben? Verständnis, Romana, und Zuversicht: »Das wird der Richter bestimmt verstehen. Genau genommen war Sisi ja selber schuld an ihrem Tod.«

Mike triumphierend: »Genau, du hast es verstanden. Und Petra war ja auch selber schuld. Ich meine, wieso denkt sie, dass ich mich von ihr erpressen lasse, nachdem sie meine Frau jahrelang ausgebeutet hat? Petra hat doch glatt behauptet, sie hätte mich in der Nacht am Wagen gesehen. Was eine verdammte Lüge war. Da war niemand, ich hätte es bemerkt. Als ich sie zufällig auf den Jainzen gehen sah, bin ich ihr spontan gefolgt. Ich wollte eigentlich nur mit ihr reden, sie zur Vernunft bringen. Aber dann stand sie da, mit ihrem blöden Handy, es war so verlockend ... nur ein kleiner Stoß ... Und du hättest ihr dummes Gesicht sehen sollen ...«

Romana atmet tief ein und wieder aus. Nur keine Panik. Der Concierge weiß, dass sie in der Wohnung ist. Er wird es Martin sagen. Sie muss nur Zeit schinden. »Übrigens hat mir der Portier aufgetragen, dir auszurichten, dass der Koch dringend mit dir sprechen muss.«

Mike grinst. »Ach ja, das ist dir aber spät eingefallen, meine Liebe. Vermutlich hast du das gerade erst erfunden.« Jetzt steht er wieder dicht vor ihr. »Du verstehst sicher auch, dass ich nicht die Absicht habe, mich der irdischen Gerechtigkeit zu stellen. Ich werde diesen gastlichen Ort verlassen, und zwar heute noch. Genau genommen in einer halben Stunde. Lukas hat mich aus der Stiftung rausgekauft, und ich habe jetzt genug Geld für ein Leben an einem Ort meiner Wahl. Wo mich niemand finden wird. Die Frage ist nur: Was mache ich jetzt mit dir, Romana? Du stehst meinem Masterplan irgendwie im Weg.«

Panik. »Ich werde nichts sagen, Ehrenwort«, flüstert sie. »Wir haben uns doch auch einmal geliebt.«

Tatsächlich lächelt er, aber gemein: »Ach ja? Und warum warst du damals nicht loyal zu mir? Wolltest deine Freiheit? Ihr Frauen seid doch alle gleich. Hoffnungslos egoistisch.«

Seine Stimme klingt sogar bedauernd: »Ehrlich, ich habe nichts gegen dich, und ich möchte dir nichts tun, aber ich muss dich trotzdem zum Schweigen bringen. Irgendwie.« Er sieht auf seine Uhr. »Außerdem muss ich weg. Hast du eine Idee, wie wir das hinkriegen?«

»Ich werde schweigen wie ein Grab«, sagt Romana mit zitternder Stimme.

Mike trinkt sein Glas leer, wirft es über die Schulter. Das soll Glück bringen. »Ein brillantes Stichwort, Romana.« Er kommt auf sie zu.

21

Das war gut! Schwimmen im kühlen See, die herrliche Landschaft, blauer Himmel. Martin fühlt sich erfrischt, entspannt und energiegeladen, als er vom Hallstätter See zurück nach Ischl fährt. Genau in der richtigen Verfassung, um die Hochzeitsvorbereitungen in Wien zu überstehen. Im Moment ist ihm sogar das ganze Tamtam mehr oder weniger egal. Er hat Rosie wirklich gern, der Sex ist gut, sie können wunderbar miteinander lachen – alles in allem keine schlechte Basis für ein harmonisches Zusammenleben. Sie wird schon noch verstehen, dass er auf jeden Fall weiterarbeitet. Und das mit den Geschenken wird er ihr ausreden. Nur die kitschigen Einladungskarten muss er unbedingt abwenden. Den Rest wird er aushalten, auch das Festmenü des Haubenkochs. Immer noch besser als eine Hochzeitsbewirtung von Romana. Der Gedanke bringt ihn zum Lachen, und jetzt fällt ihm ein, dass sie ihm etwas zeigen wollte, das für den Fall wichtig ist. Angeblich. Er wird sie anrufen, sobald er im Hotel ist.

Er parkt den Mietwagen vor der Ladestation und schließt das Auto an. Als er die Stufen zum Foyer hinaufgeht, sieht er den Küchenchef wild gestikulierend mit dem Concierge diskutieren. An der Rezeption wird er Zeuge des Dramas: »Die haben Koteletts statt Schnitzelfleisch geliefert! Wo krieg ich jetzt auf die Schnelle meine Schnitzel her? Die stehen auf der Speisekarte, fix noch einmal! Seit die Chefin weg ist, geht hier alles drunter und drüber.«

»Was soll ich denn da machen?« Der Concierge gibt Martin dessen Zimmerschlüssel. »Der Chef ist seit Stunden unerreichbar, das hab ich dir schon hundertmal gesagt.«

Martin trauert still um sein Abendschnitzel und steigt die drei Stockwerke zu seinem Zimmer hoch. Stellt die Badetasche ab und greift nach seinem Handy auf dem Nachttisch. Als er es entsperrt, sieht er, dass Fassl angerufen hat, Rosie auch. Und fünf Versuche von Romana.

Er geht sofort auf Rückruf, vergeblich. Normalerweise würde er sich deswegen keine Gedanken machen. Aber vielleicht ist sie gestürzt? Oder dieser Wunderwutzi hat ihr irgendein schreckliches Gebräu verabreicht, das sie nicht verträgt? Er packt nur seine nassen Badesachen aus, dann macht er sich auf den Weg zu ihrer Suite.

Er klopft dezent, ruft ihren Namen, klopft lauter, hämmert schließlich gegen die Tür. Nichts.

Also zurück zur Rezeption. Ob Frau Petuschnigg ausgegangen sei?

Nein, sie sei vor ein paar Stunden gekommen, habe ihren Schlüssel geholt und nach dem Chef gefragt, sagt der Concierge. Da Herr Hansen nicht im Büro war, habe er ihr geraten, es in dessen Privatwohnung zu versuchen. Mehr wisse er auch nicht. Ach ja, er habe sie noch gebeten, dem Chef auszurichten, er möge sich dringend beim Küchenchef melden.

Martin tippt Mikes Handynummer ein: *Vorübergehend nicht erreichbar.* Noch einmal Romanas Nummer, und wieder springt ihr Anrufbeantworter an. So langsam ist er wirklich besorgt. Der Concierge fragt den Oberkellner, ob er Frau Petuschnigg und den Chef gesehen habe? Achselzucken. Martin macht sich auf den Weg zu Mikes Wohnung.

Läutet dort. Klopft. Es ist ganz still in diesem Teil des Hauses. Ein letztes Mal versucht Martin Romanas Telefonnummer. Da hört er einen leisen Klingelton, der aus der

Wohnung kommt. Wiederholt es. Jetzt weiß er, dass zumindest ihr Handy in der Wohnung ist. Und sie?

Martin läuft zurück zur Rezeption, wo keiner eine Ahnung hat, wo der zweite Schlüssel sein könnte. »Aufbrechen!«, sagt Martin. Das könne man nur nach polizeilicher Anweisung ...

Er lässt den Mann stehen, ruft Hansi Fleck an, holt aus seinem Zimmer seine Kreditkarte und rennt zurück zur Hansen-Wohnung. Er hat es zwar noch nie gemacht, aber schon oft in Krimis gesehen, wie man damit eine Tür öffnet. Als er die Visa-Karte in der Türspalte ansetzt, steht plötzlich Lukas neben ihm. »Was haben Sie denn vor? Wollen Sie hier einbrechen?«

Martin erklärt die Situation. Lukas sieht immer noch skeptisch aus und meint dann, Mike müsse zu Hause sein, sie seien verabredet, weil noch eine Unterschrift fehle. Als sein Klingeln nichts bringt, holt er aus seiner Umhängetasche einen Schlüsselbund. »Der hat meiner Mutter gehört.« Er probiert sie nacheinander durch, der vierte passt. Martin läuft als Erster in die Wohnung und ruft Romanas Namen.

Zeitgleich trifft Hansi Fleck mit zwei Uniformierten ein. Er kann Martins Aufregung nicht ganz verstehen, bis dieser Romanas Handy mit der knallrosa Hülle auf dem Sofa findet.

»Hier liegt eine Zeitungsseite.« Hansi Fleck hebt sie vom Fußboden auf. »*Mein schönstes Urlaubsfoto*. Mehr seh ich da nicht. Das ist auf dem Jainzen gemacht.«

Martin nimmt ihm das Blatt aus der Hand und sieht sich das Bild genauer an. Panoramaaufnahme mit Rückenansicht eines Mannes, der Mike Hansen sein könnte. Ganz oben auf dem Gipfel. Das war es wohl, was sie ihm zeigen wollte. Romana muss Mike damit konfrontiert haben. Fleck beauftragt einen Polizisten nachzusehen, ob der Tesla auf dem Gelände geparkt ist. Lukas meint, er habe ihn nicht gesehen, als er kam.

Martin glaubt, plötzlich ein leises Wimmern zu hören. »Seid still.« Er geht mit den anderen in die Richtung, aus der das Geräusch kam. Öffnet die Tür.

Und hier sitzt sie. Im Badezimmer. Auf einem Stuhl an diesen gefesselt mit Händen und Füßen. Über den Mund ein Klebeband, das sich halb gelöst hat. Als Martin es behutsam entfernt hat, sagt sie nur: »Na endlich. Ich schreie hier seit gefühlten Ewigkeiten.«

Martin befreit sie von den Fesseln.

Lukas sagt ungläubig: »Der Vogel ist ausgeflogen.« Hansi Fleck mahnt, den Tatort vorsichtig zu begehen, keine Spuren verwischen. Der Polizist meldet, dass kein Tesla auf dem Parkplatz sei. Romana sagt, dass sie jetzt einen Schnaps gebrauchen könnte. Alles, nur keinen Cognac. Ihre Stimme ist zittrig und rau, und Martin stützt sie beim Gehen und setzt sie vorsichtig auf die Couch. Stellt ihr ein Glas mit Whisky hin. »Du warst sehr tapfer. Meinst du, du bist in der Lage, uns zu erzählen, was passiert ist?«

Romana nickt. Trinkt. Räuspert sich. »Wie lange war ich hier drin?«

»Der Concierge meint, dass du vor mehr als zwei Stunden in Richtung Wohnung gehumpelt bist.«

»Hat jemand zufällig eine Zigarette zur Hand?«

Lukas gibt ihr eine. Er ist wütend, dass er zu spät gekommen ist. Mike ist weg. Und ihm fehlt eine Unterschrift. »Nun reden Sie schon, verdammt, was ist hier passiert?«

Romana holt tief Luft: »Er wollte mich töten, das ist passiert. Und ich verbitte mir Ihren Ton. Schließlich habe ich den Mörder von Ihrer Mutter und Petra überführt. Das

Zeitungsfoto. Mikes Glücksbringer am Tatort. Damit konfrontiert, konnte ich ihm ein Geständnis entlocken. Der Psycho behauptet allerdings, dass er Sisi gar nicht umbringen wollte, sondern ihr nur eine Lektion erteilen, weil sie seiner Meinung nach illoyal war. Und Petra war wohl zu gierig und wollte ihn erpressen und ...«

Ihre Stimme bricht. Martin: »Wie hast du ihn dazu gebracht, dich am Leben zu lassen? Und seit wann ist er weg?«

»Ewig«, sagt Romana und schaut Martin dankbar an. »Er meinte noch, dass er genügend Vorsprung hat. Und dass ihr ihn nie erwischen werdet. Die Flucht, es war alles schon vorbereitet. Er dachte nämlich, dass du ihm auf den Fersen bist.« Zum ersten Mal lächelt sie, ein bisschen schief. »Dabei war ich es. Miss Marple, nur nicht so alt und schiach. Ich glaube, er hat mich nur deshalb verschont, weil er irgendwie keine Idee hatte, wie er es anstellen soll.«

Martin verkneift sich die Bemerkung, dass sie sich leichtsinnig und unnötig in Gefahr gebracht hat. Schenkt ihr stattdessen nach.

Fleck gibt am Telefon Anweisung zur Kontrolle von Flughäfen und Bahnhöfen und der Fahndung nach dem weißen Tesla.

Lukas hat ein Gemälde von Georges Seurat abgehängt und den Safe dahinter geöffnet. Er ist leer. »Das Schwein hat auch noch ihren gesamten Schmuck und das Bargeld mitgenommen!« Zu Romana: »Konnten Sie ihn nicht aufhalten?!«

Martin will etwas sagen, doch Romana ist schneller: »Ich bin hier drin fast gestorben, und *Sie* pudeln sich auf wegen Klunker und Geld! Wollen Sie Mikes letzte Worte wissen, bevor er verschwand? *Dem Idioten hab ich's aber gezeigt!*«

Martin drückt Romanas Hand.

Fleck inspiziert den leeren Safe nach Fingerabdrücken.

Lukas, rot im Gesicht vor Zorn, sagt ganz leise: »Aber der Idiot wird ihn finden. Und zur Rechenschaft ziehen.«

22

Sie muss ihn heimlich vermessen haben, denn der nachtblaue Anzug ihres Londoner Schneiders sitzt perfekt. Im Gegensatz zu seinem alten schwarzen, der seit vielen Jahren im Schrank hängt. Den er eigentlich anziehen wollte. Doch er passt nicht mehr. Die Hose zu eng im Bund. Martin stand vor dem Spiegel und versuchte, den Bauch einzuziehen, half aber nichts. Also hat er doch Rosies Hochzeitsgeschirr angelegt. Zähneknirschend. Das strahlend weiße Hemd mit dem hohen, steifen Kragen, der scheuert. Die blaue Fliege. Weiße Orchidee im Revers. Er findet, dass er aussieht wie ein Pinguin auf Brautschau.

Es ist sein letzter Tag im Schrebergartenhäusl auf dem Küniglberg, am Tag nach der Hochzeit fliegen sie für eine Woche in die Antarktis, und danach zieht er in Rosies Villa ein, mit Sack und Pack. So ist der Plan.

Die Braut hat auf Tauben verzichtet, aber sonst hat Rosie so ziemlich alles durchgesetzt. Trauung im Oktogon im Oberen Belvedere, Hochzeitsfeier im Marmorsaal des Barockschlössls. Hundertzwanzig Gäste, die ukrainische Opernsängerin, der russische Pianist und eine österreichische Band. Völkerverständigung à la Rosie. Blumendekor aus weißen und roten Rosen. Zehn-Gang-Menü des Wiener Haubenkochs. Champagnerbrunnen und eine riesige Hochzeitstorte aus dem *Sacher*. Der Bürgermeister hat auch zugesagt.

Martin betrachtet sich im Spiegel. Er ist beim Rasieren abgerutscht, wovon ein kleiner Schnitt am Kinn zeugt. Es war die zitternde Hand aufgrund des mittelschweren Katers nach dem Polterabend im *Cabaret Fledermaus*, den Fassl organisiert hatte. Eigentlich war's ganz lustig, statt Striptease gab es eine Burlesque-Show, und die blöden Sprüche hielten sich in Grenzen. Komisch nur, dass die meisten seiner Kollegen davon ausgingen, dass er nach der Hochzeit kündigen würde. Das Wort »Prinzgemahl« fiel, in den Mund genommen hat es ein Typ aus Leib und Leben, den Martin bis dato ganz nett gefunden hatte. Beinah hätte er ihn gewatscht, doch er hat sich zusammengerissen und nur gesagt: »Bist deppert, ich bin noch zu jung fürs Tachinieren.«

Bier und Schnaps, und Schampus für die Tänzerinnen. Sie waren hübsch, nicht mehr ganz jung und sehr trinkfest. Um drei Uhr morgens war dann Schluss, und er schlug das Angebot einer burlesken Dame aus und fuhr mit dem Taxi nach Hause. In den Schrebergarten. Für die letzte Nacht in Freiheit. Was von ihr noch übrig war.

Countdown in einer Stunde, und ein Gewitter zieht herauf. Martin stellt sich vor, wie die aufgemascherlten Hochzeitsgäste durch den Regen ins Belvedere eilen. All die schönen Frauenfrisuren ...

Rosie ruft an. »Planänderung. Wir lassen die Leute direkt vorfahren und bauen einen Baldachin, damit sie nicht nass werden.«

»Interessant.« Martin findet, dass ihre Stimme aufgeregt klingt. Rosie ist ein Hochzeitsfreak. Oder sind alle Frauen so?

»Du klingst komisch. Bist du verkatert?«

»Nein. Ich hab ja Katertropfen genommen, und den Restalkohol hab ich beim Joggen ausgeschwitzt.«

»Soll ich dir den Wagen schicken? Ach ja, meine Tochter und mein jüngerer Sohn sind leider verhindert. Haben sie mir eben erst mitgeteilt. Tut ihnen furchtbar leid. Aber du wirst sie bald kennenlernen.«

»Schade«, sagt Martin. »Und danke, Wagen brauch ich keinen, ich nehme mein Auto.«

»Mein Weiberabend war lustig. Dass Romana mit dem Stripper geflirtet hat, fand ich aber schon etwas daneben.«

»Sie fühlt sich alterslos, und sie hat eine Nahtoderfahrung hinter sich. Sei ein bisserl gnädig.«

»Ich hab ihm ein fettes Trinkgeld gegeben. Und wie war's bei dir?«

»Nett«, antwortet Martin, was nicht einmal gelogen ist.

»Bist du aufgeregt?«

»Ich weiß nicht.« Das ist die Wahrheit.

»Alles wird gut. Ich liebe dich.« Damit beendet Rosie das Gespräch, er kann ihr nicht mehr sagen, dass er sie auch liebt, aber eigentlich nicht heiraten möchte. Dass ihm graust vor dem pompösen Ereignis. Seine Restfamilie und die paar Freunde, so gar nicht passend zum Rosie-Clan, all ihren Bekannten und Geschäftsfreunden aus Petersburg, Kitz und dem Rest der Welt. Plus Sohn Boris mit seiner Model-Freundin, beide von so arroganter Liebenswürdigkeit, dass Martin nur noch davonlaufen möchte.

Ob Lukas es wirklich schafft, seinen mörderischen Stiefvater aufzuspüren? Er schien sich seiner Sache ziemlich sicher zu sein. Sprach von irgendeiner philippinischen Insel, von der ihm Sisi mal erzählt hatte. Und von einem Haus dort, das sie für ein Spottgeld erworben habe. Mike werde ja nicht so blöd sein, nach Mallorca zu gehen, innerhalb Europas wird ausgeliefert. Martin hofft, dass Lukas ihn findet. Mike hat alle getäuscht, auch den Wiener Chefinspektor. Und Romana einen gehörigen Schrecken eingejagt. Sie dachte wirklich, er würde sie umbringen.

Und wie aufs Stichwort ruft sie an. Fragt, wie es ihm geht.

Gut natürlich, ein bisserl nervös sei er.

»Papperlapapp, betracht es einfach als eine große Show, die Rosie abzieht. Sie liebt dich wirklich, was soll schon schiefgehen!«

Einiges, denkt er und fragt nach dem Weiberabend, den Romana in begeisterten Worten schildert. »So eine tolle Bar, und der Stripper war ein echt heißer Typ ...«

Genau will er es nicht wissen, deshalb unterbricht er sie, jemand klopft an, der nächste Anruf.

Es ist Lotte, haben die Frauen sich abgesprochen, ihn zu kontrollieren, bis es so weit ist? »Frag mich nicht, wie es mir geht, Mutter!«

»Weiß ich eh, du bist aufgeregt und hast zu viel getrunken, diese Junggesellenpartys sind der letzte Schmarrn. Ich freu mich so, dass du endlich wieder unter die Haube kommst, Martin. Du wirst fantastisch ausschaun in deinem Hochzeitsanzug.«

Woher weiß sie das, er wollte doch den alten schwarzen anziehen? Der zu eng ist.

»Die Rosie hat ja keine Mühen gescheut, damit du ein fescher Bräutigam wirst.«

»Ich weiß, Lotte.«

Seine Mutter kichert. Sie hat zwei Glas Champagner getrunken auf leeren Magen, den spürt sie schon. »Du weißt aber nicht alles, mein Sohn. Nicht nur hat sie dem englischen Schneider deine Maße im Detail gegeben, sie hat ihn auch überredet, deine alte Anzughose enger zu nähen. Damit sie dir nicht mehr passt. Das nenn ich Liebe ...«

Soll er jetzt lachen oder weinen oder schreien? Martin kann sich nicht entscheiden, sagt »bis dann« und drückt seine Mutter weg. Schaltet das Telefon stumm. Setzt sich im Anzug des »feschen Bräutigams« an den Küchentisch, nachdem er sich eine Bierflasche aus dem Kühlschrank genommen und Zigaretten gesucht und gefunden hat, die Romana hier vergessen hatte. Jetzt zündet er sich nach langer Zeit wieder eine an. Sitzt da und raucht bei offenem Fenster. Im Garten blüht noch einiges, das er im Frühjahr angepflanzt hat. Er mag diese Arbeit und freut sich an dem schönen wilden Blumenmeer.

Rosie hat einen Gärtner, der Symmetrie bevorzugt. Rosie hat auch eine Köchin, eine Putzfrau und einen Chauffeur. Sie bezahlt einen englischen Schneider dafür, dass er eine alte Anzughose umnäht. Ist das Liebe? Oder Manipulation, echte Verschlagenheit? Martin hat doch glatt befürchtet, dass er in letzter Zeit noch zugenommen hat. Vom Waschbrettbauch zur Wampe. Falsch gedacht. Irgendwie findet er Rosies Schneidereitrick unverzeihlich.

Er drückt die Zigarette aus und denkt seit langer Zeit einmal wieder an seine Exfrau. Eine große Liebe, die klein wurde. Und dann denkt er an Lily, seine Wörthersee-Geschichte. Alles fing so gut an, aber sie wollte ja nach Italien umziehen. Zu viel Distanz, zu wenig Substanz. Und jetzt ist Lily wieder in Kärnten, wie Romana, die alte Tratschn, der Braut erzählen musste.

Er schaut auf die Uhr: In zehn Minuten sollte er los, es ist nicht weit bis zum Ort des Geschehens, aber ob die ihn mit seiner alten Kraxn überhaupt vorfahren lassen?

Martin räumt die Flasche weg, leert den Aschenbecher und schließt das Fenster. Ein Blick aufs Handy sagt ihm, dass Fassl angerufen hat. Er hört die Mailbox ab: *Habe einen bösen Kater, aber keine Angst, ich vergess die Ringe nicht. Glück auf!*

Martin löscht die Nachricht, belässt es beim Stumm-

Modus, nimmt seine Schlüssel und verlässt das Haus in Richtung seines geparkten Wagens. Alt und schon ein bisschen schäbig, so gar nicht zum Maßanzugträger passend. Ob er noch schnell durch die Waschanlage fährt?

Der Himmel ist halb blau, halb schwarz. Dicke, regenschwere Wolken. Ein Wind ist aufgekommen, irgendwo in Richtung Purkersdorf blitzt und donnert es schon. Gut möglich, dass das Unwetter auch nach Hietzing kommt. Noch besser wäre ein Tornado.

Martin steigt in sein Auto.

GLOSSAR

Marie	Geld, »Kohle«
Heuriger	außerhalb von Wien auch Buschenschank genannt. Das Wort »Heuriger« bezeichnet einerseits den Wein der letzten Ernte, andererseits das Lokal beim Winzer, in dem dieser Wein und andere aus Eigenproduktion ausgeschenkt werden. Dazu gibt es auch ein Büfett mit selbst fabrizierten Speisen.
speiben	sich erbrechen
Schmähtandler	Lügner, Geschichtenerzähler
wurscht	egal
übersiedeln	umziehen, die Wohnung wechseln
maturieren	Abitur machen, die Reifeprüfung ablegen
Einkaufssackerl	Einkaufstüte
Pantscherl	Liebelei
gschmoh (oberösterreichisch)	schön, angenehm
schiach	hässlich
hantig	ruppig, grob
sich dersteßen	einen (tödlichen) Unfall haben
böhmakeln	mit böhmischem Akzent sprechen. Der Ausdruck stammt aus der Zeit der österreichisch-ungarischen Monarchie, als Böhmen Teil dieses Reichs war und in Wien viele Menschen aus Böhmen gelebt haben.
Schinakel	kleines Boot. Umgangssprachlich wird dieser

	Begriff manchmal auch abwertend für ein kleines altes Auto verwendet.
Polster	Kissen
Funzn	dumme, eingebildete weibliche Person
hinterfotzig	hinterhältig
Gschaftlhuaba	Wichtigtuer, geschäftiger Mensch
Feschak	attraktiver Mann
einen Huscher haben	nicht ganz dicht sein
hackeln	schwer arbeiten
Partezettel	Todesanzeige
Tratschn	Klatschtante
Gfrast	Nichtsnutz, unangenehmer Mensch
leiwand (wienerisch)	angenehm, schön
nona	warum nicht? Natürlich!
Marille	Aprikose
Bissgurn	eine bissige Frau
anzipfen	nerven
kommod	bequem, angenehm
etwas geht sich aus	etwas kommt hin
hatschen	hinken, humpeln
etwas verhauen	etwas falsch machen, vermasseln
sich verknacksen	mit dem Fuß umknicken, sich dabei verletzen
fuchtig	aufbrausend, jähzornig
sudern	meckern
tachinieren	faulenzen, sich dem Nichtstun, dem Müßiggang hingeben
aufmascherln	sich herausputzen, sich besonders schön anziehen, herrichten
Kraxn	altes, schäbiges Gefährt

Danke!

Die Autorinnen bedanken sich bei Mag. Gudrun Kreutner und ihren Freunden für umfassende und interessante Informationen. Sie haben uns Einblick in »ihr« geliebtes Ischl gewährt.